致青春 134

別哭

（上）

曲小蛐　著

高寶書版集團

目錄
CONTENTS

第一章　唐染　005
第二章　駱湛　025
第三章　唐家　047
第四章　駱家　067
第五章　駱家兄弟　095
第六章　生日禮物　115
第七章　仿生機器人　135
第八章　揭穿　153
第九章　粉紅色圍裙　177
第十章　賭約　199
第十一章　主人　219
第十二章　願望　241
第十三章　請求　265
第十四章　哥哥　289
第十五章　好朋友　313

第一章　唐染

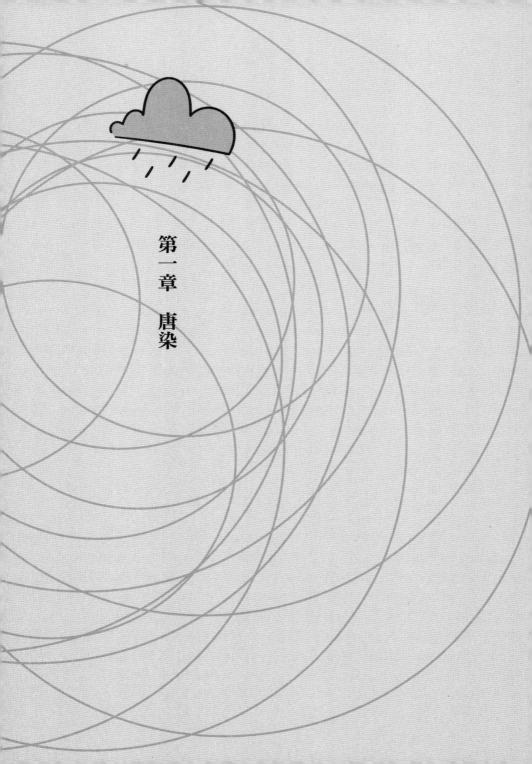

臥室空蕩，穿過高樓間，被風裹挾的雨滴劈里啪啦地敲著這一樓的落地窗。

在落地窗的牆角窩著一名穿著單薄的白色睡裙的女孩。

她輕歪著頭靠在牆角，烏黑帶一點捲的長髮垂下來，蓋過半張清秀的巴掌臉，眼睫安靜搭在下眼瞼上。

露在白色睡裙外，女孩從小腿到腳踝細瘦而骨線漂亮。

只是極少見光的白皙膚色更顯她的纖弱，像是風一摧就能折了似的。

雨點敲了片刻的窗，漸漸緩下來。臥室裡恢復了空曠的悄然。

直到女孩手旁的地板上，躺在那裡的手機螢幕一亮，然後一個冷淡又懶散的男聲劃破安靜：『喂，來電話了。』

帶一點機械質感的聲音，很輕易喚醒了淺眠的女孩。

唐染睜開眼，視野模糊得像是身在深夜，她下意識抬手揉了揉眼睛，然後僵住了。

……啊，又忘了。

怎麼那場意外已經過去這麼多年，她還是會忘了適應現在的眼睛狀況。

唐染輕彎了一下嘴角：「駱駱。」

她對著空氣輕聲說：「誰的電話？」

『來自通訊錄，備註「阿婆」。』懶散好聽的男聲在手機裡回應著。

「接通，記得開擴音。」

這次沒有聲音再回答。

嗡的一聲震動後，來電被接通，電話對面的聲音擴音出來：『小染？』

「阿婆，我在。」

『小染對不起啊，阿婆這邊因為雷雨天所以航班延遲了——妳今天就先不要去那家店了吧？等阿婆明天過來了，再陪妳去，好嗎？』

「沒關係，阿婆，我自己也可以。」

『啊？那怎麼行呢！』

「而且……」

唐染想到什麼，微微仰起頭。女孩纖細的頸繃起脆弱易折的弧線。

「明天。」枕著偌大的窗和身後高樓外空曠寂寥的風，她輕聲，「明天我該回唐家了。」

彷彿戳中了什麼禁區，電話對面陡然一默。

過了好久，女人有些愧疚的聲音才接上：『我怎麼把這件事忘了呢？他們叫妳回去，是因為唐珞……因為妳那個姐姐要跟駱家的小少爺訂婚了，是嗎？』

「好像是。」

『妳那個父親和奶奶真是偏心，只顧著唐珞淺，難道妳就不是唐家的孩子嗎？過幾天就是妳的十六歲生日，到現在還自己一個人住在外面，他們都不——』

「阿婆。」女孩的聲音放得輕軟一些。

『好了好了……阿婆不說就是了。』女人忍下來，『不然等妳從唐家回來，我再陪妳去那間店？』

唐染恍惚的意識被拽回來，她很淺地笑了一下。

「但我今天已經跟店長約好了，臨時改時間也不太好。而且妳放心，我會等雨停了再走。」

『但是……』

「阿婆，我的自理能力很強，妳忘了？」

唐染耐心地陪電話對面說了一陣子，才終於徵得對方的同意。

女人不放心地囑咐：『妳路上一定要小心啊，有什麼事情記得求助，不要不好意思！』

「嗯，阿婆放心。」唐染想起什麼，笑了笑，「不是還有駱駱陪著我嗎？」

『駱駱？』女人愣了一下，隨即反應過來，『喔，就是那家店的店長推薦給妳的智能語音APP的名字是吧？奇奇怪怪的，妳每次說我都反應不過來。』

唐染摸過手機，一邊從牆角起身，一邊輕笑：「店長說是開發團隊Leader的名字，我覺得挺好聽的。」

『什麼Leader，不是從來沒有向市場推廣過的失敗品？』

「店長說，那個團隊只是大家開發著玩的，所以沒推廣過。」唐染想了想，「而且我覺得，駱駱比市場上許多智能助手還要聰明一些。」

『真的那麼棒，怎麼不推廣？』女人無奈，『我看他們就是拿這個哄哄妳這種傻傻相信的小孩子了。再說——聲音再好聽也只是個人工智能，出了事它又不能從天上飛下來幫妳。』

大概是做服務業的緣故，電話對面的女人一直對這些號稱會「在將來會澈底取代服務行業人員」的人工智能抱持著不小的成見。

唐染不和她爭辯，只是微垂著眼，神情柔軟安靜。

等通話結束，敲窗的雨也停了。

唐染在這個已經再熟悉不過的家裡，慢吞吞地繞了幾圈，換好衣服，拿上導盲杖，走出了門。

對低視力或者完全失明的視障患者來說，家以外的世界到處蘊藏危險。那些導盲磚會被停滿的自行車占用，盡頭會通向不知道哪裡的下水道，還會被設計成奇奇怪怪的路線……

唐染記得自己的盲人朋友吐槽過一個說法，城市的導盲磚不是用來解決盲人出行的，而是解決盲人的。

導盲磚以外更是他們的未知地。不過好在，有時候也會遇見熱心的人。

唐染搭著導盲杖走到最近的公車站，拿出手機準備喊「駱駱」出來幫忙。

這時候，旁邊一名女孩子遲疑地上前：「妳好。」

唐染微愣，順著聲音的方向慢慢轉過去。她微閉著眼，聲音帶一點困惑：「妳好？」

「妳……是不是要搭公車？」

「嗯。」

「那妳要搭哪一路，我幫妳看它什麼時候會到。」

唐染有點意外，還是點了點頭：「我要坐九三六路。謝謝。」

「不客氣、不客氣。」對方好像有點緊張地說完，接著突然反應過來，「咦？妳也是坐九三六路嗎？我也一樣耶，我到青岩路下車，妳呢？」

唐染回憶了一下：「是兩站以後的那一站嗎？」

「是啊。」

「我也是那站。」

「啊，那真的好巧！」女生笑著說：「看來我們很有緣分，妳要去哪裡，我送妳過去吧！」

儘管後續推拒一番，唐染最後還是沒能成功拒絕掉對方的好意。

下了公車，唐染重新搭起導盲杖。

「妳說的那家店我沒聽說過耶，有地址嗎？」女生扶著她的手腕問。

唐染說：「我問問駱駱。」

「落——？」

不等女生開口問，只聽到一個在陽光下聽起來格外倦懶的男聲被叫了出來：『……在了。』

女生呆呆地打量唐染一遍——她確定那個聲音就是從這個漂亮的失明女孩身上發出來的。然後她見女孩拿出手機。

「駱駱，『ｉｎｔ未來店』怎麼走？」

『聽我指揮。』

懶洋洋的聲音大爺似的說完這四個字，開始導航了。

女生呆了好幾秒才反應過來：「這個是？」

「它叫駱駱。」唐染說：「是一款智能助手ＡＰＰ。」

「我知道有這種東西，但是，這個聲音……」女生吸了口氣，終於激動地說出來，「好好聽啊嗚嗚我怎麼沒有聽過這樣的語音助手，我也要下載！它的軟體名叫什麼？就叫落落嗎？」

唐染有點不好意思地說：「這個不對外開放下載渠道。」

「啊？」

「是我要去的那家店的店長推薦給我的，非授權商用的ＡＰＰ。」

「咦？這樣啊……」女生失望，「那算了，我送妳過去吧！」

然而等唐染和女生走到目的地以後，掛著「ｉｎｔ未來」幾個潦草門牌字的店，卻是關著門的。

聽女生說了，唐染有些意外：「我和店長約好的，確實是今天……」

「妳有他的電話嗎？打過去問問？」

「嗯。」

唐染讓「駱駱」從通訊錄找出店長的手機號碼並撥過去，沒多久，對面電話響起。

『唐妹妹？』電話對面一個沒睡醒的男人悶著聲問：『怎麼突然打電話過來了？』

「店長，我們約好今天……」

『啊！』唐染話沒說完，對面驚叫一聲，『我忘記了！妳等等、妳等等，我等一下就——唉，不行，我這裡抽不開身，妳等我一下，我幫妳找人，十分鐘內一定過去！』

「不用的，可以下次……」

『那怎麼行啊，妳出來一趟要冒多少風險，怎麼樣也不能讓妳白跑一趟啊！妳等著，我這就去找人，十分鐘內、最晚二十分鐘，一定到！』

唐染來不及回應，對方已經掛斷電話。

幾分鐘後，K大資優班專用實驗室。

「湛哥，手機響了。」

一雙長腿懶洋洋地搭在電腦桌上，沒動靜，沒反應。

持續數秒後，聽手機來電實在是太堅持不懈，倚在椅子裡昏睡的男生終於皺起眉，閉著眼從褲子口袋裡摸出手機。

「……喂？」

如果唐染在場，一定會驚訝地發現，那人疏懶好聽的聲音竟然和她手機裡的「駱駱」有八九分相似。

而此時男生修長手指拿著的手機裡，焦急的聲音炸響：『你終於接電話了——江湖救急啊，祖宗！』

「死了，不救。」

男生緊閉著眼，冷漠地掛斷通話。

沒幾秒，手機再次震動起來。

數秒後，駱湛忍無可忍地睜開眼，長腿從桌上拿下來，電話被他暴躁接起：「……說。」

『求你了祖宗！你就去ｉｎｔ的店一趟，幫我開個門拿個東西就行了，客人提前跟我約了半個月，就在今天取貨，結果我忘記了！然後我這邊還在期中答辯呢，實在是抽不了身啊！』

駱湛陰沉著漆黑的眸子，說：「讓他明天再去能死嗎？」

他生了一雙極好看的桃花眼，內眼角深而陷，眼尾微微上翹，桃花弧飽滿漂亮。此時這般冷冰冰誰也不睨的模樣，仍自帶幾分懶散冷淡的欲。

店長在對面哭訴：『是一個盲人女孩，去店裡走一趟太不容易了，我哪忍心開口嘛。』

僵持數秒，椅子裡的男生撇開那張禍害臉，低沉不愉地「嘖」了一聲。

「知道了，讓她等著。」

說完話，他從椅子上站起身，順手把手機扔到桌上，拎起椅背上掛著的外套，往肩上一甩，便沉戾著眉眼往外走。

到了實驗室外間，其他人注意到，奇怪地問：「湛哥，昨晚不是通宵跑演算法，才剛睡？還要出去幹什麼？」

駱湛冷冰冰懶洋洋地往外走，聞言一停。

低嗤一聲後，他邁開長腿，揉著發疲的肩頸，面無表情走人——

「獻愛心，做公益。」

此時，剛被駱湛掛斷的電話那邊。

int店長鬆了口氣：「還好還好，駱湛還算有點人性。」

他旁邊的孟學禹早就急了：「你讓駱湛去幫唐染妹妹開店取貨？就他那張禍害臉，那……那唐染妹妹到了他那裡，不就跟肉包子打狗一樣有去無回了！」

「罵誰狗呢。」店長斜眼看他，「而且你是不是傻子，駱湛長得再禍害有什麼用，唐妹妹看得見他長什麼樣嗎？」

「啊，對喔。」孟學禹一愣，摸了摸後腦勺，「我忘了。」

孟學禹才剛放心沒幾秒，又開始皺眉了，「那萬一駱湛見唐染妹妹好看，見色起意怎麼辦？」

店長撇嘴：「你當駱湛是你？他從小到大見過多少美人，你看過他理過哪個了。」

「好像是，他眼光也太高了。」

「他豈止是眼光高，已經是變態了。」

見孟學禹露出迷茫表情，店長微笑：「你不知道吧？駱湛有個特別獨特的癖好——他只鍾愛美人眼。」

「美人眼？」

「對，不然以他的家世長相，從小到大追他的女孩子合計能繞K大三圈，怎麼會連一個站得到他身旁的都沒有。他們實驗室之前不是有人說過了？要長一雙駱湛看得上的美人眼，可是難比登天。」

「譚雲昶，該你了。」

隔壁房間助教突然走出來，朝外間點名。

「欸，到了。」

int店長，也就是譚雲昶連忙應了應聲，一邊起身一邊開口。

「所以你就放心吧。唐染再好看，也只是一位失明的盲人女孩，連一雙普通眼睛都沒有，更別說美人眼了。駱湛怎麼會看上她？」

走之前，譚雲昶拍了拍孟學禹的肩膀，神祕地壓低聲音：「還有，偷偷告訴你，我聽說他家替他安排訂婚，對象是一位豪門大小姐，巧得是好像也姓唐——所以他以後還有一名如花美眷等著，不會搶你的唐染妹妹的。」

看著譚雲昶背影，孟學禹茫然地皺起眉。

話雖如此……

但他心裡怎麼這麼不安？

無聲和等待對多數人來說總是枯燥的，如果要一個人自己同時忍受兩者，大概更是無法想像——唐染已經習慣了，她旁邊的女生顯然還不能。

可能實在太過無聊，等了幾分鐘後，女生忍不住和唐染搭起話來：「妳看起來和我差不多年紀，今年幾歲了？」

「十六。」

「啊，那我們果然差不多，我今年十七，在K大附中讀書，妳呢？」

唐染一默：「我在家裡上課，有教盲文課程的老師。」

女孩聽了兩秒才察覺不對，頓時懊惱又手足無措：「對不起對不起……我不是故意提的。」

「沒關係。」唐染回神，輕笑了一下，「眼睛不好的事情我已經接受了，只是不能正常上學有點遺憾。」

被女孩柔軟的笑容感染，站在唐染身旁的女生盯著她看了幾秒才回過神來，低聲嘆了一口氣：「妳長得真好看，自己卻看不到也太可惜了……妳的眼睛是一直都不好嗎？」
唐染搖了搖頭：「小時候發生一點意外，醒來後失明的。」
「啊？什麼意外？」
「那時候我遇見一名被綁架後逃出來的男孩，想幫幫他，但是在被人追的路上，我們出了車禍，醒來以後就這樣了。」
站在唐染身旁的女生呆了好久才回過神，問：「那……那個男孩怎麼樣了？」
唐染微愣了一下，握著導盲杖的手無意識地攥緊，又鬆開。須臾後，女孩露出輕淺的笑，她搖了搖頭：「不知道。」
「啊？怎麼會不知道？妳醒來以後他不在嗎？」
「我聽醫生說，他醒來以後，關於那幾天的事都不記得了。可能那場綁架對他刺激太大，是創傷性的自我保護。」
「那那那那妳豈不是白救他了！」女生替她不甘地哀叫。
「也不是。」唐染笑了笑，露出一顆柔軟的小酒窩，「還沒告訴妳，我小時候住在育幼院。那次住院以後才被家人找到，所以，也是因為救了他才找回親人。」
「啊……」
女孩聽得不知道該用什麼詞表達心情，張了幾次口又閉上，才把「妳也太慘了」這句話嚥回去。

她有些同情地看著面前的唐染，嘆氣：「那太好了，至少妳也算是因禍得福。」

「嗯。」

兩位女孩閒聊幾句後互通了姓名，這名叫許萱情的女生還留了自己的手機號碼給唐染。

中間講到學校的趣事時，許萱情突然話聲一頓，幾秒後驚呼了一聲：「啊！」

唐染連忙循聲轉過去：「怎麼了？」

許萱情握住她的手腕，語氣難掩激動：「馬路對面走過來一個特別極品特別帥的男生——我的天我的天他朝我們這邊過來了！啊啊啊……」

唐染茫然地閉著眼，感受著這種對她來說一點都不熟悉的同齡人的情緒。

然後她的耳朵捕捉到隱匿在雜亂的噪音裡的腳步聲。

唐染微微側過臉。那個腳步聲和別的匆忙路人的不同。好像獨他懶散而漫不經心，夏日的蟬鳴和躁動的暑風到他腳邊也安靜蟄伏下來。最後那個聲音停在她的身旁，也是int上鎖的門前。

距離很近，唐染聞得到男生身上散進風裡的檀香木混著苦橙葉的氣息，大概是在香調裡入了雪水，在暑夏也透著一點冰涼的冷淡。

很好聞，可惜不知道尾調會是什麼香。

唐染猶豫了一下，輕聲試探：「店長？」

拿了備用鑰匙開鎖的駱湛動作一停，懶洋洋地瞥向身旁。

過來之前他就注意到了，int的店門外站著一名拄著導盲杖，看起來十五六歲的女孩子，身旁還有一位看著他一臉興奮兩頰發紅的女生。

後者他見得多了，習以為常。

至於前者……

駱湛的視線懶散而冷淡地掃過女孩微闔的眼，睫毛微捲，眼尾細長而輕翹。和他夢裡那雙美人眼是難得相似的眼型……可惜，是一個小瞎子。

駱湛掃過導盲杖，懶得解釋「店長去哪裡了」的問題，便敷衍地「嗯」了一聲。門鎖打開，他推門進去。

「在這等。」

唐染一愣，聽腳步聲，那人已經走進店裡了。

但是剛剛那個聲音……

「啊啊啊他真的長得好帥啊簡直秒殺我們附中校草！」許萱情終於回過神，激動地壓著音量，「聲音也好好聽手也好好看眼神又深又迷人——我的天真是沒想到能在這裡遇見我的本命嗚嗚嗚他真的太帥了……」

站在唐染身旁的許萱情聽起來快要瘋了，亢奮得不得了，唐染確定這是自己沒辦法理解的情緒，便只是安靜聽著。

事實上她也有點迷茫。不能確定是不是自己的錯覺，但是那一句話的聲音裡透出來的鬆懶微倦，還襯著一點冷淡尾調的熟悉感……

實在像極了她那個不久前還在「聽我指揮」的大爺似的導航。

許萱情還在她耳旁碎碎念著：「他應該是這間店的店員，可惜長這個模樣我肯定追不到，不然我一定倒追他。嗚嗚嗚……謝謝妳唐染，我以後會多來這間店光顧，順便幫自己養養眼的。」

唐染回神：「他看起來是店員嗎？」

「雖然長相氣質不像，但是看他進店以後熟門熟路的，應該是吧？」許萱情不確定地說：「妳來過很多次了，沒見過他嗎？」

唐染猶豫了一下。

許萱情只當她不確定自己有沒有見過，遺憾地嘆氣：「妳真的錯過了一個特別特別帥的男生，他是那種帶回家就得供起來的長相，真的！」

唐染一愣，不由莞爾：「那是什麼長相？」

「我——」

許萱情還想說什麼，身上的手機震動了一下。

安靜幾秒後，唐染聽見許萱情遲疑地開口：「啊，我媽催我回家了。」

唐染點頭：「那妳快回去吧。」

「可是妳自己一個人會不會有困難？」

唐染眼角微彎：「我之前幾年都是這樣生活，沒問題的，相信我。」

「……那好吧，我們之後記得要保持聯絡啊。」

「嗯，再見。」

「再見！」

int店的倉庫被譚雲昶搞得亂七八糟，駱湛擰著眉在後面翻了許久，才找到唐染訂的那個巴掌大的智能機器人的盒子。

心裡替譚雲昶設計完一百種死法，駱湛面無表情地拎著盒子走出倉庫。

到店前，他身影一停。

「……妳朋友呢？」

站在店門外的女孩慢慢抬頭，微闔著眼「望」向他這裡。

安靜幾秒後，她輕聲說：「她回去了。」

駱湛皺眉，視線跳到門外：「外面下雨了。她不在，妳怎麼回去？」

目不能視的情況下，唐染對這些自然變化比普通人敏感得多。事實上在駱湛出來之前，她也在煩惱這件事情。

夏天的雨總是說來就來，儘管不大，但對普通人來說跑幾步就能解決的事情，對唐染來說卻猶如天塹。

她在心裡輕嘆了一聲：「我能在外面屋簷下躲一下雨嗎？」

「……隨便妳。」

回應冷冰冰的，非常淡漠。

「這是妳的東西，沒事我關店了。」

「謝謝。」

女孩很安靜地朝空中伸出手。

她的手型細長，很好看，膚色的白介乎雪和玉之間的恰到好處，讓人覺得質感溫潤的顏色。

駱湛眼神未動，將盒子放上去。

然後他從門旁取出一把傘，轉身關上ｉｎｔ的店門，重新落鎖。

幾秒後，駱湛撐開傘，眉眼懨懶冷淡地走進雨裡。

細密的雨絲讓人眼前景象錯亂。

他的視網膜裡好像還殘存著方才最後走時瞥見的那一幕——

被雨絲打溼的單薄衣裙，從女孩纖細脆弱的頸下勾勒出的肩線和鎖骨，幾根細細的髮絲被夾著雨的風吹亂了，糾纏過唇的豔紅和齒的貝白……

如果沒有失明，應該有一雙很好看的眼睛，說不定和他夢裡那一雙一樣。

可惜了。

駱湛撐著傘，頭也不回地走進雨幕裡。

唐染一個人在ｉｎｔ的屋簷下等了很久。

這場雨彷彿在懲罰她的不聽話，沒完沒了地下個不停。空氣裡的溼度愈高，溫度愈低，涼涼的雨絲落在她的手臂，激起一陣微慄。

唐染站得有些累了，她收起導盲杖，向後慢慢縮緊身體。

又過幾秒，唐染摸出手機。

她想叫駱駱陪自己聊聊天——以前一個人在家特別孤獨，或是無助的時候，她也會這樣做。

唐染抬手，唇瓣微微張開，但第一個「駱」字尚未出口。那個懶散冷淡還不可一世的「導航」的聲音，突然在她頭頂響起——

「妳要去哪裡。」

去而復返的人皺著眉，冷冰冰的，帶著點不知道和誰置氣的薄戾。

駱湛沉默兩秒，從看起來可憐兮兮的女孩身上轉開視線，語調不自察覺地放軟了一些。

「……我送妳。」

唐染終於聞到男生身上的香水尾調。

混著涼絲絲的雨和風，是清淡而深沉的琥珀雪松。

那香一定沁人心脾惑人神智，所以讓她無意識地喊出方才未竟的稱呼。

「駱駱？」

駱湛一僵，轉回眼。

第二章　駱湛

駱湛不信剛剛耳朵聽到的。

就算面前這個閉著眼仰著臉，還冷得有點微抖地「看」著他的女孩，真的知道他的名字，也不該敢這麼喊他。不管在駱家還是在Ｋ大，駱小少爺的脾氣是出了名的不好，沒有人敢第一次見面就這麼逆著毛摸他的雷區。

在駱湛的眼神逐漸冰冷不善時，一聲懶洋洋的語調，熟悉的回應，隨著女孩手裡手機螢幕亮起而傳出來：『在了。』

駱湛停了兩秒，視線下移。盯著那個熟悉的互動畫面，他輕瞇起眼。

駱湛想起來了。

「駱駱」也是他們團隊開發過的ＡＩ助手的名字——ｉｎｔ之前實驗開發語音助手ＡＰＰ時，替這個ＡＩ程式命名的那個隊員為此差點「死」在駱小少爺手裡。

所以女孩剛剛不是在喊他，而是在喊她手機裡那個採集了他的聲源，作擬聲合成的ＡＩ助手。

但駱湛記得更清楚的是，這個程式他根本沒有開放商用授權。

駱湛皺起眉：「這是譚雲昶幫妳下載到手機裡的？」

「……嗯。」

唐染應得很輕。

她聽得出來那人的語氣裡有很不悅的情緒，而如果她之前的猜測沒錯，那這人應該就是

int背後開發團隊的Leader。

他現在是，對她用這個APP不滿嗎？

一想到「駱駱」可能會被收回，唐染不安地抿住唇，下意識把手機護回懷裡。

駱湛再是個冷漠沒人性的脾氣，也做不出跟一名盲人女孩搶手機的事情。

他皺著眉對那個縮得更緊的女孩盯了幾秒後，輕嘖一聲，撇開眼。

「說吧，去哪裡。」

保住「駱駱」，唐染偷偷鬆了口氣。

她伸手摸被自己護住手機而暫時放開的導盲杖，語氣小心：「青岩路公車站。」

俯身把導盲杖遞進女孩手裡的駱湛，身影微僵了下：「……哪裡？」

唐染耐心重複：「青岩路，公車站。」

長這麼大還沒坐過一次公車的駱湛面無表情，幾秒後，說：「叫計程車不行嗎？」

「不、不行。」看起來柔柔弱弱的女孩臉有些白，在這件事上格外堅持。

她咬了咬唇，輕聲說：「那我自己回去吧。謝謝你。」

駱湛感覺到一種莫名的躁意竄上來，像是血管裡灌了岩漿一路帶著火燒進心口。

偏偏他沒辦法發作，更無處著落。

他壓著躁意，一把按住女孩的導盲杖，冷冰冰地笑：「怕我拐賣妳？」

女孩沒有解釋，閉著眼站在那裡。

不知道是冷得還是嚇得，女孩小臉蒼白，唇色透著淡淡的嫣紅。被雨打溼的烏黑髮絲黏在唇角，勾勒著本就極漂亮的五官，這已經能看出一點將來會長成的明豔模樣的影子來了。

駱湛心底那點煩躁又增幾分。

在原地站了片刻，他垂手摸向褲子口袋，然後在摸空時想起來——從實驗室走之前，他被譚雲昶煩得頭暈，接完電話後手機就被他隨手扔到了桌上，所以根本沒帶。

駱湛沉默，須臾後他垂眸，看向握著導盲杖等他的女孩。

「那個語音助手配套的導航地圖，譚雲昶有幫妳下載嗎？」

「……」唐染微呆，朝駱湛的方向仰了仰臉。

在微妙的安靜裡，唐染終於讀懂了駱湛的前因後果。

女孩嘴角輕彎起來，低頭，點了點手機，輕聲喚：「駱駱。」

『在了。』

「青岩路公車站怎麼走？」

『聽我指揮。』

導航用著駱湛的聲音，冷淡懶散還大爺，但聽話。

駱湛無語。

從今天起，譚雲昶在他這裡的棺材板釘實了。

以前駱湛被問起「人生裡最恥辱的事情是什麼」時，從來輕嗤一聲懶得回答——駱家小少爺的人生一路綠燈，怎麼可能有恥辱這種東西？

現在有了。被一名盲人女孩帶路，一路和她交流的ＡＩ助手叫「駱駱」……這些也就算了，但連坐公車的錢都是女孩幫他付的。

原因簡單，等車的時候，唐染吸取經驗，預先問駱湛：「你帶零錢了嗎？」

駱湛從外套口袋裡摸出皮夾，掃了一眼：「……五十的算嗎？」

閉著眼的女孩彎了彎嘴角。

過了幾秒，她不知道從裙子哪個暗藏的口袋裡摸出兩枚冰涼的硬幣，拉過駱湛的手，放進他的掌心。

駱湛本能地要躲開女孩的手，但對著那雙微闔著的眼和帶一點輕顫的睫毛，他還是頓住了。兩枚硬幣在手心安靜地躺下來。

「每次一枚就夠了，不要多投。」女孩輕聲叮囑他，「另一枚給你回來時用。」

駱湛心情複雜。

小少爺還是第一次被人報銷車費。

站在公車站的車棚下，駱湛收起硬幣也收起傘。

等了半天都沒見到九三六路公車的影子，他餘光瞥著的女孩已經把單薄的身體縮得緊緊的了。

……也不知道是哪家的女孩，家長是不給飯吃嗎？

看女孩冷得壓著顫，駱湛皺眉脫下外套。

外套拎在手裡遲疑兩秒，他把外套往女孩那垂著微捲長髮的小腦袋上一蓋。

眼前一黑的感覺唐染是不會有的，但是突然被人套了麻袋似的觸感猶在。

她正心裡微慌，就聽被頭頂柔軟的布料隔在外面的那個世界裡，男生的聲調懶散而冷淡──

「衣服披上。旁邊阿姨已經指責我虐待女兒了。」

唐染微呆，這個人的聲音聽起來總是懶洋洋冷冰冰的，還帶著點少年感，但是站在她旁邊看起來會像她爸爸嗎？

百思不得其解，唐染只能慢吞吞地把頭頂的外套撥了下來，然後穿進去。

琥珀雪松的淡香染到她被外套揉得微亂的長髮上。

外套壓下女孩的裙襬，衣服下沿遮住微微起伏的臀線，蓋過腿根。袖子對她來說有點長，這樣垂著的時候，手指尖都看不見。

果然像個偷穿了大人衣服的小孩子。

停了幾秒，駱湛慢慢收回眼。

「叮噹」一聲，硬幣落進投幣箱裡，發出清脆的聲響。

車門關上，這一站上來的只有唐染和駱湛兩個人，但車上的座位已經坐滿了。

公車司機注意到唐染手裡的導盲杖，開車之前回頭往車裡看了一眼才轉回來，對駱湛說：「中間有博愛座，讓占了座位的人讓讓位吧。」

駱湛自然不知道公車上的博愛座是什麼設定，但不妨礙他視線轉過一圈，看到車裡那些顏色明顯不同於其他多數椅子的乘客座椅。

他敲了敲女孩的導盲杖，然後隔著自己被她穿在身上的外套扶住她纖細的手腕：「跟我過來。」

唐染聽話地點點頭。

駱湛領著她，停在第一張博愛座前。

坐在上面的是一名流裡流氣的年輕人，染著奶奶灰的頭髮，還有顆藍鑽鼻釘。他戴著耳機翹著二郎腿，絲毫沒有占了博愛座的不安，反而把公車坐得像單人專位。

駱湛懶著的眉眼停下來，屈起食指敲了敲那個年輕人臉旁邊的車窗。

年輕人皺眉，一邊回頭一邊拉下耳機：「有事？」

駱湛懶得理對方挑釁的口吻，側了側身，讓出被自己扶著手腕的女孩：「勞駕，讓個座。」

如果讓K大資優班的同學聽見這句，大概不少人會被嚇得嗆出口水——

認識這些年，他們什麼時候聽過駱小少爺說一句「勞駕」了？

但這名年輕人顯然不覺得自己受了什麼「殊榮」，他掃了唐染一眼，在女孩好看的眉眼上停滯幾秒後，年輕人反而桀戾地冷笑了一聲。

「這小瞎子是你的女朋友啊？這麼照顧？我要是不讓——你能怎麼樣？」

唐染到此時哪裡還會聽不懂發生什麼了。她遲疑地抬手扯了扯駱湛的衣角：「只有兩站，我站一下就到了。」

駱湛沒動作，任女孩攥著自己的衣角，眼神微冷地望著年輕人：「是不是和你有關係嗎？」

年輕人肆意打量唐染，轉回來後笑得噁心：「要是給我的馬子我就讓了，給別人的，我當然不——」

「讓」字未出口，就被「砰」的一聲悶響和緊隨其後的痛哼蓋了過去。

唐染什麼都看不到，只聽見周圍幾聲陌生人的驚呼，隨後有細微的議論聲響起來。

她慌得攥緊那人的衣角，下意識張口：「駱駱……」

駱湛額角一跳，差點破了功。

他微咬牙當沒聽見，回眼看向被自己單手摜在窗玻璃上不斷掙扎的年輕人。

駱湛微微躬身，聲音壓到最低最冷——

「你睜大眼睛看看，這一行是什麼字？」

「老幼病殘孕博愛座」一行字被駱湛戳在手指下。

駱湛說：「我看你不適合坐在這裡——老幼病孕你不行，殘我倒是可以幫幫你，試試？」

年輕人掙了半天紋絲不動的時候，就知道自己遇上難惹的人了，他是欺軟怕硬的性格，此時被摁在窗前，哭喪著臉連連道歉。

等到被駱湛放開後，他起身快速溜去後排。

圍觀的人看了全程，唐染卻只能依靠耳聽分辨。

等身旁安靜下來，被她牽著衣角的少年轉過身，語氣已經恢復了慣常的懶散。

「好了，坐吧。」

他把她牽去座位前。唐染不安地坐下：「那個人怎麼了嗎？」

「沒事。」駱湛一抬眸，瞥向車後，冷意蘊在眼底，「他對自己占了愛心座椅愧疚萬分，所以對著橫幅磕了頭。」

唐染沉默數秒，接受了這個回答。

「好的。」

最後駱湛把唐染送到她住的公寓下。

女孩在樓下的防盜門前停住，沒有按密碼，而是猶豫了幾秒，轉向身後。

「謝謝你送我回來。」

駱湛原本也沒打算送她上去，但女孩明顯的「你可以走了」的意思，頓時讓他心底壓下去的那點莫名躁意再次浮現。

他微皺起眉：「不想叫車是怕我拐走妳，到了自己家樓下還這麼不放心，我聽起來很像壞蛋？」

「不叫車不是因為……」

「既然這麼怕，以後就不要一個人出門。」駱湛冷淡地打斷。

心底的躁意被他歸結為沒睡好。駱湛擰著眉，單手撐著傘，轉身往後走。

唐染愣在原地，過了兩秒才回過神，焦急地開口：「外套——」

「扔了吧。」

冷冰冰的聲音沒停頓地傳回來。

駱湛走得很遠，隨即身影停了下來。

他皺著眉回過頭，想起自己還沒有讓這位他不知道叫什麼的女孩刪掉那個名字丟臉的ＡＩ語音助手。

只是看著那道單薄纖細的背影，駱湛垂回眼。

……算了。

反正今後也不會再見。

駱湛眉眼憊懶地轉過身，走進漫天的雨幕裡。

唐染回到家裡時，照顧她的楊益蘭已經回來了。

聽見開門的聲音，年近花甲的楊益蘭連忙跑出來。到玄關看清楚唐染後，長鬆一口氣。

「妳嚇死我了，小染。外面雨下得這麼大——妳怎麼沒接電話？」

唐染慢半拍地回神，摸到手機：「可能在外面，沒有聽到。」

「行了行了，沒事就好。不過外面還下著雨呢，妳又不敢坐小型車，是怎麼回來的？」

楊益蘭走近一些，這才注意到女孩身上的外套，「咦，妳穿著誰的衣服？」

唐染慢慢脫下外套：「有人送我回來的，衣服也是那個人的。」

「唉，和妳說過多少遍，不要輕信外面的人，像妳這麼漂亮的女孩又看不到，萬一被人拐走了怎麼辦？」

唐染無意識地摸了摸自己的手機。

「駱駱」就在裡面。那個人的聲音和它那麼像。和他說話的時候，就像和一個更「活」

的駱駱在交談。

所以才忍不住……

女孩慢慢彎下眼角：「我知道了，阿婆，以後不會了。」

「妳啊，就知道這麼說。」

楊益蘭接過唐染手裡的衣服，走向盥洗室。

「好了。小染，妳去沖澡準備吃飯吧？明天還要早起，等唐家的人來接妳呢。」

唐染意外地問：「會很早？」

「嗯，主家打電話過來了。」楊益蘭回憶著說：「好像是駱家那位老爺子要過壽了。唐家一心想把妳姐姐嫁進去，哪裡會放過這個獻好的機會？肯定是要帶小輩一起過去送賀禮賀詞的。」

唐染閉著眼，神色安靜：「那種場合他們通常不會帶我去。」

楊益蘭說：「是啊，以往都這樣——誰知道這次他們怎麼突然想起妳來了？不管怎麼說，還是提前準備吧。」

「好。」

進了盥洗室，楊益蘭拿了盆子接好水，把手裡的外套泡進去。

衣服入水，領口外翻。

一條像落款一樣的花式刺繡暗紋露了出來。

楊益蘭愣了愣，不確定地抬手拎起衣領看。

那是一串外文字母，像是設計師的簽名。一些國際上的著名設計師都喜歡在自己的服裝作品上留下這樣的印記。

而眼前這個，楊益蘭恰好有印象——

很像瑞典一位設計名家的手筆。

楊益蘭之所以會知道，是因為唐家的大小姐唐珞淺經常把這個設計師掛在嘴邊。

而唐珞淺會喜歡的原因很簡單，傳言裡駱家那位小少爺只穿某幾位設計師經手設計的服飾，其中最多的便是這位的作品。

——但唐珞淺都要「排隊」幾個月才能等到名額的設計大家的作品，怎麼會是送唐染回來的路人的衣服？

楊益蘭對著刺繡暗紋愣了許久，這才搖搖頭，重新把衣服浸進水裡。

她自言自語地咕噥：「那位是唐珞淺的未婚夫，又不是小染的，亂想什麼呢……八成是我記錯了，簽名不都長得差不多。」

儘管這樣說，楊益蘭還是將那件外套小心洗好，掛到家裡的陽臺上。

駱湛回到K大資優班的專用實驗室時，外面的天色已經黑下來了。

他推門進來，正圍著會議桌討論什麼的ｉｎｔ成員們愣了一下。

站在門邊的是孟學禹，表情古怪地打量駱湛：「湛哥，你只是去一趟店裡，怎麼這時才回來？」

「是啊。」旁邊的人說：「我們還以為你提前回家準備幫老爺子過壽了。」

駱湛沒搭話，懨懶著眉眼走到休息區的沙發前。他坐下去後，仰進沙發靠背裡，闔了眼。

「沒回家，扶助弱小去了。」

「弱小？」孟學禹面露不安。

駱湛闔著眼說話，聲音懶散冷淡，不太正經：「下雨天，扶盲人小女孩過馬路。」

孟學禹來不及搭話，有人笑起來：「哎，可以啊，湛哥，現在這麼有愛心嗎？不過這馬路也太長了，按照這個時間推算，你們把東一〇三高速公路都走一半了吧。」

駱湛皺眉：「沒帶手機，下雨天又沒遇到計程車，我走回來的。」

眾人一寂，過了幾秒，大家交換一下目光，湊在一起低聲議論起來。

「什麼情況？下著雨呢，大老遠走回來，湛哥還能這麼好脾氣？」

「按照平常早該炸了。孟學禹你今天可真命大，點火點到炮樓上竟然還活了下來。」

「這麼說湛哥今天心情不錯？」

「這不合理啊，明明走之前還挺暴躁的。」

「見鬼了見鬼了。」

駱湛耳力不差，那邊的議論自然聽得見，只是懶得理。

事實上他自己知道，最見鬼的不是這個——下雨天沒計程車，公車卻不會延誤。

明明褲子口袋裡就放著女孩給他「報銷」的回程車資，但到了公車站，他拿出來後托在掌心看了兩眼，又鬼使神差地放回去了。

然後他完全沒去想自己帶著錢包的事情，愣是走了兩站路回來。

……大概是熬夜缺覺使人智障吧。

想到這裡，駱湛睜眼坐起身，手肘撐到膝蓋上。他揚著眼尾，皺眉看著眾人：「譚雲昶呢？」

有人竊笑：「譚學長知道你回來肯定要收拾他，早就跑了。」

駱湛面無表情：「那是誰把之前研發的完整智能語音助手程式給他的？」

幾個人頓時表情微妙。

ｉｎｔ團隊裡有幾個是上學期剛加入的成員，並不知道駱湛說的是什麼，好奇地湊出腦袋來。

「什麼智能語音助手？ｉｎｔ還有這個專案嗎？怎麼來了以後沒見到過？」

老成員忍著笑答：「那是ｉｎｔ早期的作品了，湛哥那時候年紀還小，比現在稍微好說話一點——ＡＩ聲源採集就用他的了。」

「哇！」新成員顯然很訝異，掃了沙發上的駱湛一眼，壓低聲音問，「湛哥還同意了？」

「可不是。而且啊，採集聲源時，團隊裡的老前輩逼著湛哥差點背完一整本《辭海》，更有人膽大包天用了湛哥的疊字暱稱幫ＡＩ命名——代價就是ｉｎｔ險些集體歹命實驗室。」

駱湛沉著眼聽自己的黑歷史，聽到結尾氣笑了：「那他媽叫殞，不叫歹。」

「看。」老成員一邊說，一邊預謀抱頭往裡間逃竄，「這就是《辭海》後遺症，到現在都沒好啊！」

這個人逞一時口舌之快是爽了，可惜跑到門口也沒逃掉，被駱湛隨手抄起抱枕砸到了後腦勺上。

「砰。」

正中目標，當場ＫＯ。

嗷嗚一聲慘叫收場後，成員們「兔死狐悲」地對視一眼，紛紛咳嗽了幾聲，把繼續八卦的欲望按捺下去。

有人怕駱湛那邊火力轉移，連忙做出正經嚴肅的表情。

「湛哥，你回來前我們正在討論下一步的新專案，你有什麼想法？」

駱湛從當初以破紀錄的低齡進入Ｋ大資優班後，就展現出了非常恐怖的能力提升。再加上有駱家做資源支持，開發任何專案幾乎不需要擔憂資金來源——這對於絕大多數年輕團隊來說都是不可奢望的至寶。

所以兩三年前，駱湛成為ｉｎｔ的核心人物，團隊內做新專案會經過他的首肯是再正常不過的事情。

駱湛問：「你們現在有什麼預選方向了？」

「主要有兩個。一個方向是自監督式學習，另一個方向是泛化能力。」

駱湛點頭。

「那湛哥你說，我們選哪一個？」

「……泛化。」

駱湛原本是想說前者的，但剛要開口時，他眼前掠過白天裡那個盲人女孩縮在ｉｎｔ的屋簷下無助的身影。

於是話在嘴邊做了個急轉彎，答案就變了。

團隊眾人也覺得驚奇。

「我還以為湛哥肯定選自監督呢，畢竟它如今是不少前沿研究者公認的未來之路。」

「我也以為。湛哥，為什麼選泛化能力啊？」

「泛化方向的話，我們具體要做什麼？」

駱湛垂著眼，心底有些惱自己的衝動，但話已經出口，他也不會變卦。

思索幾秒後，駱湛抬眼，懶散倚回沙發裡：「這是我今天扶助弱小的時候冒出來的想法，你們參考一下。」

「智能居家服務機器人。」

眾人陷入思索。沒幾秒，有人冒出腦袋抖了抖機靈：「湛哥你莫非是在說……掃地機器人？」

駱湛懶洋洋地瞥過去：「你那腦仁是換成掃地機器人的垃圾盒了嗎？」

「哈哈哈，我開玩笑的。」那人撓撓頭，「不過現在研發方面有智能公共服務的，也有智能居家中控的，但是這個智能居家服務……好像除了掃地洗碗什麼的，確實沒有需求啊。」

眾人附和。

「有。」

突然冒出的反駁話聲卻不是駱湛說的。

int成員轉頭看過去，就見平常鮮少開口的孟學禹正目光複雜地看著沙發上坐著的男生。

被眾人聚焦的視線拉回注意力，孟學禹連忙低了低頭，含糊說：「湛哥的意思應該是，開發那種專為殘障人士提供便捷的居家服務機器人吧。」

幾人愣了一下，然後慢慢地反應過來。

「噢，所以才說是今天扶助弱小時候冒出來的想法？」

「盲人機器人？聽起來好像是個不錯的主意，至少服務公眾啊。」

「可以先去搞搞可行性調查。」

「那我們小組來吧。」

ｉｎｔ成員合作多年，又都是志同道合，非精英不聚首，效率早就磨練得出奇高了。

三言兩語定下初期計畫，會議才結束。時間不早，眾人玩笑著散場，各自準備回家或者回宿舍。

剩零星幾個人的時候，一直沒走的孟學禹在糾結許久後，終於走到沙發前。

「湛哥。」他擠出笑，「你好像挺在意今天去店裡的那位盲人女孩？」

駱湛躺在沙發裡，閉著眼，過了幾秒才懶聲開口：「誰說的。」

孟學禹微微咬牙：「你要是不在意，也不會想為她做這個方向的研發吧？」

「……我什麼時候說過是為她了。」

駱湛終於睜開眼，有別於他懶散的語調，那雙眸子在燈下漆黑深沉，像是光都透不進去。

眼見氣氛僵硬，旁邊有人注意到了，連忙過來勾住孟學禹的肩拍了拍，隨後朝駱湛笑。

「湛哥，你別跟他一般見識。他這是在吃醋呢。」

駱湛涼涼地問：「吃誰的醋？」

「嘿，湛哥你這問題問得真剛好，還能是吃誰的醋？學禹喜歡那位女生的事，我們團隊裡沒幾個人不知道的——每次一聽說人家去了店裡，就立刻往那邊趕。」

駱湛瞥向孟學禹：「你喜歡那個女生？」

孟學禹一僵。數秒後他梗了梗脖子：「沒錯，我就是喜歡她。」

「喔。」駱湛懶散地垂著眼皮從沙發上起身，「所以關我屁事？」

孟學禹低著頭沒說話。

駱湛懶得和他計較，從他身旁走過去就要進裡間休息室。

只是剛錯開一人的身位，駱湛身後傳來孟學禹緊張而敵意的聲音：「湛哥你真的沒……沒有喜歡她嗎？」

駱湛停身，眼皮撩了一下，沒說話。

勾著孟學禹肩膀的那個人愣完以後先笑出聲，他伸手在孟學禹腦袋上呼了一巴掌：「你這小子前兩天跑演算法跑傻了吧？你說湛哥喜歡誰？今天他剛見到的那位失明女孩？」

「你別笑，唐染很好看的！」孟學禹梗著脖子不滿地和那人頂回去。

「好看是好看，可再好看也是小瞎子啊。」摟著孟學禹的男生聳了聳肩，「你來ｉｎｔ來得晚不知道，別說我們接受起來都有障礙了——湛哥可是只鍾愛美人眼的，從進ｉｎｔ這幾年就沒改過，怎麼可能會看上你喜歡的那個女生？」

男生說完，回過身看向前面：「湛哥，你說我說得對吧？」

駱湛沒做聲，過了幾秒，他嘴角冷淡地勾了勾：「不只。」

「啊？什麼不只？」

「不只要美人眼。」

駱湛話說一半停下來了。

想著夢裡那片花瓣似的印記，他的眼神一點點沉下去。

須臾後，駱湛回神。他邁著長腿走向裡間，恢復懶散的聲音扔在身後，「眼睛都看不見的，我當然不會喜歡。」

聽到駱湛說的話，孟學禹吊著的心終於放下來了——

駱湛說話一言九鼎，從沒有能讓他變卦反悔的事情。旁人說了孟學禹仍舊不安，但駱湛自己開口說了，他就澈底放心了。

旁邊那名男生還在獨自困惑：「不只美人眼？那還有什麼條件，我怎麼沒聽說過？」

翌日清晨，唐染站在臥室的落地窗前，不安地垂著手：「阿婆，這件衣服穿起來好像很麻煩？」

「哪裡麻煩了？」楊益蘭幫她拉緊束帶，小禮服裙勾勒出女孩盈盈可握的纖細腰身，「來，轉過去，我幫妳拉上拉鍊。」

「我自己來就可以……」

「這件衣服和妳平常穿的那些風格簡單的不一樣，讓我來幫妳調整——妳今天可是要去駱家參加那位老爺子的壽宴呢，必須打扮得漂漂亮亮的。」

唐染無奈地笑。

後面窸窣幾秒，楊益蘭輕咦一聲：「小染，妳腰窩這裡有一塊發紅的印痕，是什麼時候蹭傷的？」

唐染想了想：「那個是胎記。」

「胎記？」

「嗯，從小就有了。」

「喔，那還挺好看的。」楊益蘭笑著打量一眼，慢慢拉上拉鍊，「像一片花瓣似的。」

唐染愣了一下，過了幾秒，女孩閉著眼，很輕地笑起來：「嗯。以前也有人這樣說過。」

楊益蘭正低著頭，沒聽到這句話。在女孩後腰綁上花結後，她拍了拍手站直身，滿意地笑起來。

「好了——我們的小仙女可以出發了。今天一定要讓他們好好驚豔一下。」

第三章　唐家

唐家，餐廳。

「什麼？唐染要和我們一起去駱家？」

坐在長桌旁的唐珞淺原本正在朝廚師剛烘焙出爐不久的麵包上塗抹果醬，在聽見長桌對面父母的話後，她臉色一變，動作停下來。

長桌上沉默數秒，見父親唐世新不說話，唐珞淺壓著惱意，轉望向母親林曼玫，「媽，爸說得是真的嗎？」

林曼玫神色不動，「長輩的安排妳聽著就是了，哪來那麼多問題？」

「可是要和駱家訂婚的是我又不是她，為什麼要讓她去給駱爺爺祝壽？她憑什麼跟我一起出現啊？」

「……就妳現在這個跋扈模樣，別說和駱家小少爺訂婚，妳看誰敢娶妳？」唐世新終於忍不住，抬起頭略帶斥責地說了唐珞淺一句。

唐珞淺委屈起來：「媽，妳看看爸，他就是護他那個不知道從哪裡撿來的小女兒！」

唐世新臉色頓變，手裡刀叉往桌上一按：「唐珞淺，妳胡鬧也要有個限度！」

眼見父親是真動了怒，唐珞淺眼神一縮。過了幾秒，她眼珠轉了轉，不甘心地轉頭看向坐在長桌主位上的唐家掌家的老太太。

唐珞淺委屈著聲音開口：「奶奶，您最疼我了，您評評理嘛。」

老太太不急不緩地抬了眼。

唐家老太太姓杭，丈夫死得早。她一手把一兒一女拉拔長大，還在一群豺狼虎豹中間保住了唐家的基業，又傳承到兒子唐世新手裡。

有年輕時那樣殺伐果斷的經歷，老太太自然不是什麼易與的性格。

不過家裡親故也都知道——她女兒遠嫁國外，膝下只剩這麼一個兒子唐世新，兒子明面上只有獨女唐珞淺，老太太對這個孫女一直親得不得了。

當初唐染剛被發現是唐家的血脈而被接回來，唐珞淺對唐染仇視又排斥。把唐染送出家門獨居的決定就是老太太拍得板。

家裡傭人那時候還感慨，明明同樣是自己兒子的血脈，不知道老太太對兩個孫女的待遇怎麼天壤之別。

唐珞淺也不懂原因，但這不妨礙她知道老太太偏心自己：「奶奶，您說個公道話吧。這是我第一次正式去駱家拜訪駱爺爺呢，帶著那個私生——帶著那個唐染算怎麼回事嘛。」

出乎唐珞淺意料的是，這一次杭老太太沒站在她這邊：「畢竟是給駱老先生祝壽，他又知道唐染，不帶著家裡晚輩一起去，像話嗎？」

唐珞淺說：「可是……」

「而且唐染只是個看不見的小丫頭，難道妳還怕她搶了妳的風頭？」

「我？我怎麼會怕她？」

唐珞淺從小到大被捧慣了，自然受不得激，三言兩語便被杭老太太套進去。

發現以後她鼓了鼓嘴，氣悶地低頭繼續吃飯了。

早餐後，餐廳裡唐珞淺和林曼玫先離開了，杭老太太和唐世新母子兩人坐在餐桌旁。

「媽。」思量許久，唐世新抬頭，「我覺得珞淺和唐染的年紀都不算小了，唐染身世的事情也可以告訴她們——」

「你敢！」老太太一反方才慈和模樣，眉毛微豎，打斷兒子的話，「只要我還活著，這件事沒得商量！」

唐世新皺眉不語。

過了片刻，杭老太太緩下神色：「和駱家那邊談得怎麼樣了？兩個小輩的訂婚事宜也該定下來了吧？」

唐世新說：「這次去探望駱老先生，他只說要我帶珞淺和唐染去赴宴，別的沒提。」

「他對唐染還真是固執。」老太太不悅地說：「要不是當年被他發現了，我也不必讓你把那個小丫頭領回來，空在家裡埋了一個不定時炸彈。」

唐世新嘆氣：「怎麼說唐染也是救了駱家小少爺的，駱老爺子是個念情的人。這些年駱家對我們照拂，也多基於此。」

老太太哼了一聲，沒說話。

唐世新眉眼間猶疑一番後，又試著開口：「媽，就算身世不和小輩說，但是不是也該接唐染回家了？孩子是無辜的，當年的事情又不是她的過錯……」

「這件事以後再說吧。」

老太太強硬地打斷唐世新的話。

「現在最重要的事情，是你要把珞淺和駱家那個小少爺訂婚的事情談妥。」

提起這樁婚事，唐世新再次皺了眉：「我倒是想談，可您該聽說過駱家那個小少爺的脾性——珞淺再好，他也未必能看得進眼裡啊。」

杭老太太不以為然：「你這個做父親的對女兒就這麼沒有信心？如今世家內適齡的女孩子裡，還有哪個比我們珞淺更出色？他不娶珞淺，還想娶誰？」

「你管我娶誰呢。」

駱家主樓大書房內，沙發上翹著長腿的駱湛仰在柔軟的真皮靠背裡，冷冰冰地一扯嘴角，眼神嘲弄。

對面正襟危坐的老人皺著眉，恨不得拿額頭間的褶皺捏死這個不肖孫子似的，「我是你爺爺，你說我管不管得了你？」

駱湛說：「爺爺的權力不該這樣用。」

老爺子皺眉：「那你說要怎麼用？」

駱湛扯扯嘴角，笑得憊懶冷淡：「你實在滿意，自己去娶了那個叫唐什麼淺的，我一定喊她奶奶——這就是你的權力了。」

老爺子差點氣得厥過去。

還是駱家的老管家敲門進來，俯身到駱老爺子耳邊交待了什麼事情，才見老爺子神色稍緩和些。

「我從國外買了個東西。」等管家一走，老爺子掀掀眼皮，對這個要命的么孫交待，「之後我差人送到你們實驗室去，你研究研究怎麼用，再測試一下有沒有什麼故障或者安全隱患。」

駱湛已經站起身準備走了，聞言懶洋洋地側眸：「什麼東西？」

「一個智能仿生人形機器人。」

這和實驗室的下個案子不謀而合，駱湛來了興趣：「你不是一直不支持我搞ＡＩ？」

「別多想，不是給你的。」老爺子瞥他一眼，眼底隱含某種情緒，「唐家……還有一個小女兒，今年也快十六歲了，這是我準備給她的生日禮物。」

一聽到唐家，駱湛那點興趣立刻冷淡下來。

老爺子遲疑地動了動眼神：「以後你和唐珞淺訂了婚，也要照顧一下這個妹妹，她——」

「怎麼，她家小女兒你也看上了？」駱湛冷冰冰地笑了一下，「買一送一？塞一個唐什麼淺不夠，還要再送我一個小丫頭？抱歉啊，爺爺，我消受不起。」

老爺子氣得擰眉：「你聽聽你說得是什麼混帳話？」

駱湛斂去笑意，轉身往外走。

「反正唐家的人我死也不會娶——你趁早死心。」

沒理會身後書房裡爺爺氣得敲枴杖的聲音，駱湛懶洋洋地插著褲子口袋往樓下走去。

今天是駱家老爺子的壽宴，不知道多少名流想往駱家的私人莊園裡擠。可惜拿得到邀請函的還是極少數，那薄薄一張卡紙儼然成了名流圈最新的衡量標準。

來客裡不乏有一些隨長輩來給老爺子祝壽的晚輩，而他們之中的一小部分，也是自小就和駱湛有交往的同齡人。

駱湛這邊剛下到二樓露臺，就被樓梯口把風的人截了過去。

「駱小少爺不仗義啊，回來半天了連樓都不下——怎麼，做科學研究太久，地位不一樣了，把我們這群狐朋狗友扔到腦後了？」

駱湛被拉過去索性也坐下了，聞言扯扯嘴角，笑意輕慢懶散：「嗯。你對自己的認知挺深刻。」

那人樂了：「嘿，我活該嘴賤，自己罵自己。」

旁邊的人笑罵：「你罵自己就算了，捎帶上我們做什麼？」

「就是。」

「不過他有一句話說得沒錯啊——駱小少爺這次回來，可不是和以前不一樣了？」

眾人聽見這話注意力被拉過去，連駱湛也朝那邊懶散地抬了抬眼皮。

那人自鳴得意：「我聽說，駱小少爺要和唐家那位超級漂亮的大小姐訂婚了，來之前我家長輩還說，過不了幾天就該來駱家參加兩位金童玉女的訂婚宴了呢。」

座下一寂，有幾個機靈的此時眼神微微變化，各自偷偷拿目光去探駱湛的反應了。

就見駱家小少爺垂眼坐在那裡，薄薄的唇角勾著，一雙桃花眼眼角微挑似笑非笑，漆黑的眸子裡透出股冰涼冷淡的情緒。

那人被看得笑意一僵。

有人連忙打圓場：「這你就不懂了吧，駱小少爺眼光高著呢——不長一雙美人眼的他都瞧不上。那唐家的大小姐聽說挺漂亮，可惜不知道眼睛生得如何啊？」

「據說長得不錯，五官好看，算是圈裡的美人了。」

「真的假的？那我可要看看。」

「按時間也快到了。」有人回頭，「咦，駱少，你這就走了？幹什麼啊？」

「睡覺。」

「嘿，這個時間睡哪門子覺——你不看看唐家那大小姐長什麼模樣？」

駱湛站起身，聞言冷淡地垂著著眼：「沒興趣。」

他往外走，其餘人知道方才已經把人觸怒了，也不敢攔，只能自己聊。

「唐家那個小女兒今天好像也要來。」

「小女兒？唐家不是只有一個大小姐唐珞淺嗎？怎麼還有個小女兒？」

「我也是偷聽到我爸媽談話，說是唐世新的私生女，叫什麼唐……唐染？好像還是個小瞎子呢。」

駱湛驀地停住身，昨晚實驗室孟學禹激動的話聲在他腦海裡一晃而過。

『你別笑，唐染很好看的！』

駱湛輕瞇起眼，幾秒後，他轉身走回去，單手拎過一張藤椅，坐下了。

眾人一愣，安靜半晌，有人小心地問：「駱少，你不是沒興趣嗎？」

駱湛懶散垂著眼，手裡把玩著不知道從哪裡拿出來的一枚硬幣。

盯了掌心的硬幣幾秒，嘴角一勾。

「現在有了。」

楊益蘭幫唐染挑選參加駱家老爺子壽宴的衣服，是一件無袖圓領的星空設計禮服裙。碎星似的亮晶晶的東西點綴著女孩的裙襬，後腰把水晶紗挽成花結的設計，勾勒出女孩盈盈一握的腰身。

深色的裙襬下，被襯得越發白皙的小腿光滑瑩潤，羊脂玉似的，讓人眼前一亮。

如果要說唯一的遺憾，大概就是女孩握在手裡的導盲杖了。

唐家來接人的司機看見唐染從公寓裡慢慢走出來的這一幕時，心裡便生出點對這個女孩的憐惜。

等他回過神，女孩已經停在車前，露出一點遲疑的情緒：「叔叔？」

司機連忙拉開車門：「上車吧，小染。」

「嗯。」

唐染為數不多的幾次回唐家，來的都是同一名司機。為了避免小型密閉車廂帶來陰影的影響，這名司機每次開來的都是同一輛軟頂敞篷車。在唐染下樓前，他就會先把軟頂車頂篷打開。

所以唐染對這個流程已經不算陌生了。

只是這次唐染坐進車裡，剛收起導盲杖，就聽見公寓的方向傳來楊益蘭的聲音：「哎，等一等！」

司機關門的動作停住，車內垂著小腿安靜坐著的女孩也聞聲抬了抬頭。

年過五十的楊益蘭走起路來依舊像個年輕人。沒幾秒就跑到車前，手裡還拎著一件說不分明是黑色還是深藍的外套。

司機愣了一下：「怎麼了？」

「我想來想去，也不知道駱老爺子的壽宴要開到什麼時候，萬一耽擱得晚，小染只穿這件禮服裙還不得凍壞了？」

楊益蘭說著，把拉開的外套披到女孩身上，又拉著領口把衣服緊了緊。

然後她直起身，上下打量唐染一遍，滿意地點點頭。

「不錯。家裡那些女孩子的外套要麼是顏色太淡撐不住這件禮服裙，要麼是款式太軟沒氣質——我就覺得這件會剛好。」

司機來接過唐染幾回了，和楊益蘭也算熟絡，聞言從車裡還有些茫然的女孩身上收回視線，點點頭。

「確實挺適合，不過家裡怎麼會有男生的衣服？」

楊益蘭說：「這個你就別管了，趕緊送小染過去吧。別再耽誤時間了。」

「好好，我們這就出發。」

車門關上，唐染後知後覺地抬起手，指尖摸了摸身上的衣服。

入手是冷冰冰的質感，不知道是什麼材料。那絲淡淡的琥珀雪松的味道已經洗掉了，但唐染還是感覺得出來——

是昨天那件。那個和駱駱有著一樣聲音的男生給她的外套。

停了兩秒，女孩眼角微彎。趁司機腳步聲繞前，她輕聲喊：「駱駱。」

『在了。』熟悉的聲調從女孩細白的手指攥著的手機裡出來。

「我今天好看嗎？」

最先的聲音似乎是輕笑，懶洋洋的，到尾調帶上一點拖得慵懶又輕慢的味道：『不好看。醜小鴨一樣。』

「喔。」

女孩輕應下來，聲音卻帶著笑。

按照唐家事先的安排，轎車直接把唐染送去駱老爺子舉辦壽宴的私家莊園。

儘管有資格拿到邀請函的來客並不多，但駱家還是在幾處分館做了分流。司機把唐染送到專門負責接待唐家的那處分館前，車停了下來。

「先生太太和珞淺小姐應該到了。」司機見到分館前停著的唐家號牌的車輛，回頭對唐染說：「不過不在車裡，應該已經進去了。」

唐染眼睫微微顫了下，須臾後，她展顏輕和地笑：「那我也要快一點了。」

兩人說著，車門被外面駱家迎賓的侍者拉開。司機連忙下車，攔在對方之前：「我來吧。」

侍者愣了一下。

就在這時，車裡的女孩轉過身，眼睛是閉著的。她手裡握著的一根細細的導盲杖從拉開的車門探出，小心地敲擊在陌生的地面。

侍者反應過來，眼底掠過一點瞭然又有些輕視的情緒：「這位就是唐染小姐吧？」

「私生子」和「私生女」這種事情在高門大戶裡算不上罕見，但畢竟是擺不上檯面的關係，免不了背地裡招人議論。

唐染這樣絲毫不受主家承認，自身又孤弱無依，再加上目盲孱弱的女孩，算得上毫無威脅性可言，以後也料定沒什麼翻身的可能——難怪這些侍者都隱隱輕視她。

司機臉色有點難看，但畢竟駱家是主人家，他又只是一名司機，即便替唐染不平也不能說什麼。

這一兩句話的工夫裡，撐著細細導盲杖的女孩已經從車裡出來。

她站在車前，抬手猶豫地撫過身上的外套，想了想還是沒有放回車裡。女孩閉著眼，循著方才聲音的方向，朝侍者微微仰頭。

她的聲音安靜輕和，自帶幾分柔軟：「我是唐染。」

看清站在自己面前的女孩，侍者露出驚豔的眼神。

無論是清秀初顯豔麗的臉蛋，還是隱約現出婀娜輪廓的少女身線，包括看不到陌生環境也不驚慌的聲音氣質——面前的女孩不比他接待過的世家客人差上半點。

這竟然是……唐家那個不受寵的小瞎子私生女？

侍者回神，匆匆低頭。

「唐染小姐，今天祝壽按輩分來。唐先生和唐太太他們已經先去主樓了，走之前安排您和唐珞淺小姐會合，再一併過去。」

唐染點頭：「我是在這裡等她們嗎？」

「分館後有專通主樓的露天長廊，唐染小姐先隨我進去吧。」

說完，侍者對著女孩閉著的眼睛陷入遲疑，這樣年紀的女孩，貿然肢體接觸顯然不行，但她又看不到……

安靜裡，唐染會意。她輕勾唇角，笑得很淺：「麻煩你在前面帶路，只需要告訴我在什麼地方轉彎、上下臺階，或者躲避障礙物就可以了。」

「好的，唐染小姐，請跟我來。」侍者有些不好意思地應聲。

唐染和司機叔叔告過別，隨著侍者一起進入分館。

剛進分館側廳，唐染就聽到一個帶著幾分譏誚的女聲響起來：「珞淺，妳那個便宜妹妹來了。」

那個聲音說大不大，說小不小，剛好足夠走進側廳的侍者和唐染聽到。

侍者尷尬地停住身，回頭看向自己身後的女孩。

唐染站在原地，安靜地閉著眼。

在來之前，她對今天會聽到的話、遇到的事，早有心理準備了。

開口的女聲她認識，應該是姐姐唐珞淺的兒時玩伴，唐家世交圈裡畢家的小女兒畢雨珊，也是駱湛的表妹。

她自小就和唐珞淺一起玩，兩人的關係很不錯，所以她對唐染的存在也就隨著唐珞淺的厭惡而十分敵視。

之前唐染回唐家遇過畢雨珊兩次，對她的聲音並不陌生。

側廳的沙發上，唐珞淺不滿地看了從門廊方向走進來的女孩一眼。尤其在目光掃過女孩柔美漂亮的身形臉蛋時，唐珞淺不自覺地皺了皺眉。

在提醒自己這是在將來要嫁進來的駱家，所以必須注意形象後，唐珞淺輕哼一聲。

「怎麼穿得挺漂亮。」

畢雨珊顯然也注意到了，撇撇嘴：「漂亮有什麼用，還不是個小瞎子。」

唐珞淺聞言贊同，心下稍寬。視線剛要離開唐染的身影，突然停住了。

過了幾秒，她皺起眉，問畢雨珊：「妳覺不覺得，她身上那件外套有點像瑞典名家Evelina Gunnarsson的設計手筆。」

畢雨珊愣了兩秒才反應過來：「妳是說我表哥衣櫃裡最多的那位設計師？」

「嗯。」

「就算像也不可能是，妳想什麼呢。妳都等不到的設計名額，這個小瞎子哪裡來的。」

「可那件衣服也不太像她的，倒是像一件男款……」

「好了好了，別胡思亂想了。」畢雨珊拍拍她。

唐珞淺回過神，也覺得自己的想法荒謬。她微繃著臉站起身，不看侍者或者唐染，提高了音量發問：「人也等到了，現在可以去主樓了吧？」

在駱家的傭人們眼裡，唐家這位大小姐儼然是未來的主母，對她自然恭敬有加。

侍者聽出唐珞淺的不悅後，連忙笑著接話：「當然、當然。三位小姐請跟我來。」

畢雨珊聞言冷笑一聲：「笑死人了，小乞丐算什麼小姐——也就是藉著珞淺要和駱小少爺訂婚的面子，到駱家還裝起小姐來了。」

唐染握著導盲杖的手指收緊，又慢慢鬆開，她朝著侍者輕聲開口：「我們可以走了嗎？」

「好……」

侍者這下子都不敢大聲說話了，小心地領著三人，沿著分館後的露天長廊往主樓走去。

路上，侍者原本有意照顧目不能視的唐染而放慢腳步，但被畢雨珊看出來了。

在接連幾句催促後，這位算得上駱家表小姐的女孩乾脆拉著侍者競走似的跑起來。

眼見著身後握著導盲杖的女孩身影越來越遠，侍者有點急了：「雨珊小姐，唐染小姐也是客人，這樣不好——」

「有什麼不好的！」畢雨珊一邊拖著侍者快步走，一邊得意地朝唐珞淺笑，「出了事我擔著就是了。」

侍者說：「可是……」

「可是什麼，你怎麼分不清親疏遠近呢？」畢雨珊教訓說：「我身邊這位唐家的大小姐才是駱家以後的主母呢，那小丫頭早晚要被唐家扔出去，你把她當客人有什麼用？」

侍者拗不過這位，只得半推半就地被拖走了。

唐染的身影很快消失在他們視野裡。進到主樓後，畢雨珊得意地挽著唐珞淺笑：「駱家這莊園跟個迷宮似的，我看妳這個便宜妹妹今天是別想幫我外公祝壽了！」

「這樣，會不會太過分了點？」唐珞淺有些快意又不安。

「這有什麼過分的？她可是回唐家來妳搶爸爸搶家產的小乞丐，活該得點教訓。」

「行了，別想那些無關緊要的人了！」畢雨珊推她一下，「我哥就在二樓露臺呢，妳是第一次正式見他吧？」

提起駱湛，唐珞淺臉紅了：「嗯。」

「別不好意思呀，用不了多久他就是妳的未婚夫了。」畢雨珊笑，「不知道多少人要羨慕妳呢！」

唐珞淺眼見著上到二樓，在進露臺前停住，緊張開口：「大家都說他不太好相處。」

「我表哥這人確實性子冷冰冰了一點，對誰都愛理不理的，把他惹火了還特別可怕。」畢雨珊撇撇嘴，「但是沒辦法，誰讓他長得那麼禍害，智商還那麼妖孽——十四歲進K大資優班耶，又是駱家最受寵的小少爺，不知道多少人從小捧他到大的，這樣的環境下，他的性格能溫馴就怪了。」

「也對……」

「不過妳以後是他的未婚妻，你們有得是相處時間，怕什麼呢！走吧，我們進去見見。」

唐珞淺深吸了口氣：「好。」

侍者領著唐珞淺和畢雨珊進來的時候，駱湛身旁有眼尖的人，第一秒就看見了。

「欸，來了來了！」

「左邊那個是畢雨珊，她旁邊就是唐家那位大小姐了吧？長得果然是有點美人潛力的啊？」

「確實不錯，身段模樣都沒得挑，駱小少爺豔福不淺。」

「咦？不是說唐家那個小瞎子私生女也一起過來嗎，怎麼不見人？」

「是喔，怎麼只有她們兩個？」

駱湛是最先發現這個問題的。

沒能驗證唐家的這個「唐染」是不是自己想看到的女孩，他臉上原本懶散的笑意從她們一進來就冷淡下去。

了無興趣地垂下眼皮，駱湛沒表情地站起身，往外走。

身旁幾人愣了一下：「這未婚妻這麼大面子，駱少準備親自過去迎接？」

駱湛剛走出去幾步，領唐珞淺她們過來的侍者已經難為地快步到他面前，停下來。

「小少爺……」

駱湛抬了抬眼：「有事？」

「雨珊小姐說要給唐家那個小小姐一個教訓，把人甩在來的路上。那女孩眼睛看不見，我實在是怕出事……咦，小少爺？」

侍者茫然地轉過身，看著不等自己說完就突然邁開腿向外走的駱湛的背影。

站在露臺入口的唐珞淺聽見聲音抬頭。

看著朝自己走來的那個清雋挺拔的少年，她臉上不由得紅了起來，心裡默數著對方和自己的距離。

三步，兩步，一步……

唐珞淺鼓足勇氣，紅著臉抬頭：「駱——」

「湛」字未能出口。

駱湛冷冰冰著一張禍害臉，目不斜視地從她身旁走了過去。

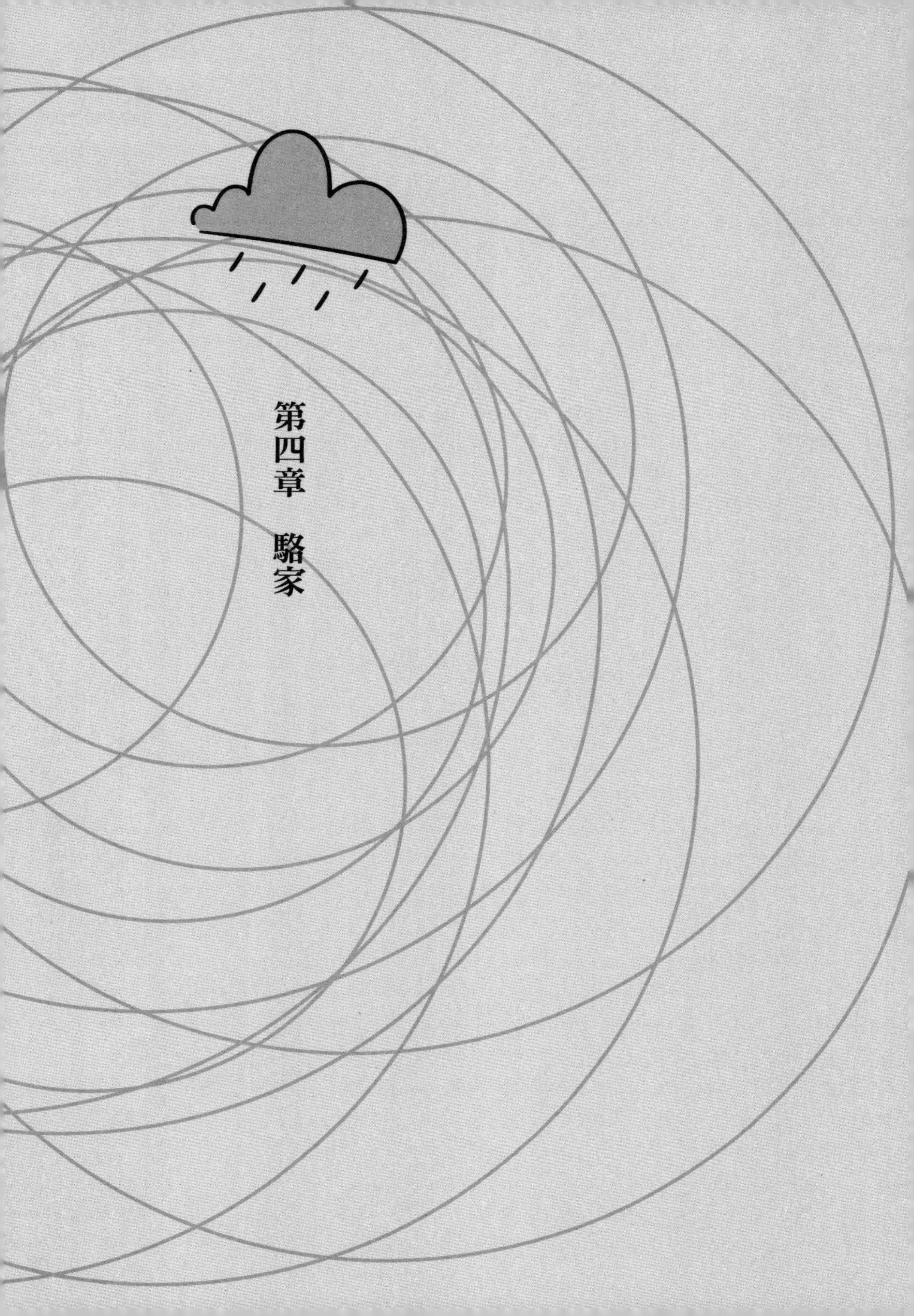

第四章　駱家

在駱湛走出露臺後，那個侍者反應過來，轉身跟出去。

到通往一樓的實木弧形樓梯前，他果然見到駱湛站在最上一級臺階，憊懶冷淡地往樓下走。

侍者連忙跑過去：「少爺。」

駱湛停了停。幾秒後，等侍者跑到身後，他垂著眼，聲音懶散地問：「人在哪裡丟的。」

侍者說：「是從閎逢樓通來主樓的露天長廊上。那邊彎彎繞繞有點多，那位小小姐可能是迷路進到園子裡了。」

「嗯。」

侍者猶豫著問：「我是去請示一下老先生，還是少爺您直接安排人去找——」

侍者話沒說完，就見駱湛下樓了。

侍者一愣，等駱湛走過樓梯轉角他才反應過來，連忙追上去，驚愕地問：「少爺您是準備親自去找嗎？」

駱湛懶懶地掀了掀眼皮：「她……」

「找什麼？」一段清和嗓音插話進來，出現得突然卻不突兀。

侍者循聲看向樓梯下方，一名身影挺拔修長的年輕男人站在一樓樓梯處。

來人大約二三十歲的年紀，西裝襯衫修出長腿窄腰的俐落身線，襯衫釦子一絲不苟地扣到最上一顆。那副清雋俊美的五官與駱湛有三四分相似——但比起駱湛，那人的神色看起來要溫和得多，唇角笑意溫潤而恰到好處。

唯獨一雙眸子裡深深淺淺，逆著光照不入那湛黑，透出幾分薄涼。

站在駱湛身後的侍者愣了一下，驚訝地脫口而出：「大少爺，您回來了？」

喊完之後他又有點後悔，小心地看向身前的駱湛。

駱家的傭人都知道，家裡的大少爺駱修和小少爺駱湛並非一母所生。隨著駱湛年齡增長逐漸顯出遠超同齡人的才能，外面早就把兄弟倆鬧著爭駱家家產的事情傳得沸沸揚揚。

由於駱老爺子對駱湛的偏心，這兩年的輿論也漸漸偏向駱湛。

而在家裡，駱湛從不掩飾對駱修這位兄長的敵意，針鋒相對是常有的事情。

「嗯。」

站在一樓的男人答了侍者的話，神態隨意地走上樓：「你們剛剛說要找什麼？」

侍者猶豫了一下，回話：「唐家來做客的小小姐在園子裡迷路了，少爺想去——」

「沒什麼。」駱湛突然打斷侍者的話。

侍者茫然地抬頭看向駱湛。

他站在駱湛的身後，只看得見他們的小少爺手慢慢插進褲子口袋裡，然後聽他懶散無謂地笑一聲。

「在樓上待得煩了，原本想下樓散散心。不過現在看見你回來就突然沒什麼興致了。」

說完，駱湛轉過身，他眼神冷淡地掃向侍者：「我放在園子裡的太陽椅忘記扔哪裡了，你去收回來吧。」

侍者一愣，過了兩秒才從駱湛的目光裡會意出來，他連連點頭：「好的，少爺，我這就去。」

侍者說完快步下樓，巴不得光速遠離這兄弟倆的戰場範圍。

侍者離開的這幾秒裡，駱修不疾不徐地走上樓，停在駱湛身旁。

男人笑容溫和疏離，嘴角翹起的弧度都像是拿尺量了，分毫不差：「天氣預報說這一週都有雨，我看不宜曬太陽。」

「我說宜就宜。」駱湛冷淡一笑，「你管我？」

駱修不動聲色。

「要管我也不是不行。」

等了兩秒，駱湛側過身，懶洋洋地往木質的樓梯扶手上一靠。少年嘴角一揚，笑得憊懶不馴——

「只要你跟爺爺說駱家你來接手，那你就是駱家未來的大家長了，我以後絕對聽管，如何？」

駱修一點都不意外弟弟說出來的這番話，他也朝駱湛轉過身，溫和笑容一成不變：「有時間做白日夢，不如先想想爺爺要塞給你的婚約怎麼處理。」

駱湛笑容一消，皺起眉非常不悅地低嘖一聲。

如外人所說，駱家兄弟確實針鋒相對。

只不過他們彼此看不慣對方的原因和外界的猜測恰好相反——兄弟兩人誰都不想接手駱家的家族產業。近些年來瘋狂彼此算計，只為把家族產業的套子套到對方脖子上。

目前來看，顯然年長一些也更早獨立出去的駱修技高一籌。

而在這些年的交鋒裡，駱湛從自己哥哥身上學到的最重要的一點，就是絕對不能把有可能成為自己把柄的弱點暴露出去。

比如……

「少爺！」離開沒多久的侍者急匆匆地跑到樓梯下，打斷了駱湛的思緒。

駱湛皺著眉垂眸看下去：「怎麼了？」

「外面下起雨來了！」侍者只擔心自己犯了大錯，顧不得再替駱湛遮掩，「唐染小姐還是沒找到——我回長廊走了一路都沒看到人，不會出事吧？」

駱湛眼神一跳，他手都抬起來了，但是想到身旁還站著的駱修，駱湛又攥緊指節按捺地壓回去。

少年僵了兩秒，慢慢鬆下神色，側過身往樓上走。

「少爺？」侍者茫然又緊張的聲音追上來。

駱湛頭也不回地走上樓，冷淡倦懶的聲音扔在身後：「沒找到就繼續找，問我有用嗎？」

「少爺……」

上到二樓，身後不聞腳步聲，駱湛五官間的情緒慢慢淡了。

他停在樓梯口的轉角，低下頭去。

插在褲子口袋裡的手拿出來，慢慢攤開，掌心一枚亮銀色的硬幣安靜地躺在那裡。

他閉一下眼，就能輕易回憶起自己昨天撐著傘站在樹下看到的那一幕。

雨裡那名女孩縮著單薄的肩，站在ｉｎｔ店前的屋簷下。她緊闔著眼，睫毛輕顫；長髮烏黑，幾根細而凌亂的髮絲溼貼在她蒼白的臉頰上，唇卻被咬得瑩潤豔紅。

那樣豔麗的反差顏色，像一隻從深海裡偷跑出來，不見光的水妖。

二樓露臺的方向，隱約傳來凌亂的腳步聲和抱怨聲：「怎麼突然下這麼大的雨？」

「最近幾天都有雷陣雨，沒想到今天也趕上了，真倒楣啊。」

「還下得這麼急，沒反應過來，差點把我淋個透心涼！」

「哈哈哈，你算好的了，沒看你旁邊那個還摔了一跤嗎？」

幾個年輕人議論著走過轉角，為首的那個突然愣了一下。

旁邊的人推了他一把：「幹什麼呢，突然停下來，還跟中了邪似的？」

「不是。」那人錯愕地揉了揉眼，抬手指向走廊正對的落地雙開長窗，「你們看見沒，剛剛好像……」

「好像什麼？」

「好像有個人——從那裡跳出去了？」

幾人一呆，有人發笑：「你剛剛摔傻了吧？幻覺都出來了？」

「不是！我真看見了！」

「駱家的莊園難不成還能進賊嗎？不然什麼人會放著旁邊的樓梯不走，要去跳二樓的窗戶啊。」

「也對喔。」

幾人嘻嘻哈哈地轉進另一條長廊裡。

他們視野盲區的盤旋樓梯內，一道筆直修挺的身影不緊不慢地走上來。

男人停在最上一級臺階前，站定幾秒，笑容溫和地望向走廊盡頭那扇敞開的長窗。

眸子晦暗難測。

「唐家的……小小姐？」

雨點沙沙啦啦地穿過細密的樹杈，落進鬆軟溼潤的泥土裡。

唐染縮在樹下，隔著裙襬抱住膝蓋，小巧的下頜安靜地磕在披肩的外套下露出來的細白手臂上。

她闔著眼，輕輕地嘆了一聲氣。

「駱駱，你說今年夏天的雨，是不是和我有仇啊……」

躺在她懷裡的手機安安靜靜的，沒有回應——

從長廊迷路進這片不知道是什麼地方的園子裡後，她走過許多亂七八糟的小路，卻沒能聽到一點人聲。

然後遇到突然的雨，她匆匆地躲，不小心把手機掉進了積水的坑窪裡，好不容易摸索著撿起來，再試圖開機卻沒了動靜。

完全陌生的地方，黑暗、死寂……恐慌和無助像小蟲子一樣啃噬她的心。

唐染慢慢縮緊手，抱住發冷的身體。過了幾秒，她閉著眼歪了歪腦袋，臉頰貼到冷冰冰的手臂上。

枕著自己的手臂，女孩的聲音帶著一點努力壓著的輕顫和笑。

「駱駱，我……有點怕。」

手機自然不會回應。

女孩心口鬱積的情緒顫得厲害，眼眶再也忍不住微微泛起紅。

就在這時，一道腳步聲踩著雨水的積窪由遠及近。

唐染本能地仰起臉，茫然地循著聲音抬頭，腳步停在她身前不遠的地方。

她反應過來，慌忙起身：「有人在嗎——」

女孩伸到眼前只有黑暗的空中摸索的手指被人驀地握住。

黑暗裡，那人拉起縮在樹下的唐染。

揉亂的裙襬舒展開，順著女孩纖細的腰身垂散下來，在空中細密的雨絲裡劃過一道漂亮的弧線。

女孩蹲得太久，順著猝不及防的拉力，腿一軟便跌進來人的懷裡。

然後唐染聞到了淡淡的香氣。

浸著雨絲和青草互相沁潤的清新，摻進了冷淡冰涼的雪水味道，是熟悉的琥珀松香的尾調。

唐染心口一顫，無助而驚慌地仰起臉：「駱駱——」

「……在了。」

不再是AI程式裡的一成不變。

那個無比真實的沉啞好聽的聲音，夾著一聲低低的喟嘆，在她頭頂響起。

有幾秒的時間，唐染幾乎要以為是陪她走過太多次孤獨無助和落寞的「駱駱」終於像她夢裡那樣活過來了。

她終究只是一個十六七歲的孩子。目不能視和與外界的隔絕讓她比同齡人活得更單純些。

她的生命裡沒有豐富多彩的經歷和趣事，甚至連一個可以交談的同齡朋友都沒有過。

除了駱駱。

於是就像所有女孩子會有過的幻想和夢，唐染很多次在夢裡見過，她的「駱駱」變成一個真實存在的、總是會用懶洋洋又輕慢冷淡的聲音和她玩笑說話的活人。

不再是無數則已經設定好的語言模式組成的人工智能，不再是只能鎖在那個小盒子裡的聲音，夢裡她的「駱駱」是可以觸碰的、有溫度的。

就像此刻——

唐染聽得見近在咫尺的位置，隔著薄薄的衣衫和肌肉，帶有人類溫度的胸膛裡，那顆心在「怦怦」地跳著。

「駱駱……」

冷得瑟瑟發抖的女孩無意識地慢慢攥緊手指。

駱湛垂眸，無聲地望。

被雨淋得溼透了而更顯得小小一隻的女孩趴在他身前，身體還帶一點抖，細白的手指把他胸前的襯衫攥得緊緊的。

她的聲音很輕，帶著失明的女孩在完全陌生的環境裡，什麼都看不到時特有的不安和慌亂。

很輕易的讓人想起雨裡的街角，縮在草叢裡被淋得毛都溼答答垂下來的可憐兮兮的小貓——還是隻看不見街角前車水馬龍危險叢生的小病貓。

駱湛手抬了抬，最後停在半空，然後垂下。

「……妳想抱多久？」

聽見那個懶散冷淡的聲音，唐染的身體輕顫了一下。她終於被從那個分不清夢境還是現實的虛幻裡拉出來。

僵了幾秒，唐染慢慢鬆開被自己攥得褶皺的襯衫，她低著頭，溼垂著的長髮髮尾輕輕打著捲翹起來。

「對不起。」女孩緊闔著眼慢慢挪後半步，「你……」

「我不想陪妳淋雨。有什麼話進去再說。」

駱湛躬身撿起地上的導盲杖，把手握的那頭遞到女孩手邊，看著她攥得發白的指尖遲疑地鬆開，然後一點點握上去。

細密的雨絲還在落著。

駱湛眼簾一垂，在原地停了兩秒，便脫下身上半溼半乾的外套。

單手拎起女孩身上溼透的那件搭到自己肩上，駱湛將新的外套一抖，幫女孩從後披上——這次披得很正，連那顆溼漉漉的小腦袋一起裹住了。

做完這些動作時，駱湛身上那件薄薄的襯衫早就被打溼了，半透明地貼在身上，露出衣衫下白皙漂亮的肌肉線條，他卻像沒察覺。

駱湛垂下手，輕屈起修長指節敲了敲女孩手裡緊握的導盲杖：「抓好了。」

他也握上去，小心引著女孩用她能適應的速度緩步向前走，只是聲音聽來仍舊憊懶散漫：「我要送妳回我們拐賣小女孩的據點了。」

唐染被那人熟悉清香的外套罩在身上，雨絲透不進，低著頭小心地走。

一邊走她一邊想，真人的「駱駱」好記仇。

唐染迷路的地方離主樓有些遠，離她來的閼逢樓倒是很近。駱湛沒遲疑地把人先領回了閼逢樓。

分館裡原本就有傭人侍者，今天是駱老爺子的壽宴，為了接待分流到各處分館的賓客，樓裡自然不會少了人。

閼逢樓裡的傭人見到一身狼狽還溼著黑色碎髮的小少爺，愣了好幾秒才反應過來：「少爺，您這是——」

看到第一個遇見的是女傭，駱湛眉間褶皺微鬆，他示意身後蒼白著臉的女孩：「帶她去沖個熱水澡，身上的衣裙也處理一下。」

「那少爺您身上？」

駱湛皺眉，從身體冷得微顫的女孩那裡收回視線：「妳不用管，先帶她去。」

「……是。」

半個小時後，閼逢樓二樓的一處客房內，穿著浴袍的唐染坐在沙發上。

清洗和蒸汽烘乾都需要一定的時間，女傭囑咐過這名格外安靜的女孩後，就先拿著衣物離開了。

唐染閉著眼睛窩在沙發的角落，寬大柔軟的靠背和扶手能帶給她很大的安全感。她低著頭似乎在想什麼。

駱湛就是這個時候進來的。

客房的小號浴袍也是成人型號的，裹在女孩身上把她的手腳都包了起來，看起來像是白白的糯米糰子，一動也不動地縮在沙發角落。

不過吹乾的長髮已經恢復正常的微捲弧度，髮間那張俏麗的臉也多了點熱水澡後的紅潤。有了血色的紅唇透著嫣，給這張本就不俗的臉龐染上一抹豔麗。

總算不是蒼白得像病秧子似的了。

駱湛一邊走進來，一邊滿意地想著。

他停到女孩身前，想了想，駱湛沒有直接開口，而是在女孩坐著的沙發前蹲下身，「妳有沒有什麼地方不舒——」

「你是駱湛嗎？」女孩突然抬頭，和他一起開口。

駱湛微愣了一下。

然後他看見，女孩明顯地向後微縮了縮浴袍裡露出一點的白嫩的足尖。

她緊閉著眼，不知道自己微皺著眉的表情完全暴露了她的退避：「要和唐珞淺訂婚的……那個駱湛，對不對？」

「駱湛沒答應，婚就訂不成。」

說話間，駱湛低眼看著女孩不安地蜷縮起來往後躲的足尖。

他皺了皺眉，然後抬頭，聽見自己鬼使神差地開口：「而且，我不是駱湛……我是駱修。」

「駱……修？」女孩的神情空白了幾秒，顯然沒有反應過來這個名字代表的是什麼。

空氣安靜須臾，唐染終於慢慢回過神，小心地問：「你是駱湛的哥哥？」

駱湛說：「嗯。」

唐染不安地抿緊唇，不知道自己有沒有說錯話——

即便她很少和外界接觸，消息閉塞，但也會聽到楊益蘭跟她說起這個唐家巴結著想攀高枝的駱家。

印象最深刻的是駱家有兩個兒子。幼子駱湛是世家裡也難得的典型天之驕子，受盡追捧，自不必說；而長子駱修卻是已經過世的駱家前任主母所生，在家裡的處境似乎比她這個唐家的私生女好不到哪裡去。

楊益蘭還感慨過：「駱家那位小少爺性子冷淡，桀驁不馴，是個什麼人什麼事都入不了眼的人。他們兄弟既然不和，那大少爺在駱家過得恐怕要多慘有多慘了。」

由於自身經歷的緣故，唐染聽楊益蘭提起時，對這位傳聞裡過得很慘的駱家大少爺有些感同身受的同情。

想到自己剛剛冒昧地把他錯認作他的「死對頭」兄弟，唐染不安地攥起手指。

「對不起，我就是，胡亂猜的。」

女孩的難安情緒是溢於言表的。駱湛頭腦頂尖，思緒一轉便猜到了唐染此時的心路歷程。

他的嘴角無聲地勾了下，笑意懶散下來。再開口時，男生的聲音聽起來依舊輕慢冷淡：

「妳聽說過我？」

唐染猶豫了一下：「嗯。」

「聽誰說的，妳那個姐姐嗎？」

唐染搖頭：「家裡的阿婆提過。」

「她提了什麼？」

唐染窩在沙發上沉默的時間裡，駱湛索性坐到她腳邊的地毯上。他向後倚著雲絮紋理的茶几，單膝撐起，手臂搭到膝蓋上。

然後駱湛懶洋洋地仰起頭，視線撩起來落到女孩身上。

女孩的表情看起來有點糾結。顯然那話不適合當著「駱修」的面說，撒謊又不是她習慣做的。

望了幾秒，駱湛垂下眼，無聲地勾了勾嘴角：「不方便說就算了。」

「好。」女孩還真答應下來。

駱湛說：「剛才怎麼沒和妳姐姐一起去主樓？」

唐染沉默幾秒，誠實開口：「這個也不方便說。」

駱湛眼神一晃：「妳和妳姐姐的關係，也不太好？」有意無意的，那個「也」字被駱湛咬重幾分。

唐染正遲疑著，又聽見那人說：「我和我弟弟的關係就不好，妳應該聽人提過。」

唐染默然幾秒，同情起這個聽來有點落寞的聲音，「駱湛他，會欺負你嗎？」

駱湛輕瞇起眼。幾秒後，他神情懶散地「嗯」了一聲：「從小他就欺負我，家裡所有人都偏愛他。他長大以後，讓老爺子斷了我的經濟來源，把我趕出家門了。」

唐染聽得呆了幾秒才反應過來：「那、那駱爺爺同意了嗎？」

「老爺子最偏心，同意了。」

唐染慢慢低下頭，表情有點難過：「果然是這樣啊。」

駱湛一直望著她：「果然什麼？」

「沒什麼，只是我奶奶也……有些偏心我姐姐的。」唐染低著聲，「所以我姐姐才是和駱湛訂婚，不是和你嗎？」

提起這個，駱湛本能地皺了眉：「還沒訂婚，也訂不成。」

從那人的聲音裡聽出些許冷意，唐染思索幾秒，突然明白了什麼：「你喜歡我姐姐？」

駱湛面無表情，聲音冷淡又氣悶：「妳想太多了。」

「喔。」唐染有點臉紅，「對不起。」

駱湛沉默兩秒：「駱湛也不喜歡妳姐姐，所以不會和她訂婚。」

這個話題轉得突兀，讓唐染有些茫然地閉著眼轉向男生的方向。但出於禮貌，唐染還是試著接下對方的話：「大家都說，我姐姐很漂亮的。」

駱湛輕嗤：「真論漂亮，那駱湛不是該娶妳嗎？」

唐染一呆，駱湛也反應過來自己說了什麼，下意識皺起眉，心虛地挪開目光：「不過他只喜歡眼睛漂亮的，所以不會喜歡妳。」

空氣安靜下來。幾秒後，駱湛智商回歸，抬手煩躁地捏了捏眉心，低聲咒著：「剛剛淋雨，腦子進水了嗎……」

他回眸看向沙發上，女孩顯然努力藏住自己的真實情緒了，但是被提及眼睛，她原本已經敞開的情緒又一點點縮回去。

駱湛無聲地嘆，從地上起身，撐著膝蓋俯到女孩面前：「對不起。」

唐染微愣，隨後抬頭，眼角彎下來：「沒事，我習慣——」

「駱湛是個混蛋，不必理他。」

駱湛忍了忍，還是沒忍住。他抬起手，在看起來有點難過的女孩頭頂揉了揉，聲音冷淡懶散，但很努力地試圖「哄人」——

「妳最漂亮，沒人比得過妳。」

唐染愣了好久，想起不久前還是同一個相似的輕慢懶懶的聲調，似笑非笑地對她說：

『不好看，醜小鴨一樣。』

現在……

女孩眼角彎下來：「謝謝駱駱。」

剛收回手的駱湛一僵，冷淡警告：「不許叫我駱駱。」

唐染遲疑地問：「那要叫什麼？」

「直接喊駱修的話，可以嗎？」

儘管有些不爽，但畢竟是自己挖的坑，駱湛只能認了：「嗯。」

洗好烘乾的衣服被送回客房。

駱湛走到長廊上，站著等被他警告過不許多話的女傭幫客房裡的女孩換回來時穿的衣裙。

沒多久，客房的門重新打開了。

換回那件綴滿了碎鑽的深色禮服裙的唐染小心翼翼地扶著門走出來。

駱湛眼神一停，等從驚豔裡回神，他上前把導盲杖和手機遞到女孩手邊：「手機已經修好，可以正常用。外面雨停了，我讓人送妳去主樓。」

唐染愣了愣：「你不一起去嗎？」

「不了。」

「……好。」女孩除了停頓的一兩秒外，沒有露出任何反對的情緒。停頓之後，她也只是點了點頭，語氣認真地輕聲說：「那我們，下次再見。」

駱湛沉默，看著女孩握著導盲杖，在女傭的陪同下轉過身去。

細細的導盲杖在長廊的地板上輕輕敲擊著，一點點挪向黑暗的前方，那些細碎的聲音裡藏著小心翼翼的試探和不安。

唐染快要走到她記憶裡的樓梯位置時，聽見身後的靜默被腳步聲踩碎了。

那人帶著淡淡的雪松木的清香走來，停在她身旁，似乎遲疑了一下。然後唐染感覺自己握著的導盲杖的上端被人扶住。

仍是那個輕慢懨懶的聲調，只有一點出爾反爾的不自在：「我送妳……到主樓樓下。」

唐染在原地站了兩秒，然後輕彎下眼角。女孩柔軟地笑起來：「好。」

秉著男女授受不親的原則，駱湛隔著一小截導盲杖扶女孩下樓時，還在思考自己到底是哪塊神經中樞出了問題。

不然也不會把自己置於這樣一個進退兩難的境地。

想到晚上老爺子的壽宴，他難逃以駱湛的身分，當著所有來賓包括他此時牽著的女孩的面開口，駱湛就覺得太陽穴一跳一跳地疼。

說謊隨意，圓起來卻要命，駱湛嘆了口氣。

唐染耳朵很敏感地捕捉到這聲幾不可查的嘆息，她猶豫了一下，小心地問：「駱修，你怎麼了？」

駱湛懶洋洋地應：「頭疼。」

唐染擔心地問：「會不會是淋雨發燒了，你試試額頭燙不燙？」

「不用——」

話聲戛然而止，駱湛的腳步在最後一級臺階下驀地停住。

望著一樓不遠處站著的笑容溫和眸子清冷的男人，駱湛陷入沉默。

閉著眼的唐染自然不知道真正的駱修已經站在樓梯旁了。

她只知道身前那人突然停下來，還是在說了「頭疼」以後——唐染擔心地皺起眉，順著導盲杖小心地摸索上去。

女孩擔憂地輕聲問：「駱修？」

駱湛回神時，親眼看著身後一隻白淨細長的小手順著導盲杖攀上來，然後冷冰冰的掌心輕覆上他的額頭。

女孩聲音溫和，「哄」著他這個不太聽話的「病人」：「你別動喔。」

駱湛眼神一晃，忘了阻止。

樓梯旁，倚牆站著的男人直身的動作頓住。幾秒後，男人抬眼。看著站在樓梯上的弟弟和那名閉著眼睛還披著駱湛外套的女孩子，駱修微微挑眉——

「駱、修？」

聽見突然響起的陌生聲音，唐染愣了愣，然後慌地收回給駱湛試額頭溫度的手。

她知道這是駱家，要和唐家聯姻的駱家。唐家的人都不太喜歡她，她怕給原本就在駱家處境不好的「駱修」添麻煩。

只是等了好幾秒，唐染都沒聽到身前的「駱修」開口。

她猶豫了一下，順著手裡的導盲杖摸上幾寸，偷偷拽了拽他的衣袖。

女孩聲音很輕：「駱修，剛剛好像有人喊你了？」

駱湛微皺著眉，臉色不善地和駱修對視。

方才看見駱修的那一瞬間，他腦海裡已經掠過無數個和身後女孩撇清關係的方法——駱修這個兄長溫文無害的笑容下有多心思深沉，沒人比他更了解。他不想把任何可能成為自己弱點的地方暴露給駱修，裡面自然也包括他和唐家的私生女熟識這件事情。

可偏偏，好像每一個方法的結局他都不太喜歡。

駱湛被袖子上細小的拉力拽回了神。

他低下頭，女孩細白的手指正捏著他的衣服，還要小心地讓這點小動作躲在導盲杖和他的身後——大概是從聲音判斷出了駱修的方向，連提醒時都替他小心迴避著。

這樣謹慎而小心翼翼的性子，也是唐家「欺負」出來的嗎？

想到這裡，駱湛心裡沒來由地升起冷冰冰的薄怒。

他垂手握住女孩的手，然後把它放回導盲杖上：「嗯，我聽到了。」

駱湛停頓了一下：「妳不用管，好好握住導盲杖，別亂動，免得摔著。」

唐染輕聲說：「我自己能下樓，你讓人領我過去就可以……是不是有人來找你了，你去做你的事情吧。」

「是有人來。」

駱湛看向樓梯旁，在駱修意味深長的目光下，駱湛懶得再去思考利弊，索性裝作沒看見那人。

他回眸看向身後的女孩：「是駱湛。」

樓梯旁的駱修輕瞇起眼，插著西裝褲的口袋，站著看自己弟弟當著自己的面，毫不在意地對那個看不見的女孩「演戲」。

唐染露出一點不安，她往駱湛身後挪了挪，用最輕的聲音小心問：「他是不是不喜歡看見我？」

駱湛挑了挑眉：「為什麼？」

「你不是說，駱湛喜歡眼睛好看的人嗎？」

駱湛不自在地輕咳一聲：「那我們就不理他。」

唐染聞言更擔心了。

她甚至覺得這個「駱修」這麼直接不懂委婉，所以才會在駱家被那個桀驁不馴的小少爺駱湛欺負得厲害。

唐染輕聲勸他：「不理的話他以後更會欺負你了，還是打個招呼吧？」

駱湛懶散地回眸瞥駱修。

唐染想了想：「你要是害怕他，我陪你一起過去。」

駱湛轉回身：「妳不怕他嗎？」

想起駱家小少爺「惡名」在外的風聞，唐染心裡顫了下。

然後她抿起唇，誠實回答：「有點怕。不過我們兩個人一起，應該會好一點……你送過我兩次了，我會陪你一起的。」

也許是因為緊張，女孩把導盲杖握得緊緊的。

聽她用不自察的柔軟聲調在自己耳後不遠的位置說話，駱湛眼底情緒晃了晃。

他垂眸，笑著垂手搭回女孩的導盲杖上。

駱湛說：「下次吧。」

唐染回：「下次？」

「嗯。」駱湛領著女孩一步一步走下樓梯，目不斜視地從駱修身旁走過去，「駱湛已經走了。等下次，我帶妳找他打招呼。」

女孩鬆了口氣，眼角彎下來。

「好。」

到最後駱修都十分配合，沒有再發出聲音。

看著那一高一低兩道身影離開，駱修輕瞇起眼——

如果不是錯覺，那就是剛剛這幾十秒的時間裡，他不但親眼目睹了駱湛自導自演一場大戲，還在自己這個弟弟身上看到了前面十八、十九年都不曾展露過半點的耐心。

而且那耐心不是給任何一個駱小少爺會喜歡的眼睛漂亮的人，而是全給了一個什麼都看不見的女孩。

駱修饒有興趣地轉過身，攔住了從二樓下來的女傭。

「大少爺，怎麼了？」女傭小心請示。

駱修說：「駱湛領進來的那個女孩，就是唐家的小小姐？」

「好像是。」女傭點頭，「聽說在園子裡迷了路，又淋了雨。」

駱修又說：「駱湛親自把她送來的？」

「對。」女傭點頭，同時不解地說：「而且她來的時候披著小少爺的外套——大少爺您也知道，小少爺潔癖很重的，那件衣服又被折騰得厲害，我本來打算丟出去，小少爺卻不讓。」

「唔，這樣嗎？」

女傭沒能理解駱修口中的「這樣」是哪樣，就見駱修若有所思地笑著離開了。

駱湛讓人把唐染領進主樓，自己一下午不敢露面——

那群跟著長輩們來給駱老爺子祝壽的少爺小姐沒一個不認識他的，隨便上來哪個問候一句，他就白費這半天工夫了。

眼見著晚宴將近，一整個下午駱小少爺都把自己悶在房間裡，思考晚上這一關要怎麼過。

女孩確實看不見，但對聲音比常人敏感太多——駱湛很確定自己如果以真實身分一開口，第一時間就會被唐染發現真相。

苦思冥想一下午後，駱湛終於有了主意。

於是，晚宴之前，回到露臺上的年輕人們就從駱家的傭人那裡聽說了一個消息——

駱家那位小少爺駱湛今天下午傷到了嗓子，晚上說不出話了。按照那人的脾氣，之後很長時間內都將會維持「活人勿近」的閻王氣場，想好好活過今晚的最好一個都別往上撞。

聽到消息時，畢雨珊正陪著唐珞淺坐在世家小姐們的簇擁間，聞言恍然地拍了下手：

「難怪我哥今天對妳那麼冷淡呢，肯定是因為嗓子不舒服。他不爽的時候誰都別想得到好臉色——就這個少爺脾氣，改不掉的。」

「嗯。」唐珞淺心不在焉地應了。

畢雨珊問：「妳看什麼呢，這麼入迷？」

順著唐珞淺的目光，畢雨珊看到露臺角落安靜地握著導盲杖閉眼坐著的女孩。畢雨珊愣了一下：「妳看她做什麼？」

唐珞淺回神，皺著眉轉回來：「我聽說，下午她是被人專門找回來的。」

「嗯，所以？」

唐珞淺憂心：「駱家能發得了話的，不也只有那幾個人？」

畢雨珊呆了幾秒，失笑：「妳不會覺得她是駱湛送回來的吧？」

唐珞淺轉頭，又看了角落裡女孩身上那件風格熟悉的外套一眼，緊皺著眉頭沒回答。

畢雨珊打趣她：「妳這是要得妄想症的節奏了，要是猜駱修表哥那倒還有可能，可妳去猜駱湛，那不是開玩笑嗎？」

唐珞淺皺眉：「妳又沒看見。」

「沒看見我也知道——駱湛什麼脾氣，天底下誰不知道啊？要他專程送女孩回來，那怎麼可能？」

「而且我不是早就跟妳說了。」

見唐珞淺還是不放心，畢雨珊往她那裡倒了倒，歪著頭笑。

「我哥小時候住過一次院，就把自己住魔怔了，他只喜歡眼睛漂亮的——像妳這樣還差不多——那個小瞎子，他怎麼可能看得上？」

畢雨珊是駱老爺子最疼的外孫女，被寵壞了性格，駱家除了駱湛沒人治得住她。所以對畢雨珊的話，唐珞淺還是相信的。她點點頭，稍稍地放下了心。

就在這時，那群和駱湛還算熟識的年輕人注意到什麼動靜，望向露臺入口。隨後有人笑起來——

「駱小少爺，晚宴都快開始了，您終於肯下來了啊？」

第五章　駱家兄弟

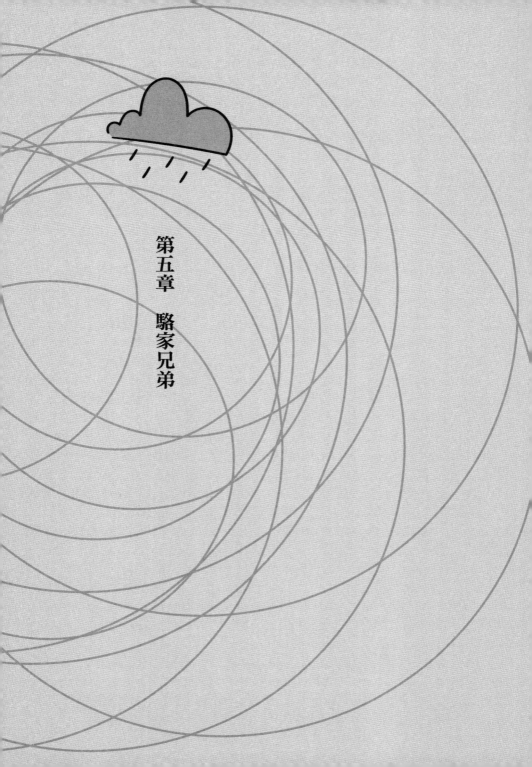

駱湛下樓之前，專程去一趟駱老爺子的書房外。

到了他也沒進去，只是站在門外等著。過去五分鐘後，書房厚重古樸的雙開門推開，西裝革履的男人走了出來。

踏進長廊裡，駱修眼底涼意未褪，剛抬眼便看見自己同父異母的弟弟——駱湛正懶洋洋地插著口袋倚在牆前，顯然是在等人。

駱修腳步緩住，淡淡一笑：「你的盲人女孩跑到這層樓來了？」

剛聽見動靜抬眼的駱湛聞言一頓：「和她有什麼關係？」

駱修莞爾：「按照你今天下午對她的重視程度，我以為你會形影不離地跟著她。」

駱湛不爽地低嘖一聲。

這種「把柄」落進駱修手裡，會被對方抓穩了提起來他一點都不意外——結果他早就料到，這是他下午在分館樓梯上那麼選的，到現在這個地步，自然誰都不能怪。

駱湛皺著眉：「我找你有事。」

駱修說：「說吧。」

「你不是已經給爺爺祝過壽了？今晚後面的宴會，你別露面了。」駱湛說完，眼神嘲弄地看向駱修，「反正你其實也不喜歡那種場合，明明心裡冷得像冰塊，卻要天天戴著一張斯斯文文的面具——累不累？」

駱修沒直接答話，而是低頭笑了起來：「你是怕我露面，被你那個看不見的女孩發現你其實根本不是駱修？」

「嗯，是。」駱湛懶洋洋地應了，態度倒是大大方方。

駱修說：「所以明明是你來找我幫忙，怎麼說得像是要給我便宜一樣？」

駱湛懶洋洋地說：「互利共贏。」

「只對你有實際益處的事情，這可不叫互利共贏。」駱修溫和地笑。

駱湛沉默數秒，也笑起來，只是眼神裡仍透著點冷淡輕慢：「我聽說你想開自己的傳媒公司——爺爺不讓吧？」

駱修溫和笑著，眼神不波不瀾。

駱湛說：「你答應我今晚不露面，後面有困難我幫你解決。」

駱修垂眸：「我知道你的ｉｎｔ最近兩年小有起色，但應該還沒到打這種包票的時候？」

「但至少，爺爺盯我還遠沒有盯你那麼緊。」駱湛走過去，神情散漫，「我能理解你想以最快速度擺脫駱家，順手把擔子全甩給我的決心，畢竟這方面的急迫感我一點不比你少——但你還是有點太急，所以被老爺子抓到尾巴了吧？」

駱修垂著眼，仍是那副溫溫和和的笑意，斯文無害。

在這一成不變如面具的笑容下，男人再次開口時的語氣已經涼颼颼的了：「你現在惹火我了，那我很有可能會在不夠理智的情況下，選擇掀掉你的『互利共贏』局。」

說著，駱修抬眸，笑了笑：「如果我猜得沒錯，你會騙那個女孩，是因為怕她知道你是駱湛——是要和她姐姐訂婚的人。被她知道了，她立刻就會躲你躲得遠遠的吧？」

駱湛立時皺起眉。沉默半晌，他不爽地瞥了駱修一眼：「那我就當你同意了。」

駱湛散去臉上情緒，轉身準備往樓梯走。

身後的聲音攔住了他：「你和那名叫唐染的女孩，是怎麼認識的？」

駱湛腳步頓了頓。幾秒後他停住身，回頭：「你問這個做什麼？」

駱修淡淡一笑：「好奇。畢竟在我的印象裡，你只喜歡眼睛漂亮的女孩子——雖然按照你的標準，這世界上根本沒有眼睛漂亮的。」

「有，只是你沒緣分見到。」駱湛冷淡地答，「而且誰說過我喜歡唐染？那只是個沒長開的小丫頭而已。」

駱修說：「不喜歡，你還為她專程來找我幫忙？」

空氣寂靜幾秒，駱湛回神，笑意懨懶冷淡：「那就算是喜歡了？懶得理你，莫名其妙。」

說完，壓下心底那點難言的煩躁，駱湛轉身重新邁開腳步。

身後的笑聲追上來，讓人心裡更焦躁——

「真的不喜歡？」

「不喜歡。」駱湛冷著臉。

「這是你自己說的，以後不要反悔。」

停在樓梯口，駱湛冷笑出聲，微微咬牙，帶了點跟自己賭氣的狠勁走下樓——

「我說的，誰反悔誰是狗。」

晚宴正式開始後，唐染一直獨自坐在會場露臺的角落。

這邊是年輕人的專場。長輩們和這群二十左右的孩子聊不起來，也沒為難他們，駱家就在主樓二樓最寬敞的露臺上幫他們安排出一塊單獨的自助晚餐的宴會場地。

世家的晚輩間彼此都有交集，此時自然三五成群地按興趣喜好坐在一起。

偌大露臺，小輩一眾，只有唐染是個例外。

經過八卦愛好者的介紹，赴宴的人裡那些原本沒聽說過的如今也知道她就是唐家的私生女。

既是來到駱家，便沒有誰沒聽說過駱小少爺要娶唐家那位大小姐的風聲的——

這樣來算，唐珞淺的背後便是站了整個駱家，自然誰也不敢冒著得罪唐珞淺的風險去和唐染接觸。

於是，整個晚宴上的年輕人們都在「默契」地配合唐珞淺冷落著唐家這個私生女。

女孩形單影隻地縮在宴會最昏暗的角落裡，本就單薄的身影幾乎要和昏黑的夜色融為一體，外人看起來實在有點可憐。

唐染卻習慣了。

在家裡或者在外面都一樣，盲人的世界連色彩都談不上，自然和豐富、有趣、生動沒有關係。

不過，唯一一點小問題是……

「駱駱。」女孩癟了癟嘴，小聲地對自己手機裡的AI說：「我有點餓了。」

在有點嘈雜的噪音裡，唐染把耳朵貼到手機上，聽見那個懶散冷淡的聲音夾著點磁性的電音，似笑非笑地回她：『妳又挑食了吧？』

唐染嘆了口氣，放下手機：「我才沒有。駱駱你真傻。」

AI冷淡地笑了一聲：『社會你我他，文明靠大家——以為我會這樣說嗎？妳才傻。』

儘管已經聽過很多遍這個回答，唐染還是忍不住翹起嘴角。

不過很快她就笑不出來了，苦著小臉揉了揉胃——

中午在分館沖澡換衣服又吃了一點茶點後，唐染這一天便沒沾過米水了。晚上是自助宴會，沒了家裡熟悉的用餐環境，唐染也不好意思主動要求駱家的傭人提供便利。

聽胃裡空落落地唱起空城計，唐染有點不好意思。她猶豫了一下，想宴會上也沒人會注意自己，便偷偷窩到沙發扶手上。

撐著下巴在周圍嘈雜的環境裡又待了一陣子，女孩輕輕哼起小調轉移自己的注意力。

女孩窩成一團的時候，宴會上被眾人的目光簇擁的正中心，有個人的眉皺得比她緊多了。

「駱少。」旁邊的年輕人實在看不下去，猶豫著開口，「你這一晚看起來心不在焉的，還是嗓子不舒服？」

「……嗯。」

駱湛敷衍應了，皺著眉收回視線。

他俯身向前拿起面前的杯子，遞到唇邊抿了一口，捏著杯子的指節收得微緊。視線再次飄向某個角落。

旁邊的人沒察覺：「我看隔壁桌唐家那位大小姐看過來好幾次了，駱少你要不請人過來坐坐——」

話沒說完，冷著臉的駱湛在再次瞥到女孩的手無意識地揉向胃部後，終於忍不住了。

他皺著眉，手裡杯子「砰」地一聲擱在桌上。

這動靜把這一小片中心場地的年輕人們驚得不輕，連旁邊聚堆的群落裡唐珞淺幾人都忍不住看過來。

「——少爺？」離得近的傭人茫然又膽顫心驚地快步過來，不知道哪裡惹這位小少爺惱火了，「您哪裡不舒服？」

駱湛擰著眉把那句「連個客人都照顧不好」壓回去，冷著聲音：「我餓了。」

傭人小心翼翼地回過頭，確定周圍幾個宴會長桌都擺滿了豐盛的自助餐品後，艱難地轉回來：「少爺有什麼想吃的？我立刻讓廚房準備。」

駱湛想了想：「牛奶吧。」

宴會場裡隨著這一角安靜下來，駱湛心虛地低著聲音，怕被角落裡的女孩聽到。

傭人傻住了：「牛、牛奶？」

「嗯。」駱小少爺語氣懶散也冷淡，沒什麼表情地補充，「每人一杯，我請客。」

眾人疑惑，他餓了為什麼要他們喝牛奶？

在所有人陷入懷疑人生的沉默裡時，露臺外快步跑上來一名駱家裡的傭人。

那人直奔著駱湛這桌過來，停住：「少爺，老先生讓你去書房一趟。」

駱湛皺了皺眉，仍低著聲：「去書房做什麼？」

「老先生沒說。」

駱湛皺著眉起身。

他這邊剛離開沙發，傭人又小心翼翼地補充了：「老先生還說了，讓少爺帶上唐家的小姐一起過去。」

駱湛眼神一冷。

這話眾人都聽見了，下意識轉頭看向隔壁桌的唐珞淺。

唐珞淺還愣著，旁邊畢雨珊推了她一把。她回過神，臉上飛過紅暈，連忙站起來走向駱湛。

駱湛皺起眉，他冷冰冰地瞥向那傭人：「她沒長腿還是你們不會帶？」

說完，他看都沒看走過來的唐珞淺一眼，就要離開。

傭人連忙攔了一下：「老先生說的，是讓少爺您把唐家的兩位小姐都帶上去。」

駱湛的身影驀地頓住。

死寂幾秒後，駱湛慢慢鬆開皺緊的眉。

他的眼神往角落裡飄了飄——

沙發裡的女孩沒聽到，還窩在那裡，小小的一團影子。

駱湛移開視線，冷冰冰的情緒從清雋臉龐上褪了乾淨。

「……嗯，知道了。」

傭人錯愕地看向駱湛。

他接了老先生的命令要下來請人時，就做好了看駱湛甩手走人，然後自己收拾爛攤子的心理準備。

沒想到他們駱家最難搞的小少爺今晚像是轉了性，竟然答應下來了。

傭人不可思議地確認一遍：「少爺，您剛剛說的是知道了？」

駱湛一撩眼皮，冷淡地望著他。

傭人得了「回答」，壓下心底疑惑，露出鬆了口氣的笑容：「少爺和唐小姐在這裡稍等，我去請那位小小姐過來。」

駱湛皺眉，瞥向一旁。

說話間唐珞淺已經走到他身旁來了。

剛走過來的唐珞淺聽見傭人的話，臉上有點羞赧的笑容一滯，反應過來後她不相信地看過去：「那個小瞎……唐染也要和我們一起上去？」

「老先生是這樣吩咐的。」傭人回答。

唐珞淺咬了咬嘴唇，眼底掠過一點憤恨不滿的情緒。

但傭人已經說了是駱老先生的意思，駱湛又站在她身旁，她就算再想發小姐脾氣也只能忍下來。

等傭人找到唐染的方向過去後，唐珞淺猶豫了一下，轉向駱湛。

她盡可能把表情按照自己最滿意的笑容弧度展現出來，聲音也壓得細柔：「駱湛，我聽說你今天嗓子不太舒服，要不要我——」

話未說完，駱湛眼皮抬了抬，似乎是被提醒了什麼。

他沒理會唐珞淺，轉身走回自己的沙發前，俯身從夾縫裡抽出一份薄薄的東西。

宴會裡眾人原本就都在盯著這位少爺的動靜，見他突然動作，大家的目光好奇地落過來。

看清楚駱湛手裡的東西是什麼，眾人愣了一下——

那是一塊壓著一沓白紙的手寫板，還有一支簽字筆。

離得近的年輕人好奇地問：「駱少，你這是……」

駱湛懶洋洋地垂了眼，單手托著手寫板，咬開簽字筆帽，寫下龍飛鳳舞的一行字：『喉嚨痛，不方便說話。』

年輕人呆住：「雖然之前聽你家傭人說了，但是剛剛……不是還好好的？」

駱湛垂著眼皮，往下繼續寫，寫完懶洋洋地亮出來：『間歇發作。』

眾人無語了，好一個收放自如的間歇性發作。

而此時的露臺角落，唐染趴在沙發扶手上，一邊輕揉著胃，一邊已經哼到〈蟲兒飛〉了。直到傭人走過來的腳步聲拉走了她的注意。判斷出對方好像是朝自己來的，唐染直起身，小心地摸到了扶手旁的導盲杖上。

「唐染小姐？」傭人問。

唐染不安地點頭：「我是。」

「我們家老先生請妳和唐小姐隨少爺一起去樓上書房。」

「老先生？讓我也上去嗎？」唐染意外地問。

她聽說過這位駱家的大家長，但和對方並沒有過交集，有些不明白為什麼要見自己。

傭人說：「老先生專門囑咐過，要少爺帶唐染小姐一起上去。」

唐染猶豫了一下，輕聲問：「少爺……是駱湛？」

傭人愣了一下：「對。」

「好的。」

安靜幾秒，女孩摸索著從沙發上起身，握著導盲杖輕輕試探著面前的陌生區域。然後她朝傭人聲音傳來的方向仰了仰臉：「麻煩您帶路了。」

「當然。唐小姐請隨我來。」

唐珞淺站在露臺入口，看著駱家的傭人領撐著導盲杖的女孩慢慢走來，她本就難看的臉色更陰沉下來。

在原地僵了幾秒，唐珞淺憤恨地咬了咬牙，轉向從頭到尾沒正眼看過她的駱湛。

「駱湛，她太慢了，我不想等她。你——你上不上樓？」

駱湛夾著手寫板，手插著口袋，正倚在露臺矮牆前，神情鬆懶地盯著露臺角落看。

撐著導盲杖走來的女孩腳步很慢。她今天穿的禮服裙在這樣半明半暗的燈火下看起來格外襯人，腰身被裙線勾勒得纖細，裙襬下露出半截的雪白小腿在昏暗的光下透著玉石似的漂亮。

大概是有點緊張，女孩走近了，駱湛越看得到她細白的手指緊緊地攥著導盲杖，白皙微尖的下頷順著頸線半勾半繃，淡色藏一點豔紅的唇瓣輕抿。

「第一次」見傳聞裡脾氣又冷又差的駱家小少爺，女孩細到頭髮絲都透著不安。

駱湛低下眼笑了笑。

三番五次被無視，唐珞淺的小姐脾氣終於壓不住了，她懊惱地跺了跺腳：「駱湛！」

駱湛終於有了點反應。

笑色一散，他冷淡抬眼，黑漆漆的眸子沒什麼情緒地睨向唐珞淺。

唐珞淺被那漆黑的眼盯得心裡一顫，有些想打退堂鼓。但餘光瞥見唐染已經慢慢走到他們身前不遠處，她只得咬牙硬撐著：「我在跟你說話呢，你看別人做什麼？」

一兩公尺外，唐染遲疑地停住腳。

她聽得出來那是唐珞淺的聲音，只是有點驚奇。在唐家認識這個姐姐這些年以來，她還是第一次聽見這位大小姐這麼鬱悶又隱忍的語氣。

好像，是在跟那個駱家的小少爺說話？

一想到那個壞脾氣還喜歡漂亮眼睛的小少爺就在身旁，唐染把手裡的導盲杖攥得更緊了點。

唐珞淺緊咬牙，笑意勉強：「啊，你是不是不想和她一起上去？唐染看不見東西，你介意這個的話我們就先走吧？」

唐染不安地握著導盲杖。

駱湛輕瞇起眼。

認識幾天了，他第一次見到女孩這麼一副要把全身上下的刺豎起來的小刺蝟似的防備狀態——明明就是朝他來的，他卻越看越覺得好玩。

只是旁邊多了個聒噪的……

駱湛皺起眉，想了想，他立過手寫板，在上面寫下龍飛鳳舞的一行字，然後往唐珞淺眼前一抬——

『妳妹妹真好看。』

唐珞淺臉一白，抬起視線，就見少年勾著板子，笑得冷淡又懶散。

唐珞淺只覺得被羞辱得厲害，氣極轉頭，二話不說就往樓梯口跑了。

傭人愣了一下：「少爺，唐小姐怎麼了？」他下意識想去看駱湛到底寫了什麼。

駱湛無聲地冷笑了一下，伸手一蓋，扯掉了最上面這頁白紙，揉成一團塞進褲子口袋。

『走吧。』

他寫下最後兩個字，示意傭人領著女孩跟上來。

傭人只得點頭，只是剛走出兩步，前面那雙長腿一停，又折回露臺。

幾秒後，傭人目瞪口呆地看見他們的小少爺端著一個放有銀色甜點匙和幾塊小點心的托盤回來了。

單手無法寫字，駱湛也懶得解釋這是替某個餓得胃痛的女孩準備的。在傭人驚愕的目光裡，他瞥向閉著眼的女孩，端著托盤冷靜地走到前面。

唐染並不知道發生什麼，不知所措地站在原地。

半晌後，她才聽傭人艱難開口：「我們也走吧，唐小姐。」

「……好。」

唐染茫然地點了點頭。

唐染和駱湛到駱老先生的書房裡時，唐珞淺看起來已經坐下有一陣子了。

駱老先生坐在沙發主位，唐珞淺陪坐在他手邊那張真皮長沙發的第一個位子上，低眉順眼的，半點也沒方才的跋扈模樣。

駱湛掃過她，視線不停頓地移開。

甜點和托盤已經被他送去書房耳室，此時他夾著白紙板，跟在傭人和拄著導盲杖的女孩身後，懶洋洋地踱進來。

「老先生，少爺和唐染小姐到了。」傭人停到沙發旁。

駱老爺子之前便聽見動靜，這時才回過神，把複雜的目光從那個握著導盲杖的女孩身上移回來了。

他張了張口，躊躇幾秒放輕了聲音，像是怕嚇著女孩似的問：「妳就是唐染吧？」

唐染還沒什麼反應，駱湛先皺起眉看了駱老爺子一眼。

書房裡安靜幾秒，唐染輕聲開口：「駱爺爺好。」

女孩聲音乾淨，有一點細微的不安情緒藏在裡面。

「好、好。」老爺子連聲應了，隨後想起什麼，不滿地看向孫子，「你怎麼不說話？唐染妹妹看不見，你也不知道扶她坐下？」

駱湛身影微頓。

雖然下樓前特地找傭人換了一身沒有做過薰香處理的衣物，但離太近他還是怕被辨認出來。

駱湛下意識偏過頭，看向側前方的女孩。

就見唐染根據老爺子的說話朝向察覺了他的位置，女孩呆了兩秒，然後極細微而慢吞吞地……往遠離他的方向挪了一公分。

駱湛無語了。看來他這駱家小少爺的凶名還真是遠揚在外啊。

心底那點死了多少年的叛逆心理被激起來，駱湛一勾嘴角，不說話地走過去扶住女孩的手腕，把不情願得全身都在拒絕的女孩，像拎一隻小雞崽似的拎到沙發旁。

唐染艱難坐到沙發上，嗖地一下抽回手，像是多一秒就會被這個叫「駱湛」的大魔王吃掉一樣。

看女孩蒼白著臉還要維持禮貌，老爺子皺了眉，不悅地看向小孫子：「你是土匪嗎？」

「怎麼不說話？」

傭人眼見老爺子要冒火，小少爺還沒事人似的懶洋洋又吊兒郎當地站在旁邊，慌忙躬身到老爺子身旁解釋：「小少爺嗓子壞了，說不了話。」
「嗓子壞了？」老人皺眉，「上午不是還好好的？」
「可能、可能是突然壞了。」想起駱湛在露臺上嗓子發病的收放自如，傭人說這話也說得有點心虛。
好在老爺子沒深究，皺著眉睨了駱湛一眼：「那你也坐下吧。」
駱湛原本想拒絕。只是餘光瞥見聽到這話後不自覺地繃緊肩膀的女孩，他又勾起嘴角。
不用老人指座，駱湛故意重著腳步，走到唐染坐的那排沙發上，大大方方地坐了下去。
彈性極好的真皮沙發被某人故意帶著落體重力壓得一顫。
坐在沙發上的女孩跟著輕抖一下，然後慢吞吞地往遠離他的方向縮了縮。
駱湛忍住笑，偏過頭低咳一聲。
唐染正小心地縮著手腳免得招惹到那個可怕的小少爺，聽見這點動靜以後她微微一愣。
這個音色，聽起來怎麼有點像……
不等想完，女孩在心裡搖了搖頭，否認了自己的想法。
後面將近一刻鐘的時間裡，都是唐珞淺陪著老人聊天。
偶爾老爺子也會專門問唐染幾個問題，只有到這時候，女孩才會從她那個獨自而安靜的小世界裡出來，說幾句話。
每次她開口，倚在離三人這頭最遠的沙發另一頭的扶手上，駱湛總會掀起睏倦得快闔上的眼，聽女孩聲音柔軟又安靜地說上幾句話。

女孩的聲音很好聽，就是不知道哭起來是不是也——

駱湛眼皮猛地一跳。

他被自己突然冒出來的想法驚得驀然綳直了身。

瞬間就一點都不睏，澈底清醒了。

隔著一條長茶几，老爺子被駱湛突然的反應嚇了一跳，反應過來氣得吹鬍子瞪眼：「你今晚到底要幹什麼！」

駱湛停住。僵著身體，眼神複雜而深沉地看了那個渾然不知任何事情的盲人女孩一眼。

駱湛慢慢垂了眼，壓下心底躁意，拿起旁邊白紙板，快速地草書了幾個字，順著茶几滑到老爺子眼皮底下。

『嘮嘮叨叨，有完沒完？』

老爺子氣得想過去踹他。忍下來之後，老人開口：「時間不早了，陪我這個老頭子也沒意思——我不耽誤妳們玩，讓駱湛送妳們下樓吧。」

唐珞淺眼神閃了閃，撒著嬌笑：「怎麼會？駱爺爺您最有趣了，才不會沒意思呢。」

旁邊摸著導盲杖慢慢起身的唐染頓了頓，還是誠實地開口：「爺爺再見……生日快樂。」

被這句提醒到，老爺子突然想起來：「小染，妳的十六歲生日快到了吧？」

唐染意外地停住：「嗯。」

老爺子說：「我從國外買了一個生日禮物給妳，是個人形仿生機器人，先送去實驗室研究一下功能和弊病了。等過兩天，讓駱湛去接妳看看禮物吧？沒問題就把它帶回家。」

唐染和唐珞淺愣住了。

等回過神，唐珞淺憤恨地看向唐染，礙於老爺子和駱湛都在場她才沒發出火來，但表情仍是不善。

老爺子自然察覺得到，微皺了皺眉，沒說什麼。

唐染愣了一陣子才回過神，遲疑幾秒後誠實開口：「可是我第一次見您，不該收您的禮物。」

「這有什麼該不該？本來就是買給妳的，別人也用不到。」

唐染微閉著眼，心裡糾結。

如果是別的東西，她會堅持拒絕，但是仿生機器人……

那大概就像是一個可以摸得到的、可以更真實地陪伴她的「駱駱」吧？

唐染聽見自己的心跳加快了點。沉默好久後，女孩微微紅了臉，小聲地說：「我很喜歡人工智能，所以想要收下這個禮物。」

老爺子被她逗笑了：「本來就是送給妳的。」

女孩不安又開心地握著導盲杖，眼角輕彎下來：「謝謝爺爺。」

老爺子愣了愣，這個笑容不見最美的眼睛，卻真誠得令人沒辦法不被打動。

許久後他輕嘆一聲：「應該的、應該的，駱湛。」

老人目光複雜地抬頭：「你下週之前記得接小染去看看機器人，知道了嗎？」

駱湛剛想點頭，就聽女孩開口：「爺爺，不用麻煩駱湛……哥哥的。」

老人無奈：「怎麼算麻煩，以後都是一家人。而且不讓他領著，難不成還能讓妳自己一個人去看嗎？」

唐染猶豫幾秒，突然想到什麼。她小心地開口問：「那，能讓駱修哥哥送我去嗎？」

第六章　生日禮物

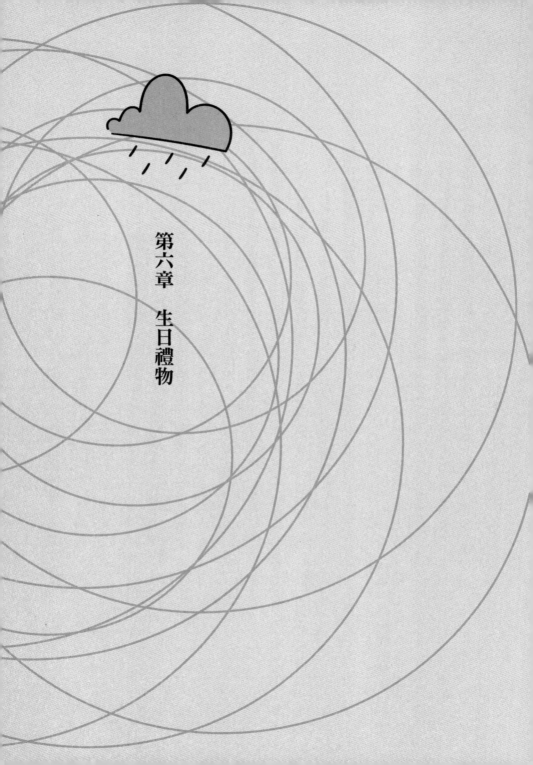

聽到唐染的話，書房裡安靜幾秒，幾人的反應各不相同。

駱湛輕瞇起眼，但沒有開口。

唐珞淺明顯有點意外。不過很快就給了唐染一個「算妳識相」的眼神，扔過去以後想到女孩看不見，她又訕訕地收回視線。

駱老爺子的年齡比三個小輩加起來都大，他們心思裡那點彎彎繞繞他自然看得明白，唐珞淺的情緒變化也被他收進眼裡。

見微知著，唐染在唐家地位如何一目了然。

老人在心裡嘆了一聲，臉上笑得慈和：「那也好。駱修比這個臭小子會照顧人，叫他去接妳，我更放心一些。」

「謝謝爺爺。」唐染偷偷鬆了口氣。

老人回頭看向身旁的傭人：「那你送他們出去吧。小染眼睛不好，仔細照顧。」

「好的，老先生。」

傭人這邊答應下來，上前領著唐染往外走。

唐珞淺一副依依不捨的模樣和駱老爺子告了別，出門以後看都不看唐染一眼就先下樓去了。

駱湛神態懶散地跟在最後，到了走廊上，他隨手寫了一張紙，抽下來拍到傭人手裡。

傭人一愣：「少爺？」

駱湛眼神示意白紙。

傭人低頭一看：『帶唐染去隔壁耳室。』

傭人茫然抬頭：「啊？這會不會不合適——」

可惜不等他說完話，駱湛退後一步回到書房，直接把門關上了。

傭人呆呆地站在原地，唐染半天沒聽到傭人指引自己下樓的聲音，不由得好奇地側過身，轉向方才聲音傳來的方向。

「發生什麼事了嗎？」女孩輕聲詢問。

傭人回神，對著手裡鐵畫銀鉤的字跡為難了一陣子。

他實在不敢違背家裡那位小祖宗的意思，只能開口：「唐小姐，少爺似乎找老先生還有事要談，需要妳先去書房耳室等一下。」

唐染微愣，默然幾秒後，她噏回想單獨下樓的話，輕輕點頭：「好。」

「唐小姐跟我過來吧。」

傭人一邊說著，一邊領唐染走向耳室。離開之前，他目露不解地看了書房緊閉的房門一眼——

總覺得小少爺今晚的古怪都和這個看不見的女孩有關，是他的錯覺嗎？

傭人百思不得其解，只能搖著頭把唐染領走了。

書房內，老爺子看見去而復返的駱湛，拿茶杯的手在空中一頓：「你怎麼又回來了？」

駱湛走到沙發前停下來，聞言懶洋洋地動了動眼皮：「有一件事情很好奇，回來問問。」

「現在嗓子又好了？」老爺子皺眉，以為駱湛是因為討厭唐珞淺才不開口，「整天只知道耍花招，你就不能安分點。」

駱湛扯了扯嘴角，不說話。

老爺子按下情緒，嚐了口茶：「不是有事情要問嗎?說吧。」

半晌沒聽見動靜，老人一抬眼，就見駱湛一雙漆黑的眼裡，情緒冷冰冰且複雜地打量自己。

老爺子看了就來氣，手裡茶杯往桌上重重一擱。

「你那是什麼眼神？」

「唐染不會是你或者我爸在外面留下的風流債吧。」

爺孫倆同時開口，空氣安靜。

愣了將近半分鐘，老爺子不敢置信地睜大眼：「什、什麼？」

駱湛好整以暇地重複一遍：「唐染不會是你或者我爸——」

「砰！」

茶杯被壞脾氣的老頭子拿起來扔過去。

駱湛上身一歪，輕飄飄地躲過去，轉回身就迎上自家爺爺暴跳如雷的怒吼——

「你你你你胡說什麼東西！你是不是要氣死我才舒服！」

從老爺子的眼神和表情裡判斷出真實性，駱湛眼底藏在輕慢憊懶下的凝重慢慢散了。

他鬆一口氣，臉上卻不露，笑得更懶散輕慢：「怪我嗎？又送禮物又買機器人的，我看你對唐珞淺都沒有對唐染的上心，還以為她是我們駱家藏在外面的小公主。」

「少給我胡言亂語，傳出去像什麼話！」

「那是因為什麼？」

「還不是因為——」

「你」字終究沒出口，老人晦暗著臉色噤回話，皺著眉氣鼓鼓地瞪自己這個不肖孫子：

「你還有沒有別的事？沒有就趕緊滾蛋，看見你我就氣！」

沒能從老人那裡套出話，駱湛不以為意。

他從半倚半坐的沙發扶手上直起身，懶洋洋地往外走：「她和駱家沒血緣關係就好。」

沙發上眼神閃爍的老人聞言一愣，抬頭：「這有什麼好？」

「好在……我不用多一個妹妹或者小姑姑？」駱湛背對著書房，輕扯一下嘴角。

老人冷哼一聲。

「對了。」走到書房門前的駱湛停住，「仿生機器人那件事，讓我哥接唐染去實驗室前先聯絡我。」

老人皺眉：「為什麼？」

「因為那是我——」駱湛皺起眉，改口，「……的實驗室。」

「好了，知道了。滾吧。」老爺子沒好氣地把人趕出書房。

出了書房，駱湛沒停頓，走向隔壁耳室。

傭人一直等在耳室外，此時見駱湛走來，他微躬身：「少爺，唐染小姐在裡面。」

駱湛看了緊閉的房門一眼，壓低聲音：「嗯，你下去吧。這裡不用你了。」

傭人一愣，下意識看了看駱湛臂彎夾著的白紙板：「可是等一下我要送唐染小姐下樓……」

駱湛沒說話，淡淡睨他。

被那眼神盯得頭皮一麻，傭人只得連聲應了，轉身快步離開。

駱湛在房外站了兩秒，抬手推開房門。

駱家主樓書房的耳室是個小閱覽室，用書架分割開空間，各種類型的大部頭書籍陳列在書架上。整個房間的另一側，則布置著成套的風格簡約的素色實木桌椅。

被傭人領進來的女孩此時就坐在桌旁的圓木凳上。

聽見了開門的聲音，靠在桌角睏得快要睡過去的女孩一下子支稜起耳朵，警覺地握住導盲杖，轉向門口的方向。

駱湛收進眼底，無聲地勾了勾嘴角。他走到桌旁，伸手拉過那個被他提前送過來的托盤，拿起上面銀色的甜點匙。

坐在桌旁的唐染聽見動靜，慢慢往後縮了一點，聲音輕和禮貌：「駱湛……哥哥？」

駱湛手指一停。須臾後，他微抬了眸，似笑非笑地看著那個小心地「望」著他的女孩。

這是駱小少爺人生裡第一次發現——被人軟著聲叫哥哥也可以是一件很好玩甚至很享受的事情。

把這沉默看作默認，女孩摸索著想要從圓木凳上下來：「既然你的事情結束了，那我們就下樓吧？」

話剛說完，唐染的手腕被一把攥住，按回桌上。

唐染身影驀地停住，緊張地仰起臉。她被握住的手無意識地緊攥著，細白的手指扣在掌心裡，秀氣得貝殼似的指甲透著嫣粉色，掐得掌心發白。

駱湛垂眸看了兩秒，鬼使神差地伸手過去，拿冰涼的甜品匙的金屬柄輕塞進她掌心裡，金屬柄冰得女孩手一抖。

離得極近，駱湛甚至看得見那雙緊閉著的細長微翹的眼睛上的睫毛跟著輕輕顫了顫。

「駱、駱湛哥哥……」

因為看不見所以不知道他到底拿了什麼、要做什麼，女孩嚇得聲音都有些不穩了。

尾調裡這一點顫音勾起駱湛在書房裡驚到自己的那段妄想，他皺了皺眉，終於還是不忍心再逗她。

「是我。」

和導航裡一樣熟悉的，懶散冷淡還有點大爺的聲音。

唐染愣愣：「駱修？」

「……嗯。」這個稱呼讓駱湛不爽地皺起眉。

唐染繃緊的肩驀地垮下來，無意識攥緊的手指也鬆開了：「我還以為是駱湛……」

駱湛挑眉：「妳那麼怕他？」

「有一點。阿婆說他很可怕，讓我不要招惹到他。」唐染鬆開的手指觸到了方才冰涼的金屬柄，她好奇地摸上去，「這是什麼？」

「甜品匙。」

唐染困惑了。

「妳晚上不是沒吃東西？」駱湛回神，把亮銀色的小勺子放進女孩手心，然後把托盤拉到她的面前，「也不知道喊餓。」

「不是在家裡，我不好意思……」女孩小聲說完，想起什麼，「我晚上沒吃東西，你怎麼知道的？我聽他們說你今晚有事不會出現的。」

駱湛坐到女孩對面的圓木凳上，撐起手支著顴骨，懶洋洋地答：「我在三樓看見了。」

「那你怎麼不下去呢。」

「駱湛不讓。」

「啊？」

「他在家的時候，不喜歡我出現。」駱湛信口扯完，垂手敲了敲托盤，「吃東西，餓久了會傷胃。」

「……喔。」

女孩點點頭，聽話地摸著托盤拿起甜品匙。

駱湛正準備看著女孩吃甜點的時候，褲子口袋裡的手機嗡嗡地震動起來。

桌子對面的唐染抬了抬頭。

駱湛不爽地低嘖一聲，拿出手機：「我先去接個電話，妳吃吧。」

「好。」

保險起見，駱湛走到耳室外，關上房門才接起電話。

對面的人吞吞吐吐：『湛、湛哥，你今晚忙、忙嗎……』

「有事說事。」駱湛停了兩秒，皺眉，「實驗室出什麼事了？」

『就、就是早上送來的那個仿生機器人，我那時不在實驗室，也忘記說了，他們以為是買來的試驗品，好像……』

「好像什麼。」

懶洋洋地靠在牆上的駱湛直起身，心裡生出種不祥的預感。

對面哭喪著聲音：『好像，被拆壞了。』

餓過了之後再去吃甜點類的東西，雖然能量補充足夠，但往往只吃一兩口就讓人沒了食欲。

——駱小少爺從小被人捧著長大，性子又不馴，哪有人敢支使他照顧？他自然不懂這些瑣事。

唐染知道但沒說，她趴在素色實木高桌上，嚐了兩口慕斯後慢吞吞地放下甜品匙。

駱家主樓的房間隔音極好，她坐在耳室的圓木凳裡，只隱約聽得到長廊上偶爾響起一點說話聲。

等了好久不見人回來，唐染從身上披著的外套口袋裡把自己的手機摸出來。

放到桌上，唐染敲了敲手機。

「駱駱。」

『……在了。』

安靜一兩秒後，還是那個冷冰冰懶洋洋又大爺的聲音。

唐染彎起嘴角：「我覺得駱修雖然第一次接觸有點凶巴巴的，但其實很溫柔，人也很好。你覺得呢？」

『不要亂發好人卡。』駱駱懶洋洋地說：『小心被人騙了。』

唐染微愣。這是一個新的語言模式，她之前沒和駱駱進行過。不知道是哪個關鍵字觸發出來的……

她好奇地往下聊：「他為什麼要騙我？」

手機的ＡＩ助手傳出一聲笑，冷冷淡淡，還帶點不屑的輕慢：『騙財騙色，騙身騙心。』

女孩陷入沉思。

過了一陣子，唐染爬起來，搖搖頭，認真地說：「駱修不會的。」

駱駱沒回應她——過了反應時間，語音助手自動進入休眠狀態，還想聊只能重新喚醒了。

唐染想了想，沒有再把駱駱叫出來。她摸索著桌沿，小心翼翼地從圓木凳上下來。

導盲杖就放在桌角，唐染把它拿起後輕撐起來，試探著往耳室房門的方向走。

繞過層層書架，唐染憑著記憶找到門前，她握上冰冰涼涼的金屬門把手，輕輕壓下。

「喀噠。」門被拉開。

門外，伴著一聲輕嗤，冷淡得像浸在冰水裡的半截話音正響起：「在我回去前，讓他們想好還有什麼遺願未了——」

「駱修？」

駱湛身影一僵，放下手機，回身看向耳室房門。

閉著眼的女孩撐著導盲杖，正茫然地仰起頭朝向他所在的方向。不知道是不是被他剛剛不加掩飾的暴躁語氣嚇到了，扶著房門的手指壓得緊緊的，小巧的指甲泛起嫣色。

駱湛將手機放回褲子口袋，眉眼間躁鬱的情緒藏住，他壓下聲音：「怎麼出來了？」

「我待得有點久了，該回家了。」唐染猶豫了一下，輕聲問，「你能讓人送我回分館嗎？

我家司機應該在那裡等我。」

駱湛回眸，看了長廊窗外的濃重夜色一眼。他轉回身：「妳有司機電話嗎？讓他繞來主樓樓後，我送妳下去。」

唐染愣了愣：「可是主樓這邊是不讓客人的車過來的……」

「沒關係，我來說。」

唐染露出猶豫神色：「如果讓駱湛知道了，會對你不好吧？」

駱湛飄了飄眼神：「我也姓駱，這點小事還是能作主的。」

「……好。」

唐染去一旁打電話給司機了。

駱湛拿出手機，低眼看了看。通話還沒有掛斷，對面一直安靜如雞地等著。

駱湛微皺起眉，手機放到耳旁，聲音恢復冷淡懨懶：「我今晚還有點事，等等才能回去。我到實驗室之前，誰都別再多動那機器人一根手指。」

『好、好的湛哥。』對面小心翼翼地應了。

擴音裡『嘟』的一聲，電話掛斷了。

K大資優班的實驗室裡，幾個男生在詭異的沉默之後，紛紛抬頭，面面相覷。

過了好半晌，才有人謹慎開口：「你們剛剛，有沒有聽見，湛哥在跟什麼人說話？」

「那真的是駱湛的聲音？雖然沒聽確實，但是那個語氣——沒辦法想像是他。」

「有生之年還能聽見湛哥這樣跟人說話，我死而無憾了。」

「呵呵，等湛哥今晚回來看見這機器人，我們全都可以整整齊齊地『死而無憾』了。」

「不過剛剛到底是誰跟他說話？竟然能讓他改變主意不急著先回來收拾我們——咳，收拾機器人？」

在幾個男生陷入沉思的時候，離手機最近也是方才負責講電話的那個小心翼翼地開口了：「聽起來好像是個女生。」

實驗室死寂幾秒。

「哈哈哈哈——」

「你想女生想出幻覺來了吧，那可是湛哥，怎麼可能跟女生這樣說話？」

「就是啊，湛哥能多看哪個女孩子一眼都已經是罕見了。就他那張禍害臉，要不是一副對什麼女孩都愛理不理的大爺脾氣，他能單身到現在嗎？哈哈哈哈……」

被嘲笑的男生苦惱地揪了揪頭髮，嘟囔著：「但我聽著，明明就像是女生的聲音啊。」

駱家主樓後庭，燈光昏暗。

鮮少有車出現的大理石路面上，此時赫然停著一輛黑色敞篷轎車。
唐家負責接送唐染的司機不安地站在車門旁，翹首望著主樓複式後門的門廊。
隱隱的樂聲從二樓正面的露臺盪入空氣，悠悠揚揚地乘著夜色，繞著造式花紋古樸的路燈飄來。
司機越等越是心焦的時候，門廊下的後門終於被推開。
司機連忙抬頭，就見熟悉的嬌小身影撐著導盲杖走出來。她身旁還跟著一名身影瘦削英挺的少年，落後女孩幾步抬手虛扶，免於她不慎摔著。
那人戴著一頂黑色的棒球帽，面容藏在陰影下，只露著半截線條白皙凌厲的下頜。薄唇微抿的線條透著點薄涼冷淡，其餘看不分明。
兩人一高一低地襯著，踩著臺階一級一級走下來。他們身後燈火將樓影綽得古舊，像一幅塵封的畫卷在人眼前打開。
司機看得愣了兩秒，回過神連忙去拉身後的車門。
兩人停在車前，司機扶著車門，想起電話裡唐染說過的，猶豫地看向女孩身旁的人：「駱修少爺？」
「嗯。」駱湛低著聲音含糊地應了，壓在帽簷下的眸子瞥見敞篷的轎車，他皺了皺眉，「晚上涼，不把車篷落下？」
司機看向唐染，正扶著車門準備上車的女孩停了一下：「我……因為以前的一些事情，不太習慣封閉空間的小型車。」
駱湛眼神微停，他記憶裡浮現初遇那場雨裡，女孩蒼白的臉。
——「叫計程車不行嗎？」
——「不、不行。」
——「那我自己回去吧。謝謝你。」
——「怕我拐賣妳？」
她那時候沒解釋，在這一瞬間已經有了答案。
駱湛皺起眉，想問什麼，最後又忍下來。
「嗯。」少年扶住車門，「上車吧。」
唐染說：「這件外套……」
駱湛沒打斷她，聽著女孩說完。
女孩有點不好意思，但還是格外誠實：「晚上有點涼，我能在下次見面的時候再還你嗎？」
駱湛忍了忍，還是沒忍住，他壓下聲音，懶散而勾人地笑了笑：「下次？妳還想見我幾次？」
坐進車裡的唐染愣著仰起臉：「駱爺爺還沒有告訴你去實驗室的事情？」
駱湛一僵，兩三秒後，他無聲嘆了口氣，頭疼地直身：「說過了，我逗妳的。」

女孩默然兩秒，安靜地點點頭：「好的。」

駱湛幫女孩把裙襬也托進車裡，然後關上車門：「方便聯絡，我們換一下電話號碼？」

「嗯。」唐染不假思索地答應下來，她拿出手機，「駱駱。」

『……在了。』

懶散好聽的聲音在安靜的夜色裡格外清晰。

旁邊一直裝木樁的司機此刻終於破了功。他驚奇地抬頭看了看唐染手裡的手機，又轉向那個戴著黑色棒球帽藏住大半張臉只露著半截好看下巴的少年——

無論音色還是那種獨一無二的冷淡懶散的語調，這兩個聲音的重合度顯然高得離奇。

駱湛輕咳了一聲。他俯身趴到車門上，從女孩手裡拿走手機，唐染閉著眼愣然抬頭，只聽見不知道什麼時候靠得極近的聲音低啞好聽地響在耳邊：「別勞駕它了，我來吧。」

「……喔。」

唐染覺得被人靠近的那一側的耳朵有點麻，還有點熱；那個明明已經很熟悉的聲音這樣真實而近距離地鑽進耳朵裡，像是帶著許多小鉤子，撓得她這半邊身體泛起細密的麻酥酥的癢。

這種感覺很陌生，讓唐染一時有些茫然，還有不知所措。

「好了。」

不知道過去多久，手機回到唐染的手裡。外殼上留著一點陌生的溫度。

唐染回神。女孩朝黑暗裡仰了仰頭，輕聲問：「備註是駱修嗎？」

駱湛說：「單字，駱。」

唐染不解地問：「為什麼不是駱修？」

駱湛輕睫起眼：「妳還準備儲存我以外的駱家人的電話？」

不知道從哪冒出來一點涼意，冰得唐染陷入沉默。

幾秒後她似乎有所悟，搖了搖頭，語氣認真：「你別怕，我不和駱湛做朋友，我只和你做朋友。」

駱湛無奈，一邊從車門上直身，一邊摸了摸女孩的頭頂：「好。等我去接妳吧。」

「嗯。再見，駱修。」

忍下聽見那個稱呼的不爽，駱湛嘆氣：「再見。」

轎車發動，開了出去。

有駱湛的提前知會，這一路離開暢通無阻。

到了駱家的莊院外，司機忍不住從後視鏡看了安靜地抱著導盲杖的女孩一眼。

「小染，剛剛那個是駱修少爺？」

唐染轉過臉：「嗯。」

司機默然，唐染聽出一些不尋常，輕聲問：「叔叔，怎麼了？」

「沒事。」司機皺了皺眉，「只是感覺，駱家的這位大少爺的外表好像比他的年紀還年輕一些。」

……性格也遠不像傳聞裡平易近人。

司機皺著眉想。

雖然今晚沒表現出來，但他還是感覺得到，那個戴著棒球帽的少年從舉止氣質裡透出的冷淡疏離和桀驁不馴。並不像刻意針對他，更像是從小到大養成的習慣。

但是那位大少爺在駱家並不受寵，實在是不該有這樣的氣質習慣才對……

「叔叔？」唐染不解這個沉默。

司機忍不住問：「放行的電話，是這位駱修少爺打的嗎？」

「嗯。」

「那應該是我想多了。」司機不好意思地笑了笑。

駱家能放人到主樓的，除了駱老爺子和駱湛那對定居國外的父母，就只剩下兩個少爺了。不是駱修的話，總不能是那位小少爺……

想起駱湛在世家傳聞裡的脾性，再想想今晚送女孩上車時言行都說得上溫柔的少年，司機對自己的妄想有些啼笑皆非。

他搖了搖頭，苦笑：「今天被駱家莊院迷了眼，腦子有點不清醒了。好了小染，妳小心著涼，我這就送妳回去。」

河。

「嗯。」

路邊叢林的夜色被車尾燈撕開，又緩緩癒合。

來路盡頭燈火斑駁，駱家莊院綴在遼闊畫布似的夜景裡，遠遠輝映著頭頂漫天如水的星

夜空裡晚歸的鳥落進割裂一輪清月的枝椏間，覷向樹下的路燈。

燈影裡立著一道人影。

駱湛慢慢放鬆身體，靠上那杆式樣古樸的路燈。他半仰著頭，懶洋洋望著頭頂樹杈間不知道什麼種類的莫名不怕人的鳥。

從薄唇間逸出來的，是聲低啞嘲弄的笑：「你說什麼？」

夜色裡，電話對面的聲音格外清晰，溫和的慢條斯理展露無遺。

『我說，既然是你的人弄壞了機器人，那就你去給唐染做機器人好了——我只負責轉交禮物，不會替你的人擔責。』

駱湛眸子裡的情緒涼下來：「沒叫你負責。但是讓我去當機器人……你怎麼想的？」

駱修笑問：『你有更好的辦法？』

駱湛聲音冷淡：「總不會比這個方法更爛了。」

『唔，是嗎？』

「你是成心想看我笑話吧？」

『是啊。還有什麼能比看駱家最不馴的小少爺藏起爪牙，扮一副溫和聽話的模樣去照顧一個女孩，更讓人覺得心情愉快的事呢？』

半晌，駱湛冷笑一聲：「你作夢吧——我瘋了才會去做那種事。」

第七章　仿生機器人

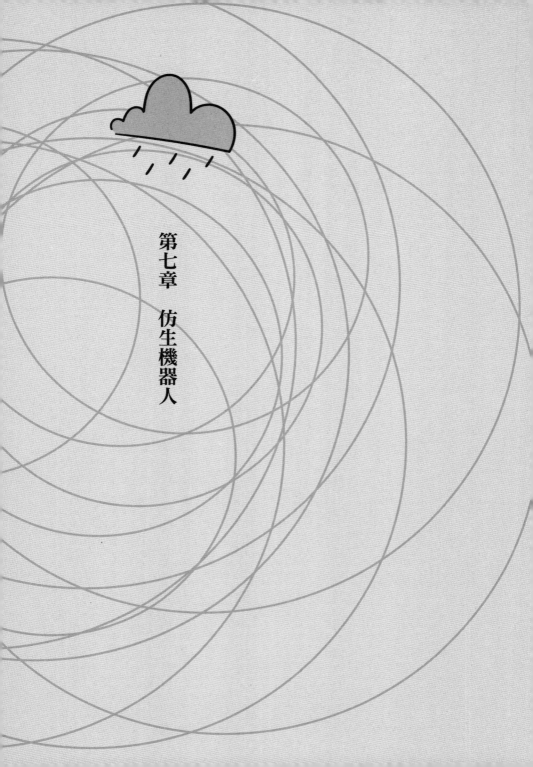

週三，結束了半週陰雨，天空終於放晴。金燦燦的日光從天穹上灑下來，一早便為長街鋪上層疊的碎金。

伴著蟬鳴甦醒，高樓間分割均勻的窗戶裡人煙漸起。

「小染。」楊益蘭推開房門，語速很快地說著話走進來，「那件紅色的薔薇裙也一起幫妳裝進行李箱裡吧？等去了唐家，到了妳的生日那天記得把它換上啊，其餘的顏色太素，撐不起來。」

楊益蘭說完，正走到床尾凳前。

此時她目光抬起，才發現坐在大床床角的女孩仍低著頭，白皙的小腿和腳丫垂在床旁，素淨的臉蛋也被烏黑柔軟的長髮遮得隱約。

似乎在發呆。

楊益蘭意外地停住：「小染？」

「……啊？」這樣極近距離的呼喚終於把唐染的思緒拉了回來，她抬頭轉向聲音傳來的方向，「阿婆？」

楊益蘭問：「妳在發什麼呆？」

唐染茫然：「我剛剛走神了嗎？」

楊益蘭笑著說：「當然了，我和妳說話都沒聽見——什麼事情這麼有趣，能讓我們小染都出神了？」

「也沒什麼，就是在想……」唐染眼角微彎，「一件禮物。」

楊益蘭愣了一下：「禮物？喔喔，就是駱家老先生要送妳的十六歲生日禮物吧？還說叫駱修來接妳去看的？」

「嗯。」

楊益蘭在心裡算了一遍日子，隨即皺起眉頭：「離妳生日就剩兩天了，明天都該來人接妳回唐家了——那個駱修不會是把這件事忘了吧？」

唐染猶豫了一下，笑著搖頭：「不會的。可能是有什麼事情耽……」

女孩話沒說完，放在床頭的手機突然從沒有畫面的狀態亮了起來。

『喂，來電話了。』

冷淡慵懶的男聲在空蕩的臥室裡響起。

「哎喲，嚇死我了！」楊益蘭被這突然的聲音嚇得連退兩步才停住身，回神以後無奈地看向唐染，「小染妳這個AI助手真是……」

唐染彎下眼，忍不住輕笑：「阿婆，妳的膽子越來越小了。」

「哪是我膽子小啊……」楊益蘭也有些好笑自己方才的反應，隨即回神，「不過是誰打電話給妳，唐家的人？」

「不知道。」

唐染轉向手機：「駱駱，誰的電話？」

『來自通訊錄，備註「駱」。』

唐染一愣，伸手摸索到手機，做出一個極輕的深呼吸，她開口：「接通。」

手機嗡地震動了下。

唐染把手機貼到耳邊，對面的安靜讓她下意識跟著沉默。

無聲持續了四五秒的時間，手機聽筒裡傳出一聲懶散的笑：『我是打錯電話了？』

唐染在這個熟悉的聲音裡回神，有點不好意思地放輕了聲音：「我在等你先說話。」

『知道我是誰？』

女孩猶豫了一下，輕聲說：「你是駱修啊。」

駱湛低嘖一聲，他突然有點後悔——之前隨女孩讓她喊自己「駱駱」也比現在順耳得多。

駱湛壓下不爽，疊著長腿靠到車門上：『我在妳的公寓樓下，妳可以準備下樓了。』

「你到了？」唐染意外地問，從來安靜的語氣難得帶上點匆匆，「那我這就……」

『別急。』駱湛攔住她的話聲，『不然妳磕著碰著，折騰的還是我。』

「好。」

通話結束，駱湛靠在紅色跑車的車門上，隔著墨鏡望向手機螢幕。然後他側了側身，將手機拋回跑車裡。

收回視線前，駱湛冷淡嫌棄地瞥了這輛跑車一眼。

——非常騷包的豔紅色，在陽光下極為刺眼。再加上車旁扣著墨鏡頂著一張禍害臉的男生，路過的行人都是百分之百的回頭率。

不過這也是駱湛車庫裡唯一一輛敞篷車，他已經忘了是哪位遠房送的禮物。因為顏色過於騷包，駱湛在禮貌性收下後就嫌棄地扔進車庫落灰，沒想到還有為了某個女孩重見天日的一天。

楊益蘭不放心，跟著唐染一起下樓。走出公寓後，她第一眼看見的就是倚坐在火紅超跑引擎蓋上的年輕人。

黑色碎髮，茶色墨鏡，冷白皮，側顏冷淡。

從下頜到頸部，修長凌厲的線條沒入薄薄且敞著兩顆釦子的白襯衫裡，胸膛線條在被微風鼓動的襯衫下若隱若現。

再往下，被黑色長褲修勒出筆直線條的長腿沒什麼正行地疊靠著，懶散地搭在車旁。

不必認識不必交流，已經從骨子裡透出不馴和冷淡。

楊益蘭步伐一頓，不確定地問唐染：「小染，來接妳的這位年輕人是駱修？」

「嗯。」唐染點頭。

楊益蘭只能壓下疑惑——別說她沒見過駱家兩位公子的模樣，就算見過，前面那個人一副大墨鏡扣著，她想分辨也困難。

兩人走到車前時，駱湛正被想要他通訊軟體號碼的女人糾纏得不耐煩，聲音冷淡：「沒手機，沒通訊軟體。」

女人不放棄地嬌笑：「別啊，小帥哥，沒手機你是怎麼跟人聯絡的？」

駱湛冷著臉：「飛鴿傳書。」

唐染停下時正巧聽到最後一句，忍不住輕笑一聲。

駱湛眼皮一撩，發現是唐染，他低咳一聲從引擎蓋上下來，清雋眉眼間的冷淡不耐也褪得乾淨。沒看那個僵著的女人，駱湛走過去。

朝楊益蘭禮貌性地略一頷首，駱湛的目光落到唐染身上。

女孩今天穿的是初遇那身衣裙，腰身被衣帶掐得纖細，正握著導盲杖安靜地站在原地。

「上車吧。」駱湛接過唐染的導盲杖，讓唐染搭著自己的手手臂往副駕駛座那側的車門走去。

路過那個女人面前，駱湛仍舊一眼都懶得看。

那女人終於被這澈底無視激怒了，攥緊包冷笑一聲：「那麼傲氣，連個通訊軟體號碼都不給，我還以為多高的眼光呢，原來就看上了一個小瞎子？」

駱湛身影驟停，僵了兩秒，面無表情地轉過頭：「妳再說一遍？」

女人表情發僵，扛了幾秒才不甘心地咬牙：「我、我說的不是事實嗎？她都拄著導盲杖了還能不是瞎子……」

駱湛眸色瞬沉，咻的一聲，他手裡導盲杖抬起，撕破燥熱夏風直甩向女人妝容精緻的臉。

隔著寸許距離，去勢驀地收住。

男生半捲著襯衫的小臂上淡青色血管綻起，在最後時刻被遏制去勢的導盲杖更是止不住地在空氣裡顫動。

車周死寂，唐染不知道發生了什麼，楊益蘭和那個女人則是完全嚇傻了。

「啊——」

幾秒後，一聲歇斯底里的尖叫驀地驚響。

導盲杖前的女人臉色慘白地驚叫著退開，不知道嘴裡嘰哩咕嚕地是罵還是服軟，踉蹌著跑掉了。

一直到高跟鞋的聲音跑遠了，唐染才臉色蒼白卻聲音鎮靜地問：「駱修，怎麼了？」

駱湛壓下眼底戾意：「沒什麼。」

他回頭，聲音雖然還是懶懶散散的，但已經尋不到半點方才冰冷嚇人的跡象了——

「她萬分後悔冒犯了妳，剛剛在跟妳道歉。」

唐染想起公車上那個對橫幅磕頭的。安靜幾秒，她點點頭：「好的。」

這次輪到駱湛沉默。幾秒後，他輕嗤一聲：「是不是我說什麼妳都信？」

唐染想了想：「嗯。」

駱湛輕瞇起眼：「為什麼？」

「因為……」

陽光下，目不能視的女孩彎下眼角，輕笑起來：「因為，你是『駱駱』。」

駱湛被那笑晃了一下。這一瞬間幻覺似的，他彷彿在這個盲人女孩的臉上，看到那雙他已經魂牽夢縈了許多年的……

美人眼。

「駱修？」唐染茫然的聲音拉回駱湛的思緒。

他眼神一醒，幻覺淡去。面前還是女孩那張白皙清秀的臉，眼睛輕闔著，細長的眼尾半垂半勾，睫毛微微顫動。

明明是個盲人女孩，怎麼總能讓他想起夢裡那雙眼睛？

再次勾起的執念讓駱湛神情冷淡了點。他扶住副駕駛座的車門，望向身旁：「上車吧。」

「……嗯。」

唐染雖然看不見，但很擅長從別人的聲音裡分辨情緒，此時她第一時間感覺到駱湛突然的冷淡。

是像剛剛那個女人說的那樣，覺得來接她讓他丟臉了嗎……

唐染無意識地咬了咬唇，慢慢鬆開駱湛讓她支撐的手腕，然後低下身。

避開了駱湛的手，女孩獨自摸著車門，坐進副駕駛座裡。

駱湛視線一動，壓下來。

看著突然空落落的手腕，還有坐進車裡的女孩稍低下去被微捲的長髮遮了一半的蒼白安靜的臉，駱湛察覺了什麼，微皺起眉。

但他還是沒開口。

——駱湛從小到大順風順水，長相能力頭腦家世樁樁件件都甩得旁人望塵莫及。所以他生平只有兩件事不擅長：一是服軟哄人，二是解釋道歉。

誠如此刻，駱湛沒說話，皺著眉將導盲杖放到座椅後。

而此時，站在車旁不遠處的楊益蘭突然想起什麼，連忙拎著袋子上前：「小染，妳特地帶下來的外套……」

正失落地低著頭的唐染回過神，裝著外套的袋子被楊益蘭從敞篷跑車的車門外遞到她懷裡。

唐染慢慢抱住，輕蹙的眉也鬆開——

是她忘了。

駱修本來就不是理所應當對她好的，只是她從未在同齡人那裡得到這樣的關懷，有點忘乎所以了。

這樣一想，女孩清秀初顯豔麗的臉蛋上重新放了晴。

她微仰起頭：「駱修，這個是你的外套。謝謝。」

「嗯。」

駱湛停頓了一下，皺著眉從女孩那裡接過那個黑色的袋子。

把紙袋放到座位後，駱湛直身時聲音懶懶冷淡：「安全帶。」

「啊，好的。」唐染側過身，小心地在身旁摸索。

女孩坐在黑色的寬大座椅裡，身形更襯得單薄瘦弱。這樣側過身時，纖細頸下的鎖骨跟著勾出能盛一汪水色的淺渦。

她細白的手小心翼翼地摸索著車側，模樣看起來有點無助。

駱湛擰眉看了幾秒，終究還是沒忍住。

唐染只聽耳邊有人低嘖一聲。

跟著，身前空氣被陰翳擠壓下來，淡淡的雪松木的香氣縈繞到她身前。

在距離拉到最近的一瞬，唐染能明顯地感知到微灼的呼吸拂過她的頸旁。

唐染愣在座椅前。

「駱……」

「別動。」俯身的姿勢讓少年嗓音微微沉啞，「幫妳繫安全帶。」

黑色的安全帶被修長有力的手指勾起，繞過女孩，然後插進安全扣裡。

第一次幫人繫安全帶，還是站在車外，駱小少爺好不容易憑著長腿撐住了。他收手準備從女孩上空直起身。

只是起身前，餘光一掃，駱湛停住。

準確地說，是僵住。

他開來的這輛敞篷跑車的底盤極低。於是連帶著座椅的高度都十分貼地。

唐染穿在身上的那件薄裙在她站立時勉強及膝，而等此刻她坐進比膝蓋還要低一截的座椅裡時……

裙襬被提拉上去。

女孩筆直的腿乖巧地並在一起，白皙細膩，膚色像是介乎雪和玉之間最溫潤的質感——每一道弧線都恰到好處地昭示著初具雛形的性感和豔麗。

「駱修？」安靜裡，唐染不解地輕聲問。

駱湛驀地回神。他起身，在原地僵了幾秒，把座位後剛放好的紙袋又拿了出來。外套被他抽出，蓋到女孩腿上。

駱湛繞到駕駛座，坐進車裡。

唐染茫然了兩秒，在腿上摸到那件外套的衣角：「你怎麼拿出來了？」

駱湛靠在座椅裡，眉眼是慣常的冷淡憊懶，眼底藏著一點不自在：「路上冷。」

唐染搖頭：「沒事，我不……」

駱湛說：「妳冷。」

安靜幾秒，女孩乖乖地把衣服拉平：「喔。」

駱湛沉著一雙漆黑的眼，擰車鑰匙，鬆下剎車啟動換檔，將車開了出去。

全程冷淡憊懶，神情輕慢，與平常看不出任何差別。

唯獨透過車旁的後視鏡，能窺見那冷白清雋的臉皮上，正掠過一抹可疑的紅暈。

Ｋ大，實驗大樓，位於十二樓的ｉｎｔ實驗室內。

「這是最後一遍確認駱修的資料了。」

譚雲昶合上手裡的資料夾，表情嚴肅地掃視面前亂七八糟坐在桌子上椅子上還有地上的男生們——

「這次都記住了吧？」

盤腿坐在地上的那個回了一個十分無辜的表情：「譚學長，硬塞一個陌生人的印象給我們，哪能記得住？最最關鍵是，什麼溫和謙恭、溫馴有禮——這沒有半點跟湛哥搭得上啊。」

孟學禹是實驗室裡最老實的，此時姿勢端正地坐在電腦椅裡，但他也皺著眉扶了扶眼鏡：「就算我們能裝作一直以來認識的是駱修，看見湛哥也會立刻出戲的。唐染那麼聰明，察覺了怎麼辦？」

譚雲昶抹了抹臉，放下手時表情從嚴肅轉為痛苦。

「道理我也懂，但是沒辦法啊。這個任務我要是完成不了，駱湛肯定得跟我翻倍地算ＡＩ助手的那筆帳，喔，還有你們搞廢了仿生機器人的帳。」

幾人臉色尷尬，譚雲昶說：「我碩士答辯剛過，好不容易苦海熬到了岸，還不想英年早逝——你們也不想吧？」

沒人來得及回答，實驗室的門被推開，一名小個子男生火急火燎跑進來：「來了來了，到樓下了！」

譚雲昶連忙把資料夾扔到一旁，雙手揮舞：「快快快，大家各就各位，就按照排練的來啊！」

團隊成員只能響應，孟學禹最後一個起來，表情有點不好看。

譚雲昶瞥見了，連忙把人拉住：「我知道你喜歡唐染，之後怎麼追她隨你，但千萬別在這件事上亂開玩笑。」

孟學禹憋了憋，不甘心地說：「湛哥明明說過不喜歡唐染，為什麼還要親自去接她來實驗室？」

譚雲昶說：「和你說了是湊巧兩家認識，駱湛爺爺交代下來的任務他不得不做嘛。」

孟學禹皺著眉，不說話。

譚雲昶頭疼地說：「算了算了，看你這個樣子也不指望你能配合——你去外面吧，等他們走了你再回來。」

「……嗯。」

孟學禹皺著眉離開了。

幾分鐘後，唐染小心翼翼地跨進陌生的房門。她還未站穩，就收到了來自譚雲昶的熱切歡迎。

「哎喲，我的唐妹妹，妳終於到了！」

譚雲昶箭步上前，對上落後唐染半步的駱湛冷淡眉眼，他僵了僵，連忙眨眨眼示意已經準備好了，然後笑著轉向愣住的唐染。

「昨天聽說妳和駱修兩家認識，我意外死了，妳和我們ｉｎｔ有多大的緣分啊？」

唐染不確定地問：「店長？」

譚雲昶說：「嗯，是我。」

唐染有些驚喜：「你也和駱修在同個實驗室嗎？」

「那當然了，ｉｎｔ就是我們實驗室的店嘛。」譚雲昶不敢在「劇本」外的話題上深談，「我聽駱修說了，妳今天來是看那款仿生機器人的，對吧？」

唐染點頭，按捺不住地問：「已經除錯好了嗎？」

「除錯……」譚雲昶苦得臉都快皺到一起了，還要硬著頭皮笑，「是當然除錯完了。不過這款機器人體內小型馬達很多，耗電厲害——剛好沒電了，正在充電，所以現在看是未啟動狀態的。」

「沒關係。」唐染笑，「就像以前一樣，店長幫我介紹一下，等我收到之後再確認也可以。」

「好、好。」譚雲昶心虛地答應著。

那款人形仿生機器人就站在實驗室門旁單獨的玻璃立櫃裡。

譚雲昶拿了鑰匙，一邊跟唐染閒話，一邊開鎖。

「唐妹妹妳是沒看見，這東西寄到的時候，機器人裝了一個箱子，說明書差點裝滿第二個。不過看設計和功能部分，確實是這個世界上最複雜的居家機器人了。」

唐染按捺著有點小雀躍的心情，輕聲問：「我能摸一下嗎？」

「當然，本來就是妳的。」譚雲昶拉開玻璃櫃門，「這種價格的人形機器人都是人造皮膚，專利級別的矽膠技術，摸起來的觸感應該和人很接近。」

唐染試了下，情不自禁彎下眼角：「嗯，很像，只是有點涼。」

「涼？這就要說到它最了不起的方面了。」譚雲昶興奮地介紹，「這款機器人帶有加熱器，能夠使溫度保持在攝氏三十七度；而且還有特殊的馬達和晶片，能讓它擁有擬真度很高的呼吸和心跳——所以一旦啟動，無論是溫度觸覺還是心跳呼吸的感觀，都會像人類一樣！」

譚雲昶話剛說完，就察覺一直懶洋洋地跟在女孩身後的駱湛撩起眼簾，冷冷淡淡地瞥了他一眼。

譚雲昶僵住笑，慢半拍地想起這個倒楣機器人已經慘遭實驗室毒手，現在並不能正常啟動。

萬一幾天後還不能修復，他要去哪裡找個同樣功能的？

唐染沒有察覺譚雲昶的僵硬，她好奇地仰頭問：「那它可以交流嗎？就像……就像『駱駱』一樣？」

聽到這個稱呼，前一秒還按照劇本熱鬧有序的實驗室裡，這一瞬間陷入死寂。

回過神，實驗室裡眾人紛紛表情複雜地轉過頭，同情又心疼地看向譚雲昶。

譚雲昶正僵著。他是int的老成員了，對「駱駱」這個稱呼有多踩駱湛的雷區再清楚不過。再加上他正是把這個APP偷偷給了唐染的罪魁禍首，怎麼想都覺得自己今天難逃一「死」。

就在譚雲昶心如死灰時，他和實驗室裡的其他人同時聽見，那個他們熟悉的懶散冷淡的聲音主動接過女孩落空的問題——

「嗯，可以交流。」

這平靜冷靜半點聽不出怒意的語氣讓實驗室的眾人面面相覷。

唐染不察，好奇地轉過身問：「那它也能像駱駱一樣聰明嗎？」

駱湛懶洋洋地答：「它有十幾萬組語言模式，比妳的駱駱更智能。」

唐染默然兩秒，小聲反駁：「才不會，駱駱是最聰明的。」

駱湛嘴角輕勾了下，沒反駁。

這半晌，譚雲昶艱難回神，擠出笑容：「唐妹妹，我再介紹一下其他的……」

「篤篤。」

實驗室的門突然被敲響，眾人意外轉頭。

他們實驗室裡氣氛隨意，在這邊進門，沒人需要有敲門的習慣。

除非……

站在門旁立櫃前的譚雲昶想到什麼，表情陡然一變。他急忙就要去攔門，然而已經晚了——

實驗室門被推開，一位老師模樣的中年男人走進來。

「我聽說駱湛剛剛進來了？我找他問問機器人大賽的事情。」

房間一寂，幾秒後，站在玻璃立櫃前，女孩慢慢抬起頭，輕聲重複：「駱，湛？」

第八章　揭穿

實驗室裡一片死寂。

早在門開前已經有所意料的譚雲昶此時反應最快。

他一個箭步上前，像是閃現到那位中年老師身旁，然後把自己滿溢著諂媚笑容的臉擋到老師眼皮子底下——

「哎喲，劉老師您聽誰說的，湛哥今天沒來實驗室啊！」

譚雲昶一邊說著，一邊哥倆好似的挽住老師的手臂把人拉著轉身：「您想問什麼？機器人大賽的事情是吧？沒事沒事，這個事情我們實驗室還有別人知道，不用湛哥來也能跟您說。」

老師茫然地被往外拖了幾步才反應過來，扭著脖子想往後看：「咦？但我看駱湛不是已經就在——」

「沒有的事，您看錯了！」譚雲昶慌忙截住話音，朝門旁呆住的男生使眼色，「巧了，機器人大賽那個專案就是他負責的，老師您問他就行！」

「……啊，對，是我負責的。」門旁的男生反應過來，配合譚雲昶把那位老師拉到實驗室外面去了。

前後不過半分鐘，看著重新在眼前關上的門，譚雲昶感覺被扒掉一層皮似的。他長吁出一口氣，伸手抹了把額頭的汗，小心翼翼地轉回頭。

實驗室裡的ｉｎｔ成員們安靜如雞。

在他們目光焦點匯聚的中央，方才輕聲重複過「駱湛」兩個字的女孩仍是一動未動地站在原地。

那張白淨清秀初顯幾分豔麗的臉上安然恬靜，睫毛像小扇子似的搭在眼瞼下，描出一點淡淡的陰翳。

譚雲昶這一齣鬧劇從開場到落幕，她只是那樣閉眼站著像個最沉默的觀眾，沒說話也沒動作。

——如果不是那聲「駱湛」的餘音似乎還繞在耳邊，譚雲昶都要覺得女孩根本沒聽見男老師的話了。

一時摸不清狀況，譚雲昶只得求助地看向女孩身後。

卻見明明是當事人的駱湛此時看起來比誰都鎮靜，冷白清雋的禍害臉上不見多少情緒，壓著漆黑的眼望著唐染的背影。

兩個人都跟自己玩沉默——譚雲昶快瘋了。

這安靜裡，唐染終於有了動作。

她並不是沒反應，只是這一瞬息湧進腦海裡的畫面和聲音太多，讓她一時回不過神。

唐染慢慢握緊手裡的導盲杖，輕聲問：「剛剛那個人，是來找你的嗎？」

不必直指，實驗室裡聽見這句話的眾人也知道這個問題是問誰的。

駱湛眼底情緒微動，在他開口之前，譚雲昶尷尬笑著上前，解圍說：「哪是啊？唐妹妹妳誤會了。那什麼……駱湛有時候也會來我們實驗室，老師是來找他的。」

女孩默然幾秒：「嗯。」

她輕應一聲，情緒淡淡，聽不出來是信了還是不信。

「而且這件事情，這事駱修也知道——是吧，駱修？」譚雲昶一邊心虛找補，一邊拚命對駱湛使眼色，暗示他打鐵趁熱再解釋幾句。

駱湛卻像沒聽見。他沒配合，既不說話，也不動作。少年只像平常那樣神情懶散地站在旁邊，一言不發，垂眼望著女孩。

那雙漆黑的眼裡情緒深深淺淺，起伏不定著。

譚雲昶頭都大了。駱湛的沉默讓他的解釋變成了欲蓋彌彰，即便是換個傻子來也該發現有貓膩。

譚雲昶絕望地等著被女孩揭穿，順便考慮了一下萬一女孩被氣哭了或者鬧起來要怎麼收場。

然而在譚雲昶腦袋裡的第一套應對方案想出來之前，他聽見唐染開口了，聲音是安靜平和的。

「這個機器人內部馬達很多，續航時間是不是會受影響？」

譚雲昶沒跟上話題轉移速度，他傻眼了一陣子，才在駱湛一聲低咳裡驀地回神：「續、續航？這部分不是我研究的——林千華，你來跟唐染妹妹介紹一下續航那部分。」

「啊，好的，來了。」

安靜的實驗室角落裡有人應聲，快步跑到這邊，跟唐染講解起來了。

趁這工夫，譚雲昶連忙把駱湛拉到一旁：「什麼情況？她這是信了？」

駱湛懶洋洋地垂著眼，靠坐到實驗室的長桌上。疊起長腿，他抬眸看著女孩的方向，仍舊不說話。

譚雲昶急了，壓著聲音：「祖宗你今天怎麼回事？我們可是在替你兜老底呢，你怎麼突然一點都不配合了——快把我急死了！」

「我配合，只會更快露餡。」駱湛終於應聲。

譚雲昶說：「那你說唐妹妹信了我的鬼話嗎？」

「……我怎麼知道。」駱湛懶聲答，「我又不會讀心。」

譚雲昶說：「別謙虛了，你哪有不會的啊，祖宗？就算以前不會，現場開發也行——讀讀試試？」

駱湛懶得理他，譚雲昶煩得揪頭髮：「行吧，既然你不在意，那你這邊暴露也就暴露了……但是，萬一唐妹妹生我們實驗室的氣，以後再也不去ｉｎｔ店裡了怎麼辦？」

「不去怎麼了。」

「還能怎麼？」譚雲昶嘆氣，「回頭孟學弟恐怕得跟我絕交。」

駱湛眼底情緒一晃。幾秒後，少年單手撐著桌棱直起身，涼涼地回眸，「這件事和他有關係嗎？」

譚雲昶一愣：「你不知道孟學禹喜歡唐妹妹？不應該啊，我們實驗室裡，哪有人不知道的？」

駱湛眼神微動，隨即冷淡輕嗤：「他是告白了，還是成功了？」

譚雲昶說：「這倒沒有，他一直不敢。」

駱湛勾了勾嘴角，眼神冰涼：「那唐染去不去店裡，關他屁事。」

譚雲昶被說得一愣。思索片刻，譚雲昶終於感覺出一點不尋常的東西。

他轉頭望向駱湛，表情一點點緊張起來：「不是，祖宗，您剛剛這話是什麼意思的？」

駱湛支起眼看他，譚雲昶緊張得都結巴了：「這這這這話我怎麼琢磨怎麼不對味啊，你不會是真的對我們唐妹妹有興趣了吧？」

駱湛默然兩秒，嘴角冷淡勾起，他低低地嗤笑一聲：「她十六歲的生日都沒過，我看起來像是會對她有興趣的？」

譚雲昶艱難點頭：「像。」

駱湛笑意一冷：「我是變態嗎？」

譚雲昶放了心，尷尬地笑：「那就是我想多了，不過倒也不用說得這麼狠，畢竟我們小孟就喜歡唐妹妹。」

駱湛冷嗤，倚坐回桌前：「讓他作夢。」

譚雲昶剛恢復的笑容再次僵住，這次他沉默的時間格外久：「你知道通常這個反應，都只在兩類身分上體現。」

駱湛冷淡瞥他，譚雲昶說：「爸爸或者男朋友。」

駱湛沒來得及開口，實驗室裡一道身影走到角落這邊，停在兩人面前。正是負責跟唐染介紹機器人續航力部分的林千華。

他猶豫著開口：「湛哥，譚學長。」

譚雲昶問：「怎麼了？」

林千華說：「那個女生說看得差不多了，要回去了。」

譚雲昶一愣，低頭看手錶：「這才幾點，怎麼現在就走？」

他說著，目光跳過林千華落到後面，就見站在玻璃立櫃前的女孩微低著頭，柔軟的長髮將臉蛋遮了大半，情緒看不分明。

譚雲昶輕抽了口氣：「果然還是發現了吧……」

他話聲未落，身旁懶洋洋地坐在桌邊的男生已經直起身。

單手拎起外套勾進臂彎，駱湛走向實驗室門口：「我送她回去。」

「你乾脆讓別人送吧，路上她問你再露餡了怎麼辦？」譚雲昶擔心地壓著聲音追上去。

駱湛輕瞇了下眼，沒說話。

也來不及多說，實驗室從這到那總共幾步距離，兩人很快走到唐染身邊。

駱湛停下：「我送妳回家。」

說著，他低身去收女孩手裡的導盲杖。

在男生修長的指節即將觸碰到導盲杖的前一秒，閉著眼的女孩有所察覺，握著導盲杖的手下意識地往另一側躲了躲。

導盲杖擦著駱湛的指腹挪到旁邊去。

駱湛身影停住，幾秒後他抬眸。女孩微低著頭。垂下的長髮中間露出個很輕的旋，看得讓人想抬手去摸一摸。

駱湛眼神壓下去，唐染的手將導盲杖攥得緊緊的，指尖泛白，輕聲說：「我已經記得路了，出去的時候可以不用扶，我自己走吧。」

聲音聽起來還算正常，分辨不出什麼。

至少譚雲昶沒分辨出來，他怕駱湛尷尬，解圍地笑起來：「那倒是。我們唐妹妹對陌生環境的適應能力可是一流的，自己走應該沒問——」

話沒說完，譚雲昶親眼看著駱湛皺起眉，不容拒絕地抬手握住了女孩的導盲杖：「給我。」

「我自己可以的。」唐染第一次格外堅持，握著導盲杖沒鬆手。說完話，女孩的唇緊張得抿起來，瑩潤的嫣色裡泛開一點蒼白。

譚雲昶尷尬地側過頭，壓低聲音勸駱湛：「祖宗，你跟小女生計較什麼？她想自己走就讓她自己——」

「唐染。」

駱湛冷冰冰地出聲。

譚雲昶聽出駱湛這聲音罕見的劇烈的情緒起伏，脖子一縮，剩下的話也嚥回去，不敢開口了。

唐染更是第一次聽這個總是懶洋洋也沒什麼正經的聲音，這樣凶得近乎凌厲地和她說話。女孩到底是膽子小，隨著那人陰沉沉得能嚇跑半個實驗室成員的聲音一落，她指尖輕抖一下，終於慢吞吞地鬆開手。

只是唇瓣被咬得更白了。

駱湛視線瞥過，眼神微僵了下。他回過神，收起導盲杖，然後俯身拉起女孩細白的手搭到自己的小臂上。

隔著薄薄的襯衫，他能試出她指尖的涼度，不知道是嚇得還是氣得。

駱湛只得緩緩壓下心底竄上來的躁意。

沉默幾秒，他無聲地嘆了口氣。

遵循內心方才就冒出來的念頭——駱湛抬起另一隻手，摸了摸女孩的髮旋。

「對不起，我的錯。不該凶妳。」

這話一出，實驗室裡本來還在裝不在的所有ｉｎｔ成員同時停住動作，一兩秒後，各自瞪大眼睛轉過頭。

離兩人最近的譚雲昶更是首當其衝，瞠目結舌地傻在原地。

——「駱湛」和「服軟」這兩個詞，有生之年他們沒想過還能放在一起。

至於當事人，駱湛絲毫沒去在意自己給團隊成員們帶來了多大的靈魂衝擊。看女孩的手終於遲疑地攥住他襯衫的袖口，駱湛眼神一鬆。

「走吧。」

感覺得到很多目光落在身上，唐染安靜幾秒，還是輕應一聲。

一高一矮兩道身影消失在門外。

半晌，站在原地呆若木雞的譚雲昶終於艱難地回過神，喃喃出聲：「都他媽這樣了，還敢說自己不是個變態。」

來時駱湛刻意卡著上課的時間，K大校園裡沒多少人。但唐染提出的提前離開則讓計畫臨時生變——

兩人從實驗大樓出來時，正遇上學校裡第一節大課下課的那波學生。

停在臨時停車區的那輛紅色敞篷超跑在大學校園內本就是極為搶眼的罕見，再加上駱湛那張在K大人人認識的禍害臉，回頭率百分之百。

更不必說，這位以「對所有女性生物不感冒」聞名的K大校草，竟然一路上都領著一位看不見的盲人女孩。

他們這邊剛到車前，K大的校園論壇和校外論壇裡已經被兩人的照片和討論文章洗版了。駱湛看了實驗室那邊的訊息通知，不在意地收起手機，然後低下眼。

很少經歷這樣的人流密集程度，一路上他身旁的女孩十分安靜還緊張——細白的手從剛開始揪著他袖口衣料，到此時已經發展成緊緊地攥著他的手腕。像是把他當成了救命的稻草。

那張清秀漂亮的小臉上，不安的情緒更是幾乎寫在表情裡。

而面對著這樣可憐兮兮的女孩，駱湛發現自己在同情之餘，心底竟然還深藏著另一種祕不可宣的情緒。

這樣發展下去大概真的要成變態了。駱湛皺起眉。

「到了嗎？」唐染等了一陣子不見動靜，輕聲問。

「……嗯。」駱湛回神，拿出車鑰匙開了鎖，垂手在副駕駛側凌厲的流線門上輕拂過，車門感應，自動拉起。

駱湛把女孩扶上車，自己也上了駕駛座。

在車鑰匙插入鑰匙孔前，駱湛聽見身旁安靜的女孩突然出聲問。

「你……是駱修還是駱湛？」

駱湛動作一停，須臾後，他輕嗤一聲。插進孔裡的鑰匙被他鬆開，駱湛倚進座裡，轉過頭，目不瞬地盯著安靜坐著的女孩。

「剛剛在實驗室裡怎麼不問，現在才想起來？」

唐染放在膝蓋上的手無意識地攥了攥裙角。她低著頭，卻沒解釋。

然後她聽見那個懶散好聽的聲音再次響起，這一次聲音壓得極低，距離上也比剛剛近了——

「是怕在那麼多人面前揭露，會讓我下不來臺？」

唐染身影微僵。

……被猜到了。

車內將近半分鐘的安靜之後，那個聲音笑得冷淡懨懶：「但是現在他們都不在，妳連驗證我說法的人都找不到，這要怎麼確認？」

聽見這句，唐染終於出聲。

「可以確認的。」她抬了抬頭，分辨著聲音朝向駱湛的方向。女孩垂在眼瞼下的睫毛不安得輕抖，「你再說一遍你是駱修，我可以分辨出來。」

駱湛問：「分辨什麼？」

唐染聲音輕了點：「分辨……你有沒有在說謊。」

駱湛垂下眼，笑：「怎麼分辨，聽心跳還是量脈搏？」

女孩用沉默表達了自己的抗議。

駱湛輕瞇起眼：「好啊。那試試吧——看我有沒有在說謊。」

「嗯。」

唐染轉過身，小臉微繃，態度認真嚴肅。

駱湛好氣又好笑，他垂手一勾，把女孩細白的手拉上來，直直抵到胸膛前、心口的正上方。

唐染一愣，隔著薄薄的襯衫，她能夠清晰無比地感觸到那陌生的體溫和肌肉的紋理線條。像被燙了下似的，唐染下意識往回抽手，卻被那人死死按住了。

駱湛垂著眼，聲音裡帶著漫不經心：「這樣才能聽得更清楚吧，小偵探？」

「不，不用——」

「我只說一遍。」

唐染僵了一下，還是慢慢停住掙扎。她閉著眼，緊張地分辨著空氣裡的每一點聲音。

「我是……」

駱湛的視線描摹過女孩安靜恬然的五官輪廓，然後被細細的髮絲纏緊。放緩的時間裡，駱湛聽見心跳脫開耳邊那些嘈雜，變得清晰有力。

所有感觀和知覺，最後全數歸攏在心口前的那一隻手上。

駱湛喉結輕滾一下，須臾後，在女孩看不見的黑暗裡，他垂眼，露出潰敗而狼狽的笑。

「……我是駱湛。」

和想像中完全不同的回答讓唐染愣在座椅裡。

恍惚間，和面前這人認識以來的那些聲音再次趁虛而入，在她腦海裡回溯起來。

——「我不是駱湛……我是駱修。」

——「我和我弟弟的關係不好。從小他就欺負我，家裡所有人都偏愛他。」

——「真論漂亮，那駱湛不是該娶妳嗎？」

——「不過他只喜歡眼睛漂亮的，所以不會喜歡妳。」

——「駱湛是個混蛋，不必理他。」

——「妳最漂亮，沒人比得過妳。」

——「駱湛已經走了。等下次，我帶妳找他打招呼。」

——「妳就那麼怕他？」

黑暗裡都是一樣的畫面，只有那人的聲音在。

和她經歷過的來自旁人的嘲弄、輕蔑、厭惡全然不同——他永遠是那副疏懶冷淡的腔調，像初遇那天在喧鬧的長街走來的少年，什麼時候都漫不經心。

在她最不安無助的時候，也是他把她從泥沼似的黑暗裡拉出來，低聲告訴她說：「在了」。

原來全是騙人的。

他隨手就織了一個身世可憐的少年模樣給她，她還深信不疑，回家以後時常想起，然後擔心駱家那個傳聞裡桀驁不馴的小少爺會欺負她的朋友「駱修」。

……騙子。

唐染低下頭。心底湧上來的委屈讓她鼻尖有點酸。

她咬住唇，也不吭聲，安靜又固執地把被那人按在胸膛前的手往回抽。

畢竟只是一名十五六歲的盲人女孩，力氣小得可憐。

而且那樣纖細脆弱的手臂，駱湛很確定自己單手就能扣住她的兩隻手腕，也可以輕易壓得她動彈不得。

但女孩不留力和餘地，一點都不在乎自己稍重按一下都能留個紅印的嬌嫩皮膚，固執地把手往回抽。

眼見著女孩細白的手慢慢凝起紅，駱湛眉皺起來。

僵持一兩秒，他還是捨不得地鬆開了。

抽回手的唐染毫不猶豫，立刻就把自己縮到緊靠著車門遠離駱湛的那側。

駱湛低嘖一聲。把心底竄上來的躁意壓下去，他皺著眉俯身過去，幫女孩拉安全帶。

「躲那麼遠做什麼？坐正了，我又不會拐賣妳。」

女孩回他一個不說話。

勾住安全帶的駱湛皺著眉低眼。

近在咫尺的距離，女孩單薄的身形緊緊縮在真皮座椅裡，全身避免和抗拒著和他有一丁點的接觸。

那顆小腦袋也壓得很低，如果不是他俯身過來拉安全帶，幾乎看不到被遮在柔軟長髮下的清秀的臉。

而即便此時，從他的視角看下去，也只見得到女孩被咬得泛白的唇，一抹瑩潤嫣色從貝齒前由淺及深，透著與膚色反差極大的豔麗。

駱湛感覺自己的太陽穴猛地跳了下。

不知道是被腦海裡什麼畫面嚇到了，從來懶散輕慢的小少爺難得慌了一秒眼神。

安全帶扣了兩次，終於成功插入安全扣裡。

駱湛握上方向盤，修長的指節緩緩壓緊，僵了一陣子才慢慢鬆開。

從車載墨鏡盒裡取了墨鏡戴上，駱湛發動車子。

超跑性能絕佳的引擎發出嗚聲的前一秒，低著頭的唐染聽見耳邊掠過一點幻覺似的啞聲：「別咬嘴唇。」

唐染愣了兩秒，慢慢鬆開被自己無意識咬住的下唇。

暴露本性以後的駱家小少爺果然像傳聞裡說的那樣，脾氣古怪又不馴……

女孩皺著眉想。

駱湛把唐染送到公寓下。

因為是提前回來的，樓下沒人接。駱湛停住車，看向身旁的副駕駛座。

女孩抱著左右兩條的四點式安全帶繃了一路，一個字都沒跟他說過。

「到了。」

駱湛側身過去，準備幫女孩解開安全帶。

只是不等他勾起安全扣，就見女孩的手先他一步按住了紅色的解鎖扣，喀噠一聲把安全帶解開了。

然後唐染仰起那張漂亮秀麗的臉，沒什麼情緒地輕聲說：「謝謝，請把導盲杖給我。」

駱湛停在空中的手垂回，皺起眉，重複：「『請』？」

女孩沒說話。駱湛氣笑了，舌尖頂了頂上顎，那雙漆黑的眼裡壓下躁意：「妳是想跟我劃清關係？」

唐染仍未開口。

「因為我是駱湛不是駱修，所以妳歧視我？」

唐染安靜幾秒，認真地開口：「是你先騙我的，你不能顛倒黑白。」

駱湛輕瞇起眼，他扶上女孩的椅背，向前傾身，把敏感後縮的女孩迫進逼仄的三角空間裡。

等唐染退到沒什麼退路，背脊也抵上車門時，駱湛主動停下了。
他輕嗤一聲：「我顛倒黑白？妳敢說不歧視我嗎？我是駱修的時候，妳也會這樣躲我？」
女孩心虛地沉默，幾秒後她小聲說：「那你也不能騙我。」
駱湛說：「我如果不騙妳，那天開始妳就要躲著我了吧？」
唐染無語了，駱湛說：「是還是不是，說話。」
唐染輕抿起唇，等了一下，她慢吞吞地點了點頭，很誠實：「嗯。」
駱湛沉下眸色，看著女孩安靜恬然的眉眼，小巧的鼻尖和因為不安緊張而輕抿起的嘴巴。盯了幾秒，他轉開眼：「算了。我送妳上樓。」
駱湛下車，拿起座位後的導盲杖，又打開了唐染那一側的車門。女孩摸著車門小心翼翼地走下來後，伸出手。
「導盲杖給我就可以了。」
看著眼皮底下這隻白淨漂亮的手，駱湛慢慢皺起眉：「不是駱修，就連送妳上樓的資格都沒有了？」
唐染遲疑了一下，還是沒說話。
駱湛盯她兩秒，轉開臉，氣極反笑。他把導盲杖遞進女孩手裡。
唐染摸索著握住，剛想拿回來，卻發現另一端仍被駱湛握著沒有鬆手。她有些茫然，微仰起頭。

「叫妳那個阿婆下來接妳。」她身前那個聲音壓著不悅的躁意。

唐染說：「我自己也可以……」

駱湛說：「或者我送妳上去。」

女孩停了兩秒，鬆開導盲杖，低頭開始找自己的手機。

駱湛低頭看著，一雙漆黑的眼裡情緒深淺起伏——

從小到大沒人讓他這麼委屈過，偏偏還不能發火。

半分鐘過去了，唐染終於慢吞吞地停住：「手機，好像放在家裡了。」

駱湛嘴角冷淡地勾了勾，他拿導盲杖輕敲了敲女孩手心：「我不是沒有給妳選擇的。」

女孩默然幾秒，委屈地握了上去。

駱小少爺頓時感覺心頭那些陰翳一掃而空。他轉過身，心情愉悅地領著女孩往公寓走去。

這棟公寓一層三戶，唐染住在十二樓的中戶，面向南。

可惜駱小少爺門都沒能看見，在電梯間裡就被唐染下了「逐客令」——

「謝謝你送我回來。」站在梯門前，女孩握著導盲杖，聲音和神情一樣地安靜。

駱湛皺眉：「我專程來接送，連一杯水都不請我喝？」

唐染想了想：「你要喝水嗎？」

駱湛知道自己如果說「要」，女孩大概會讓他在這裡等著，然後回去拿一瓶礦泉水給他。

這個設想頓時讓駱湛一張禍害臉都青了，他氣得冷笑：「我看起來像討飯的嗎？」

唐染茫然地仰起頭。駱湛從腦海裡的設想畫面退出來，這才發現站在面前的女孩還在等他的回答。

駱湛皺起眉：「……沒什麼。」

唐染點頭：「那我回家了？你路上小心，再見。」

說完，唐染看起來毫不留戀地轉身就走。

駱湛想都沒想便上前，勾著手臂攔住女孩。

唐染被突然的拉力拉得重心不穩，她有些驚慌地往旁邊伸手。黑暗裡有人第一時間握住她的手，將她重新托住身。

唐染驚魂未定地重新站穩後，反應過來，第一時間就把手從駱湛那裡抽回來。

突然空落的掌心，讓駱湛心裡也像是被割走了一塊似的。

駱湛終於壓抑不住，他皺起眉：「駱湛對妳來說就這麼讓人討厭？我是對妳做過什麼十惡不赦的事情嗎？」

唐染攥緊還殘留著熟悉溫度的指尖。

半晌後，她輕搖了搖頭：「沒有。我沒有討厭你。」

駱湛說：「那為什麼躲我？」

唐染低下頭。半晌，駱湛才聽見女孩聲音很輕地說：「因為你會和唐珞淺訂婚。」

駱湛冷淡地笑：「誰說的？我什麼時候同意了嗎？二十一世紀還想包辦婚姻干涉自由可

是犯法的。」

女孩低著頭：「而且阿婆還說過，我以後會有一個很厲害的姐夫，我不能招惹你，也不能得罪你……不然的話，我就更沒辦法回唐家了。」

駱湛眉心一緊。

女孩話尾低落的語氣讓他心口狠狠地揪了一下，沒來由也不見因果。難言的暴躁從心底慢慢攀上來，將他的呼吸纏緊，像舔舐傷口的火舌。

等理智重歸清明，他俯身到離女孩極近的位置。眸子裡那點躁戾輕碾慢磨，最後纏成聲音裡倦懶冷淡的笑：「妳叫誰姐夫？故意訛詐的嗎？」

看著女孩蒼白的臉，駱湛垂下眼。停了片刻後他直起身，聲音懶散下來：「不喝就不喝。」

少年轉身，垂著眼皮往回走：「誰惦記妳家一杯水。」

駱湛走回梯門前，停住。

按下電梯按鈕的前一秒，聽著身後女孩慢慢敲著導盲杖離開的聲音，他沒回頭地問：「妳真的沒有別的話想跟我說了？」

身後那個聲音停住。

駱湛眼底，一點希冀和愉悅撕破深壓的躁意往外鑽——

「你以後……」女孩輕聲，認真誠懇地勸，「還是別欺負駱修了。」

等駱湛惱怒轉身，身後的女孩早就敲著導盲杖走出電梯間了。

對著空氣，駱小少爺獨自在電梯間裡氣得七竅生煙。

他冰冷著俊臉走進電梯。頭也不回地離開公寓時，少年側顏冷峻。手機響起時，他接起來的聲音沉啞躁鬱：「說。」

對面默然兩秒，溫和地笑：『誰惹你這麼大火氣？』

駱湛拿起手機看了一眼，果然是駱修的號碼。

一想起自己從某個忘恩負義的女孩那裡收到的「臨別贈語」，駱湛把人從電話裡拎出來約架的心思都有了。

他的聲音又沉一度：「有事說事。」

電話對面，駱修笑問：『和那個叫唐染的女孩有關的事情，算事情嗎？』

駱湛語氣冷淡：「今天起她的任何事情都跟我無關。」

說話間，駱湛走到車前，拿遙控鑰匙準備開鎖。

『喔，那她今天可能要露宿街頭也和你沒關係是吧？』

駱湛身影驀地一停，駱修說：『那好，我就當作沒有接到那位楊女士的電……』

「她怎麼了？」駱湛皺眉，打斷駱修的話音。

駱修溫和地笑：『不是和你無關了？』

駱湛沒表情地轉身，靠到引擎蓋上，聲音懶散冷淡：「我只是問問。」

駱修說：『有一位楊女士透過爺爺打電話給我，說她家兒媳突然早產必須回去一趟——讓「我」先照顧一下被「我」接走的唐染。』

駱湛垂著眼：「她又不是生活不能自理。」

『喔。』駱修想起什麼，『好像那個女孩既沒拿手機，也沒拿鑰匙。楊女士說鑰匙她放在地毯下面了，讓「我」通知一下。』

『好奇完了？聽起來你應該沒和那女孩在一起，那當作沒聽到就好，忙你的吧。』

駱湛冷淡地笑了一聲：「我會的。」

掛斷電話，駱湛冷著俊臉，開鎖上車。

紅色超跑甩一道俐落的尾線，開了出去。

公寓下，路過的兩人露出羨慕的表情。

「真帥，要是我也有一輛就好了。」

「是啊，誰不想——咦？那車怎麼又開回來了？」

第九章　粉紅色圍裙

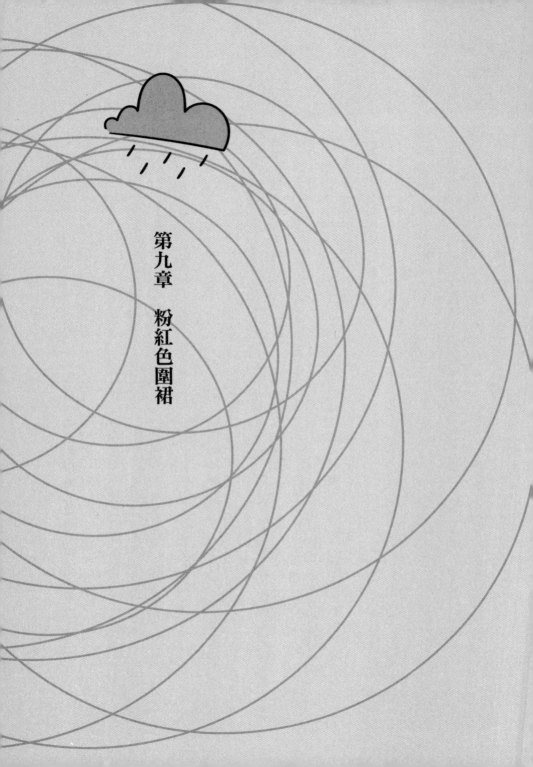

公寓下的安全門密碼，駱湛只看唐染按過一遍就記得清清楚楚。暢通無阻地進到樓內，駱湛轉進一樓的電梯間裡。

電梯間剛轉入的地方恰好站著一位看起來八十多歲的老太太，頭髮花白，走起路來背影顫巍巍的，手裡還拄著枴杖。

駱湛從老太太身旁走過去，按下電梯。

其中一部電梯停在一樓，梯門當即打開，駱湛懶洋洋地垂著眼進到電梯裡。

但凡認識駱湛的人都知道，駱小少爺從來一副憊懶冷淡的性子，平白無故去樂於助人這種事情是不可能發生在他身上的。

這次也一樣，老太太一沒出狀況二沒求助，他便是一個過路的陌生人，從頭到尾視線都沒往老人身上掃。

眼見著梯門開始闔上，電梯間裡，老人枴杖一下又一下輕敲著地面的聲音傳進電梯廂內。

駱湛眼皮撩了撩，梯門外枴杖的聲音和他腦海裡那根導盲杖試探的敲擊，不期然地重合了。

「嘀——」

即將關的電梯門被一隻修長有力的手驀然按住。

兩扇梯門隨著感應聲音緩緩收回。

那位老太太此時已經慢悠悠地走到電梯前，聽見聲音，有點訝異地抬頭看向駱湛。

駱湛仍是那副冷淡神情，被老太太感激地看了也沒什麼反應。他單手扶著梯門，側過身，讓出更方便進出的空間給老人。

老太太笑起來，說道：「謝謝你啊，年輕人。」

「不客氣。」駱湛淡淡應了。

等老人走進電梯內，駱湛收回手。電梯廂兩側都有按鍵，駱湛沒必要去詢問老人，他獨自盯著按鍵，面無表情地拿眼神放冷氣。

——明明都被女孩那樣嫌棄了，一杯水都沒有便下了逐客令，他實在想不通自己怎麼聽到駱修那番話就忍不住回來了。

駱湛不爽地皺起眉。

就在這時，他的褲子口袋裡手機震動起來。駱湛拿出手機掃了一眼，來電顯示上是「譚雲昶」的名字。他接起電話。

譚雲昶在對面驚奇地問：『你哥怎麼會有我的電話？』

「我哥？」駱湛皺眉。

譚雲昶說：『對啊，他剛剛突然打電話給我，自稱是駱修，然後告訴我說你今天可能回不了實驗室了。』

駱湛一默，譚雲昶沒察覺，還在說：『不過他沒告訴我原因就掛斷電話了……難道是你把我的手機號碼給他的，作為校內緊急聯絡人之類的？啊哈哈哈，那可真是太榮幸——』

到。」

「你想多了。」駱湛冷漠打斷，「他如果想知道，那ｉｎｔ所有人的手機號碼他都能拿

譚雲昶嘆氣：『行吧，我就該知道你這個沒心沒肺沒肝的人是不可能做出這種事的。』

駱湛輕瞇起眼：「ＡＩ語音助手的帳我還沒和你算，你現在是主動挑釁我？」

『啊，那什麼。』譚雲昶在電話對面打了個哈哈，連忙轉移話題，『所以你今天真的不回實驗室了？我們組不是說好今天再檢查一遍仿生機器人是哪段的故障嗎？』

駱湛默然兩秒：「唐染這邊出了點狀況。」

他未說完，對面搶答：『啊，我懂了，你今天中午要陪那個小女生是吧？她是不是留你吃午餐了？』

再次想起連杯水都沒喝上就被下了逐客令的慘劇，駱湛面無表情，語氣冷冰冰地開口：「吃什麼飯？我只是上去看一眼，送完鑰匙就走。」

『啊？』

「回去再說。」

『欸——』

懶得聽譚雲昶再胡扯，駱湛懶著眉眼掛斷電話，將手機放回褲子口袋裡。

然後他才想起什麼，抬頭看了梯門上方的小型ＬＥＤ顯示螢幕一眼。

還在一樓。

駱湛不解地轉過身，正對上老太太笑咪咪的眼：「我看你還沒按電梯，又在打電話，怕你錯過了樓層。你去幾樓啊，年輕人？」

駱湛眼神一緩：「十二樓。」

「嗯？你是十二樓的？」老太太按下十一，又按了十二，「我就住樓下，不過怎麼不記得見過你呢？」

駱湛說：「我……朋友住在這邊。」

「啊。」老太太恍然地笑，「是不是女朋友啊？」

對這位萍水相逢的老太太，駱湛懶得解釋，隨對方判斷了。

電梯在十一樓停過之後，再次將駱湛送到十二樓。

梯門打開，電梯間對面就是每一層樓的中戶。

走出十二樓的電梯間之前，駱湛側顏還冷冰冰的，漆黑的眼裡凝著點冷淡的鬱氣。

但在看見中戶防盜門外那個抱著膝蓋蹲在牆角前的女孩時，他的身影驀地一頓。

聽見了聲音，趴在自己細白的手臂上的女孩愣然地仰起臉。

女孩的眼角泛著點淡淡的紅，不知道是不是哭過，還是只是委屈無助得厲害了。

她摸著導盲杖慢慢起來，輕聲又有點怯怯地問：「你好，我是中戶的住戶。我家裡沒人開門，能借一下你的手機嗎？」

駱湛心底那些蓄積的躁意和鬱結驀地一空，只餘慶幸——

還好他回來了，沒把女孩一個人扔在這空蕩冷清的黑暗裡。

還好。駱湛嘆聲，走過去。

防盜門的地毯邊角有一塊並不明顯的凸起，就在女孩腳邊。

正常人仔細查看還能發現，但對於看不見東西的唐染來說，大概只有意外踩上去，才有可能有所察覺。

駱湛停到唐染面前。

女孩隨著他的無聲和接近有些慌張起來，握著導盲杖不安地退了半步。只是她身後就是牆壁和房門，並沒有多少餘地可走。

駱湛蹲下去，掀起地毯那一角，果然在下面看到了防盜門的鑰匙。

而正在此時，安靜的走廊裡，他頭頂響起個不確定的小心的聲音：「駱……駱湛？」

駱湛定住身。就著那個半蹲的姿勢，撩起眼簾仰視向面前站著的女孩。

視線停了兩秒，他出聲：「嗯。」

唐染驀地鬆下那口提吊著的氣。她緊張得臉都發白了，此時放鬆下來也終於慢慢恢復一點紅暈。

「你怎麼回來了？」

駱湛沒回答，而是拿起鑰匙起身。沉默片刻，他突然地問：「妳怎麼知道是我？」

唐染一愣，還是如實回答：「你身上有琥珀雪松的香氣，涼涼淡淡的。」

果然。駱湛問：「好聞嗎？」

唐染誠實點頭。

駱湛輕勾了下嘴角：「要收費的。」

唐染疑惑。

駱湛掂了掂手裡的鑰匙，他低著眼，恢復慣常懶散的笑：「我口渴了，請我喝杯水吧。」

唐染低頭：「阿婆好像不在家……」

「鑰匙在我這裡。」

女孩驀地抬起頭。如果不是看不見，駱湛想這雙眼型很美的眼睛此時一定亮晶晶的，會像是盛了兩汪水色，也會襯得女孩漂亮的臉龐更加豔麗。

駱湛心底軋過極深的遺憾。

「想要鑰匙嗎？」駱湛問。

唐染連忙點頭。

駱湛像是看見了條急著上鉤的小魚，他低眼無聲地笑：「那這鑰匙，就是另外的價格了。」

女孩茫然抬頭。

駱湛說：「不讓我進門，就不給妳鑰匙。」

一分鐘後，駱小少爺心滿意足地坐到了唐染家的小沙發上。

唐染進門以後明顯比在外面適應許多。導盲杖被她收起放進玄關的長筒裡，即便沒了它的幫助，在家裡唐染看起來也依舊能像正常人一樣活動。

駱湛看著女孩取來杯子，倒上一杯常溫白開水放到自己面前。然後唐染將水壺放回原處，姿勢乖巧地坐在另一邊的沙發上。

「你喝吧。」女孩聲音很輕。

駱湛雖然不渴，但藉著這個理由進來的，此時自然只能拿起杯子。

喝了口水，駱湛似乎隨口問：「妳在這裡生活很久了？」

「好像，有七八年了。」

駱湛皺眉：「唐家一直沒有接妳回去？」

提起唐家，女孩漂亮的面孔黯了點。她安靜幾秒，彎下眼角：「嗯，但是沒關係，等我過了十六歲生日以後應該就會回去了。」

「為什麼要等那時候？」

「阿婆的兒媳快要生寶寶了，等寶寶出生，阿婆有自己的小孫子或者小孫女了……以後她就沒辦法再照顧我了。」唐染閉著眼睛，聲音很輕地說著。

她看起來情緒有點低落，只是小心地藏著：「父親說會安排我搬去偏宅，那樣照應起來也會方便一些。」

駱湛聲音微冷：「偏宅？」

「嗯。」唐染沒有察覺，彎著眼角說：「唐家有一片很大的後院，後院的西南角有一處單獨的小宅子，那就是唐家的偏宅。那裡很幽靜，我也喜歡那裡。」

駱湛神色越發冷淡，他倚進沙發裡，眸子裡起起落落地盪著什麼情緒。

半晌沒聽到駱湛說話，唐染慢慢收住笑，露出一點不安的情緒：「怎麼了？」

駱湛回神，轉回視線：「到時候只有妳自己住過去？」

唐染說：「嗯，阿婆之後就會回她的家鄉了。」

「妳不怕嗎？」

唐染一愣。須臾後，女孩藏起情緒裡一點怯意和不安，彎下眼角清淺地笑：「不怕，『駱駱』會陪我的。」

駱湛手中水杯裡水面一晃。

有那麼一瞬間，他差點以為唐染是在喊他了。

更恐怖的是，在那一瞬間，他發現自己並不排斥這種錯覺。

駱湛沉默。

唐染安靜了一下，終於主動開口問：「不過，為什麼我家的鑰匙會在你那裡呢？」

駱湛被提醒，意識拉了回來：「妳那位阿婆家的兒媳早產，她臨時趕回去了。」

唐染愣住，駱湛「好心」提示：「妳可以打個電話給她，問問情況。」

「……好。」

唐染顧不得多說，忙起身往自己的臥室走去。

駱湛按著性子等在客廳裡。

直到聽見臥室裡隱約的交談聲響起，他才拿出手機，也撥了個電話出去。

沒幾秒便接通了。

對面，譚雲昶接起電話便搶了白：『祖宗啊，您實話告訴我，您這「就上去看一眼」是正常人的看一眼，還是照著一眼萬年的標準去的？』

駱湛說：「臨時有事，回不去了。」

譚雲昶說：『……你不回來跟我們一塊排查故障，這個仿生機器人怎麼辦？』

駱湛說：「就算能排查故障，以我們實驗室的水準也修復不了。」

譚雲昶說：『但是，還有兩天就是唐染生日了，我們總不能送一個完全報廢的機器人過去吧？』

駱湛眼神微晃了下。

須臾後，他慢慢仰進沙發裡。

望著唐染家的天花板，默然許久，駱湛突然低笑一聲。

譚雲昶愣在對面：『你笑什麼？』

「我笑……」

駱湛看著天花板上的暗紋，眼神不甘又釋然。

「我可能真的要瘋了。」

譚雲昶從外面走進實驗室時，滿臉還寫著魂游天外。

圍桌坐著的實驗室成員聽見門開的聲音，停下討論，紛紛轉身看過來。

「譚學長，湛哥怎麼說？」

「譚學長？」

「啊？」譚雲昶慢半拍地回過神，「喔喔，我剛剛打電話給他了，他今天有事，回不來了。」

「那這個仿生機器人的故障排查怎麼辦？」

譚雲昶說：「駱湛的意思是故障排查先後置，讓我們這兩天挑個修正度足夠的變聲器。」

幾個人都傻了：「變聲器？」

譚雲昶說：「嗯。還有千華，機器人的充電續航部分是你負責研究的吧？你今天下午找幾篇太陽能充電機器人的相關論文研究一下。」

林千華愣了愣：「太陽能充電？找它做什麼，這個機器人不是這種供電方式啊？」

「它確實不是，但是駱湛需要你拿得出理論，裝成它是。」

眾人更傻了。林千華按捺不住，說：「譚學長，湛哥到底是想怎麼處理這件事？畢竟是我們搞出來的故障，你直說吧，我們能承受得住。」

譚雲昶表情有點扭曲：「他說，考慮到實驗室的新專案暫定為主研泛化能力方面的居家服務機器人，他作為int團隊Leader，決定身先士卒潛入導向的需求用戶群，做好用戶需求的市場調查，便於及時進行閉環回饋，以保障我們的研究工作順利進行。」

實驗室一幫純工科生被這碗迷魂湯灌得如坐雲霧。

過了好幾秒，終於有個實際的小心翼翼地舉手提問：「譚學長，能翻譯成人話嗎？聽不懂。」

譚雲昶慢慢嘆出一口氣，此刻終於消化完剛剛那通電話裡，他聽到的那個讓人消化不良的消息。

帶著無比複雜的心情，譚雲昶開口：「駱湛要把自己當生日禮物，送去給唐染裝人形仿生機器人。」

實驗室眾人紛紛倒抽一口涼氣，然後僵在原地。

譚雲昶再次嘆了一聲氣，搖著頭往裡間走。

「還好小孟不在啊，不然讓他聽見了，還不得拎著電路板找駱湛拚命……」

唐染拿著手機從臥室裡走出來時眉心微蹙，很煩惱地思考什麼。

倚在沙發裡的駱湛聽見臥室房門打開的聲音，第一時間坐直身看了過去。

唐染隔著茶几停在駱湛對面。遲疑了一下，她低著頭說：「阿婆今天可能趕不回來了，她讓我、讓我自己一個人吃飯。」

唐染臉紅了起來。

駱湛停了一下，垂下眼，懶洋洋地笑：「妳是第一次說謊，所以才這麼不熟練？」

第一次見到女孩撒謊，駱湛忍住笑意：「她到底怎麼說的？」

沉默了將近半分鐘，女孩終於鼓足了勇氣開口：「阿婆說，讓我今天先跟著你……白吃白喝。」

最後一個詞聲音說得極小，小到面前的女孩好像說完就要不好意思地鑽進附近哪個地洞裡了。

讓她不說謊，她就誠實得原句複述，連換個委婉的讓她自己能下得來臺的詞都沒有。

駱湛忍住笑，按膝起身：「妳不是最聽妳阿婆的話了？」

唐染仰起臉，輕聲反駁：「但阿婆不知道你是駱湛才這樣說的。如果她知道了，一定不會叫我跟著你了。」

「喔。」駱湛懶散地點點頭，眼皮一撩，似笑非笑，「那妳怎麼不告訴她，其實我不是駱修，而是駱湛？」

一陣子後，女孩誠實又小聲地回答：「……我不敢。」

駱湛莞爾。

唐染還在原地糾結著的時候，聽見沙發上那人起身，繞過茶几走了出來。唐染追著腳步聲轉過去：「你下午應該還有事情吧？就不麻煩你……」

「我沒事。」駱湛毫不心虛，語氣憊懶得理直氣壯，「實驗室今天下午放假，大家都清閒得很。」

唐染頓住，過了幾秒，她不放棄地輕聲說：「家裡有泡麵和香腸，我自己也能吃飯的。」

駱湛說：「不健康。」

唐染說：「還有外送電話……」

駱湛回：「更不健康。」

唐染默然兩秒，仰起頭，好奇地問：「可是，你會做飯嗎？」

駱湛一默，安靜中，他下意識低頭看了看自己的手。

這雙手白皙，骨節分明，修長有力。

它握過所有軟筆硬筆，能寫一手鐵畫銀鉤的字跡；也敲過程式碼，以前會寫幾百幾千行的漂亮程式式；從小到大摸過不知道多少樂器，隨便拿起哪種他都能奏一首代表作……

唯獨有一類事不會做。

家務方面，駱小少爺說是十指不沾陽春水也毫不為過——更別說做飯了。

唐染也猜得到，此時正認真地說：「所以你在不在都是一樣的，不需要額外麻煩你……」

「誰說我不會了。」

駱小少爺懶洋洋地抬起眼，漂亮有力的雙手往褲子口袋裡一抄。

唐染意外地愣住：「你會做飯嗎？」

「嗯，我上過烹飪課。」駱湛氣定神閒地說。

——那是在每個男孩子小時候都會有的那個什麼都做就是不做人的狗不理時期，駱小少爺某天一時興起。

然後就幫駱家換了個新廚房。

作為後遺症，駱家那些資歷久的廚師到現在看見駱湛還會覺得陰影深刻。

唐染不知內情，此時被駱湛那副懶散冷淡又大爺的語氣唬住了，想了想她才認真地問：「但是我家的食材可能不多。」

「沒關係。」駱湛走向料理檯旁邊的雙開門冰箱，拉開門後，他快速從上到下掃了一遍每一層的儲物。

然後駱湛冷靜地關上櫃門：「我去一趟洗手間。」

唐染茫然點頭：「好。」

駱湛進到客用洗手間內，拿出手機，撥了一通電話出去。

『小少爺？』電話接通後，對面意外地問。

「林管家，有個名單你記一下。」

『名單？好的，您說。』

駱湛調動起自己的短暫記憶儲存，依樣往外報：「乾海參一盒，甘藍菜三棵，番茄五顆，雞蛋十枚………好了，就這些。」

從第一個食材名報出來，電話對面的駱家的管家就開始發愣。等憑著職業本能記錄到最後一項，他看著自己筆尖下的名單，有種恍然如夢的感覺。

半晌，林管家艱難地找回自己的聲音：『小少爺，這些東西是？』

駱湛說：「等一下我傳給你一個地址，你找個離這裡近的私廚菜館，讓他們以這個名單內的東西為原材料，做一頓午餐送到我給你的地址這裡。」

「是，少爺。」林管家再好奇也沒多問，答應下來。

駱湛又說：「用到哪些食材也傳給我，我會打包一份同樣的，讓來送的人帶走。」

『還有什麼要特別注意的嗎？』

「嗯。」駱湛應，「第一點，來的人不要敲門，到門口打電話給我。第二點，這頓午餐的味道中等就可以，別做出什麼餐廳等級的。」

林管家哭笑不得地應下了。

交待完所有事情，駱湛在洗手間裡十分縝密地把計畫從頭推了一遍，確定沒什麼紕漏後他才洗了手，走出洗手間。

經過臥室間的走道，駱湛走進客廳，就見唐染正在廚房裡彎著腰，摸索著找什麼東西。

駱湛走過去：「在找什麼？」

「我明明記得阿婆放在這裡了……」女孩背對著他，聽起來小聲咕噥著，念念有詞的。

駱湛問：「要我幫妳——」

「啊，找到了。」女孩手裡拿著什麼轉過身，因為太高興了沒注意，一頭便撞進駱湛懷裡。

駱湛沒事，唐染那小個子卻正磕在他胸膛前。額頭撞疼了不說，人還向後踉蹌了步，被駱湛連忙伸手護回身前。

「沒事吧？」等女孩站穩身，駱湛低下眼問。

「沒、沒事。」唐染有點不好意思地揉了揉額頭，「我沒注意你走到後面了。」

駱湛無奈，抬手摸了摸女孩微微泛紅的額頭：「妳剛剛在找什麼？」

「這個。」

唐染把手裡的東西向上一舉。

駱湛的表情驀地滯住。

幾秒後，望著女孩手裡的粉色圍裙，駱湛輕瞇起眼。

「妳找這個幹什麼？」

「給你戴的。」唐染彎著眼角笑，絲毫不知道她看不見的黑暗裡，某人的眼神表情已經危險到什麼程度上了，「我以前想跟阿婆學做飯，這個是阿婆專門買給我的。」

駱湛表情不善地看著這件粉色圍裙：「我不戴。」

唐染微愣：「為什麼？」

駱湛毫不留情：「醜。」

女孩高興的表情停住。

「很醜嗎？可阿婆把它買來送給我的時候說它很好看的……雖然我因為看不到菜的火候總是學不會做飯，但是還是把它留下來了。」

女孩聲音越來越低。

想起苦學廚藝，但最後還是因為眼睛不得不放棄的那段經歷，唐染無意識地把手裡這件跟自己一樣「沒用」的圍裙捏緊了。

如果這雙眼睛看得見，一定黯得像沒星星的夜晚，可能還是飄著小雨絲的。

駱湛心裡低低地嘆了口氣，他聽見自己開口：「妳說得對，它很好看……我戴。」

女孩一愣，微仰起臉。

駱湛接過圍裙，擺弄了一陣子都沒能成功繫好。回過神的唐染有所察覺，重新彎下眼：「我幫你吧。」

看著女孩，駱湛無奈地笑：「好，妳來。」

粉色小圍裙被駱湛自願套上，兩側的綁帶則由閉著眼睛的女孩牽在掌心，小心地繞過駱湛的腰。

休閒寬鬆的白襯衫被綁帶收緊，精瘦的腰腹線壓在薄薄的白襯衫下。

駱湛背對著唐染，但還是感覺得到，女孩的手在他身後輕繫圍裙的繫帶，小心翼翼的。

「駱駱，我能綁個蝴蝶結嗎？別的我不會。」女孩忙了一下，認真地念著，連自己喊了什麼稱呼都沒注意。

駱湛沒糾正她，只看著冰箱門上隱約映出來的自己身後那道小小的影子。

盯了片刻，他微垂眼，笑。

「隨妳。」

按照駱湛的要求安排下去以後，林管家仔細想了想，還是決定親自去送這頓飯。

他當即準備從駱家出發，只是急匆匆地離開前，正遇上了這幾天住在家裡的駱修。

「大少爺。」林管家畢恭畢敬地見了禮。

「林管家別客氣。您和爺爺一樣，叫我駱修就好。」駱修停住身，笑容溫和，「您是準備出門？」

「對，」林管家猶豫了一下，想駱湛沒說要隱瞞，便實話實說：「小少爺讓人去一個地址送飯，說是要……」

林管家簡單幾句，把駱湛那些稀奇古怪的要求說了出來。

駱修原本準備隨口應過就離開了，聞言眼神一停。須臾後，他側過身，淡淡地笑：「什麼地址？」

林管家是駱老先生的心腹，對這兩兄弟的真實情況比較了解，也並未避諱，就將地址給駱修看了。

駱修不動聲色地聽完，視線一掃。見到和料想中完全重合的訊息，他眼底笑意加深。

「那林管家去忙吧。」駱修走出兩步，突然想到什麼，停下來又轉過身，「勞煩林管家帶句話給我弟弟。」

「您說？」

「之前那件沒聊完的事，如果他還有興趣，今天回來來找我談談。」

林管家愣了一下，還是點頭：「好。」

一個小時後，從私廚餐館拿了方方正正的多層實木餐盒離開，林管家按著駱湛給自己的地址和安全門密碼，走進一棟陌生的公寓。

目的地是十二樓中戶。

到了那戶看起來挺普通的防盜門外，林管家撥了個電話給駱湛。

沒響幾聲，電話就被按斷了。

林管家耐心地等了十幾秒，面前的防盜門在他面前打開。

是熟悉的清雋冷白的臉孔。

林管家微笑：「少爺，您要的午餐餐餐……」

尾聲扭曲，門後，還是那個冷冰冰懶洋洋的駱小少爺。

唯一的差別，是他白襯衫前穿了件圍裙。

粉紅色圍裙。

還他媽是 Hello Kitty 的。

第十章　賭約

抽油煙機的轟鳴聲裡，林管家僵著微笑，緩緩地打了個哆嗦：「小……少爺？」

那顫巍巍的聲調讓拿過餐盒的駱湛支起眼皮，懶洋洋地瞥了他一眼。

然後駱小少爺冷冰冰地笑：「是我，沒被鬼上身。你不用一副見了鬼的表情。」

林管家也算飽經世事，所以眼前這點小場面帶來的衝擊只讓他短暫地驚恐了幾秒。

很快他就恢復職業管家的得體笑容，朝著駱湛微微躬身——

「小少爺哪裡的話，見了鬼我也不會這麼驚訝。」

駱湛無語了一下，說：「你在這裡等一下。」

好不容易把唐染哄騙回房間，駱湛沒時間多耽擱，他先轉身把手裡的實木餐盒送進廚房，裡面的飯菜倒進準備好的餐盤裡。然後將從冰箱按清單拿出來的東西裝進餐盒中。

離開料理檯前，駱湛順手關上了乾轉很久的抽油煙機。

沒多久，林管家就見駱湛拎著餐盒走回門口，遞了過來。

林管家伸手去接。

駱湛輕瞇起眼，威脅：「今天這件事和誰都不許說，我爺爺也不行。」

林管家一愣，如實回答：「我來之前見到了大少爺，所以他已經知道我過來的目的了。」

駱湛懶懶抬眼：「我是說圍裙這件事。」

林管家再次瞄了那件掛在他們冰塊臉小少爺身上而顯得格外張牙舞爪的 Hello Kitty 一眼，忍住笑意，艱難點頭。

「我明白。」

再次遭到嘲笑，駱湛面無表情地思考起滅口的可能性。

林管家敏銳地察覺到他們小少爺身上的殺氣，連忙正色：「大少爺讓我捎一句話給您。」

駱湛微皺眉：「什麼話？」

林管家一字不變地重複了一遍：「之前那件沒聊完的事，如果他還有興趣，那今天回來就來找我談談。」

林管家過於敬業，所以連駱修那副斯文淡笑的模樣都模仿了七八成——

駱湛頓時嫌棄得不行。

他還未說什麼，身後臥室方向響起門開的動靜，女孩的聲音從走道裡傳出來：「駱湛，有誰來了嗎？」

林管家臉上笑意一愣。

他覺得這個聲音聽起來有點耳熟，但是一時間又想不起來是在哪裡聽過。

但這不耽誤他再次驚奇地看向駱湛——

駱家小少爺是有名的眼光高到變態，因為美人眼的說法，所以沒少被外人偷偷笑過是嗜好怪癖。

這次這麼反常，原來是因為突然開竅了？

駱湛沒給林管家傳送眼神訊息的機會，他帶著方才的嫌棄收回目光，懶洋洋地轉過身，順手把門一關。

「妳不認識，賣保險的。」

「……喔。」

最後一段對話傳出，門在林管家面前關上。

知道這是讓他立刻消失的意思，林管家只能嘆口氣，裝作什麼都沒看見什麼都不記得，轉身進電梯間。

駱小少爺十指不沾陽春水，但頭腦頂尖，記憶力更是一流。

林管家到之前就傳給他餐盒內每一道菜的菜譜，他看過一遍就記得八九不離十。所以午餐時間，駱湛十分順暢自然地跟唐染介紹了每一道菜的配料、刀法和火候。女孩一邊聽一邊嚐，吃得津津有味的。

看著女孩吃得從淡色漸漸紅豔的唇，駱湛認真思索一下在居家服務機器人的泛化能力方面主研烹飪功能的可能性。

為了這種需求，ｉｎｔ的團體活動可以搞搞烹飪課之類的了……

駱小少爺陷入沉思。

拿人手短，吃人嘴軟。

吃過駱湛「做」的午餐，唐染怎麼也不好意思把人往外趕了。駱湛提出一起聽一下廣播劇的時候，唐染雖然在生理時鐘驅使下已經睏得發倦，但還是繃住了，點點頭表示同意。

起初，唐染還能和駱湛有一點交流。等廣播劇聽了小半集，駱湛不經意地回眸，就發現女孩不知道什麼時候抱著小靠枕歪在了沙發兩個大靠枕的縫裡，一張巴掌臉被揉起的長髮遮了大半，眼睫安靜地趴在眼瞼下。

吹拂著髮絲的呼吸起伏勻稱，睡得香極了。

駱湛愣了愣，垂手拿起桌上的手機關掉播放的廣播劇。然後他走去唐染的臥室，從床尾凳上抱起柔軟的毛毯帶去客廳。

到了沙發前，駱湛俯身，幫女孩掩上毛毯。

不知道是哪一下擾到了熟睡中的女孩，她在睡夢裡捲住身上的毛毯，然後在臉頰旁的大抱枕上輕輕蹭了蹭。

「駱駱……這條路不是這麼走的……」

夢裡的女孩輕聲咕噥著。

駱湛的上身僵在半空。

過了幾秒，他慢慢朝女孩伸出手，停在離著她頭頂烏黑的長髮還有寸許距離的地方。

有點想揉揉這個在夢裡都抱著她的「駱駱」的女孩但是駱湛終究不忍心冒吵醒她的風險。

他的手在女孩頭頂克制地握緊，壓著自己收了回來。

「……好夢。」

駱湛聽見自己的聲音低聲說。

那是他自己從未聽過的低沉和溫柔。

唐染在沒來由的心安之下，這一覺睡得格外地沉，也格外地久。

以至於醒來時，她都有點不知今夕何年的恍惚感。抱著身上柔軟的毛毯想了一陣子，唐染才從混沌的思緒裡慢慢理清睡前的事情。

不確定此時的時間，也就不確定家裡有沒有人、如果有又會是誰在。

唐染慢慢坐起身，在黑暗裡小心地喊：「駱駱？」

『……在了。』

安靜之後，只有放在身旁的手機響起那個懶散冷淡還大爺的導航聲音。

唐染在黑暗裡愣住。

這一刻她心底突然泛開說不出名頭的酸澀。她逃了很久的孤獨和難過在這場格外漫長的午睡後的黑暗裡，很輕易地把她抓住了。

也是這一刻，她發現自己喊出這個稱呼時心裡真正期待的，遠不只是手機裡那個ＡＩ的「駱駱」。

「駱駱」終究只是「駱駱」。

她也會貪心，想要更多。

女孩抱著毛毯的手臂慢慢收緊，從未有過的這麼強烈的難過像是無形的藤蔓一點點纏緊她的心臟。

就在某個極限到達前，臥室方向有人推開了門。幾秒之後，楊益蘭的聲音跟著腳步聲響起來：「小染，妳剛剛喊我了嗎？駱修見我回來就先回去了。你們今天相處得還好吧？」

「阿婆……」

明明開口時還是正常的，但到尾音，不知道怎麼就控制不住那種難過。唐染坐在黑暗裡，聽見自己的聲音帶上一點哭腔。

走進客廳的楊益蘭嚇壞了。

她連忙跑到沙發前，把身體埋在毛毯裡看起來更纖弱的女孩抱了抱，拍拍女孩的肩背安慰：「怎麼了小染？跟阿婆說，發生什麼事了？」

「……我沒事，阿婆。」

唐染輕輕吸了口氣，壓住微哽的呼吸。

她仰起臉，輕笑起來。

「我只是做了一個噩夢，嚇到了。」

楊益蘭鬆了口氣：「原來就是做噩夢了？嚇我一跳，我還以為妳怎麼了。」

唐染有點生澀地轉開話題：「阿婆，妳剛剛在房間裡做什麼？」

「幫妳收拾東西啊。」楊益蘭說：「明天他們不是就要接妳回唐家了嗎？我得再檢查一遍，不能落下什麼重要東西才行。」

「……嗯。」

「不過我們小染剛剛到底是做了什麼噩夢，怎麼還差點嚇哭了呢？」

唐染沉默，一兩秒後，她彎下眼角，若無其事地笑：「醒來以後我就忘了，反正，是很嚇人的。」

「妳倒是挺會自己嚇自己。」

唐染彎著眼角笑。藏在毛毯下，女孩的手指慢慢攥緊。指甲也掐進掌心。

你知道，所有美夢醒來，回到冷冰冰的現實的那一刻，就已經在噩夢盡頭最黑的深淵裡了。

駱湛回到駱家後，還沒有來得及和駱修做雙方會談，就先被駱老爺子叫去了書房。

駱湛進了書房，剛走到沙發前坐下，主位上老爺子已經開口：「我聽說你哥今天帶唐染去你們實驗室看過那個機器人了，沒問題吧？」

駱湛懶洋洋地掀了掀眼皮：「沒問題。」

——沒問題才怪。

駱老先生點點頭：「那就好。後天是唐染生日，你後天晚上到唐家拜訪一下你唐叔叔和杭老太太吧，也把那個仿生——」

「誰愛去誰去。」駱湛皺著眉打斷了老爺子的話，「我有事，去不了。」

駱老先生被小孫子這語氣氣得不輕：「你能有什麼事？」

駱湛冷淡輕嗤：「花天酒地。」

老爺子敲枴杖：「就知道胡說八道，整天不見你有不散漫的正經時候！」

「……愛信不信。」

駱湛懶得在和婚約還有唐家的任何事情上牽扯，他了無興趣地站起身往外走：「沒別的事情了是吧？那我就滾了。您閒著沒事還是找您那位正經不散漫的大孫子談心——最好能把那個唐什麼淺的一塊塞給他。」

駱老先生一貫拿這個小孫子沒多少辦法，此時氣得厲害也只能硬著聲：「那就把機器人送回來，我讓別人後天去送。」

駱湛步伐一停：「送去哪裡？」

老爺子沒好氣地回答：「還能是哪裡，當然是唐家！」

「唐染現在還沒有住進唐家吧？」

「她明天開始就搬回——」老爺子話聲一停，疑惑抬頭，「你怎麼知道唐染不住在唐家的？」

駱湛一頓，甩鍋：「我哥說的。」

老爺子沒做旁想：「那你知道就行了，從明天開始她就算正式搬回唐家了。」

「偏宅而已。」

「你說什麼？」老爺子沒聽清。

「……沒什麼。」

駱湛手插著褲袋，慢慢捏緊裡面冰涼的硬幣。

他側了側身，笑得懶散冷淡：「後天讓我去唐家是吧？我去就是了。」

老爺子一愣：「怎麼突然改主意了？」

「因為這個仿生機器人，不能由別人送。」駱湛舌尖頂了頂上顎，啞聲笑了，「必須我親自去。」

老爺子誤會意思，皺起眉不滿地說：「你眼裡就只有ＡＩ了是吧？那些冷冰冰的機器有什麼好的？」

駱湛懶得解釋。他嘴角一勾，轉身離開。

駱湛沒回自己房間，而是去了駱修的房門外。

敲開門以後，出來的男人剛沖完澡，換了一身淺灰色的絲質睡衣，黑色碎髮半溼半乾地垂著。

平日裡那副非常斯文敗類的眼鏡沒戴，一雙清冷透黑的眸子沒了遮掩，連慣常的溫和都變得稜角分明起來。

要是讓駱家外的那些人看見他這副模樣，大概就沒幾個敢再拿這位傳聞裡「軟弱得很」的駱家大少爺嚼舌根了。

駱湛早把這人看得透徹，此時絲毫不意外，眼皮都沒抬：「你那天說的方法，我同意了。」

駱修捏著手裡的眼鏡，慢條斯理地擦拭：「哪種？」

駱湛冷淡瞥他：「別裝傻。」

駱修低著眼，勾唇。

這一笑薄涼，只是他抬手重新戴上眼鏡——等鏡片上清冷如水的光掠過去，再定睛去看時，那笑裡的鋒利早就錯覺似的消失不見。

男人笑意溫和如初：「畢竟是需要我配合的事情，認真想想以後，我已經改主意了。」

聽見這話，駱湛毫不意外。

他懶洋洋地靠到駱修臥房對面的牆壁上：「開條件吧——先說好，拿這件事要挾，直接叫我繼承家長位子這種比重不對等的可笑條件就不要提了。提也是浪費時間。」

駱修淡淡一笑：「談條件多沒意思，不如換個方式？」

駱湛皺了皺眉，他眼一抬：「什麼方式？」

駱修說：「打個賭吧。」

駱湛從浴室出來，走到落地窗的單人沙發前，拿起茶几上震動的手機。

來電顯示「譚雲昶」。

駱湛垂著眼，擦著半溼的碎髮坐進沙發裡。指腹一滑，通話被撥到綠色那邊。

他懶著聲開口：「什麼事？」

譚雲昶說：『還能是什麼事啊，祖宗——當然是你的那個計畫啊，你哥那邊同意配合了嗎？』

「嗯。」駱湛懶散應了。

『他真的答應了？我還以為他肯定想看你為難呢。』譚雲昶說完，懷疑地問：『駱修不會給你開什麼條件了吧，比如要想他配合你隱瞞唐家駱家，你就得回去繼承家業什麼的？』

駱湛望著落地窗外的夜色微瞇起眼，沉默兩秒後他開口：「沒有。」

『那就好那就好，你哥難得做了回好——』

「不過也差不多。」

『……』譚雲昶話聲一噎，半晌回過神，急切地說：『什麼叫差不多？我們ｉｎｔ團隊裡還有老有小的呢，你可別拋棄我們回去繼承家業當老總。』

電話裡沉寂半晌。

在譚雲昶越發急得抓耳撓腮，幾乎恨不得立刻帶著ｉｎｔ全員成員飛到駱湛面前讓他回心轉意時，他聽見對面輕嗤一聲。

「不會。」駱湛停住的手重新動作，被擦拭得半溼半乾的碎髮間，那雙漆黑的眼裡笑意懨懶而冷淡，「被駱家的帽子壓了這麼多年，好不容易有一丁點能爬出來的機會，我怎麼可能在這時候放棄？」

譚雲昶長鬆了口氣，然後他問：『那你剛剛那話是什麼意思？』

「就是……駱修的最終目的自然還是這個。不過不是作為條件，而是作為賭約結果。」

譚雲昶茫然：『賭約？』

「嗯。」駱湛垂下手，「我們打了一個賭。我的是去給唐染做兩個月的機器人，不能暴露或者坦誠。」

譚雲昶急忙問：『那他的呢？』

駱湛嘴角一勾，說了一句話。

電話對面沉默半晌，譚雲昶感慨：『厲害。你們富家子弟都愛搞這些「閒情雅致」嗎？』

駱湛冷淡地笑：「他想坑我，難道我會讓他好過？」

譚雲昶說：『不過你們這個時長完全不成正比，明顯是他吃虧吧，駱修竟然也答應了？』

駱湛笑意一淡，過了幾秒，他懶洋洋地仰進沙發裡：「我的難度，和他的那個難度，能一樣嗎？」

『也是。』譚雲昶嘆了一聲氣，『要裝兩個月……到那時候，我們新下的訂單裡，那個新機器人差不多該送來了？』

「嗯。」

駱湛聽譚雲昶報備完實驗室那邊配合他偽裝工作的進度後，已經準備掛斷電話了。但譚雲昶沒打算放過他，情真意切地喊了一聲：『湛哥。』

駱湛冷淡而嫌棄：「擔不起，你大我五歲，忘了嗎？」

『因為你是從資優班起來的，實驗室裡也有其他人比你大啊。』譚雲昶有求於人，不敢多抱怨，『有一件事想請你幫幫忙。』

駱湛聽見那句「湛哥」就猜到了，此時垂著眼懶洋洋地倚在沙發裡：「說吧。」

譚雲昶說：『我聽千華說，你和藍景謙認識？』

駱湛皺眉：「誰？」

譚雲昶又說：『藍景謙啊，就控制領域這兩年新晉那個鑽石王老五、AUTO的創始人——林千華跟我說，你去年去AI國際交流會的時候跟他認識了啊。他還說你們相談甚歡呢。』

駱湛聽到中間已經反應過來：「你是說Matthew？」

『啊？』譚雲昶愣了一下，然後才反應過來，『喔，那是他英文名是吧？我查一下……對，就他、就他。』

駱湛從沙發上起來，走到臥室裡間，隨口問道：「他怎麼了？」

『他回國了！』

突然驚人的大嗓門喊得駱湛身影一僵，回過神他皺眉，不善地看了手機一眼：「他是你爸爸嗎？你這麼高興？」

譚雲昶興奮得完全不在乎駱湛說了什麼：『我倒是希望他是我爸呢，可惜人家今年才三十七，除非十一二歲就犯了錯誤，不然我倆是沒有父子緣分了。』

「那你想幹什麼？」一定下被譚雲昶驚起的心神，駱湛懶垂了眼，問。

譚雲昶興奮地說：『既然你們認識，林千華說還聊得挺好的，你看不如安排個時間，請他和我們實驗室裡認識認識？』

「是和你認識認識吧。」

『嘿嘿嘿，順便，一起認識。』

駱湛懶洋洋地垂著眼皮，冷淡地勾了勾嘴角：「他的性取向應該不是同性。」

譚雲昶反應了一下，回過神來急了：『我也不是啊！』

駱湛冷淡地笑：「那你這麼急切想認識他？」

『那不一樣！藍景謙是我的第一男神，早在好幾年我就聽說過他的事蹟了，完完全全的當代青年勵志成長史，從什麼都沒有的貧苦大學生白手起家，做到如今控制領域新貴的位子上——他的人生就是一部五百萬字爽文啊！』

駱湛被譚雲昶吵得煩躁，懶洋洋地「嗯」了一聲：「改天吧，請你們一起出來吃頓飯。」

『好的！謝謝湛哥！以後你就是我親哥了！親哥晚安！』

駱湛面無表情地把電話掛了。

他把手機扔到一旁，收回手時卻停住了。半晌，他慢慢低身，把桌上那枚硬幣拿起來。

看了幾秒，駱湛啞然失笑。

「早知道就不收了。為妳這一枚硬幣，知道我賭上多少嗎？」

深夜悄然。

窗外枝頭的窩裡，將睡的雛鳥輕蹭了蹭腦袋，發出一聲低低的夢囈。

第二天中午後，唐家安排兩輛車過來接唐染。

第一輛帶走了女孩所有行李，第二輛則是之前來接她的司機開的敞篷轎車。

楊益蘭最後送她到樓下的車前。一直到唐染慢慢坐進車裡，楊益蘭仍舊捨不得放開女孩的手。

她眼睛通紅，眼淚在眼眶裡打轉，但還是拿笑壓著了。

「小染，到唐家以後要好好照顧自己知道嗎？不能讓自己受委屈，有事情就打電話給阿婆，大不了……大不了阿婆接妳回我家去住，好不好？」

唐染坐在車裡，頭頂是燥熱的夏，聒噪的蟬鳴和她看不到的刺眼的日光。空氣潮溼悶熱，她攥著自己的手指，卻只覺得掌心冷冰冰的。

唐染慢慢緩下呼吸，眼角彎下。

「阿婆，我在唐家會生活得很好的，妳不要擔心……我也會打電話給妳的，我還想聽叔叔阿姨家的小嬰兒說話的聲音呢。」

「好、好。」楊益蘭忍住眼淚，強笑著，「等他會走了，阿婆帶著他去看妳，好不好？」

「嗯。」唐染輕聲，「我們一言為定啊，阿婆。」

再不想鬆開的手總要鬆開，再不想目送的人也總會離去。

車順著長街沒入車流，眼睛不可知的距離越拉越遠。等到車身轉過一個十字路口的彎，唐染知道楊益蘭無法看得到自己，她嘴角翹起的弧度一點點壓平。

想忍住的，但還是沒忍住，它被無形的情緒壓著向下彎去。

女孩一點點低下頭，紅了眼眶。

從今天開始就只有自己一個人了。

一個人也要好好活下去。

唐家，主宅。杭老太太臉色不善地坐在沙發裡，雙手扶著枴杖，指腹無意識地交疊摩挲著。這是她思索事情時的習慣動作。

唐世新陪坐在老太太右手邊，此時同樣臉色微沉，不知道在想些什麼。

「確實是他回來了？」半晌，老太太突然開口問。

唐世新回神，抬起頭：「我已經找人查證過他的履歷，確實就是我們知道的那個藍謙。」

杭老太太擰眉不語。

唐世新擔憂地說：「這些年我一直沒有關注過他的消息，雖然聽說AUTO的創始人Matthew是一位從國內過去，年紀輕輕白手起家的新貴，但我並沒有往他身上聯想過。也是到了這次他突然回國，國內財經雜誌大肆報導宣傳，我才發現是他的。」

杭老太太問：「知道他是為什麼回來的嗎？」

「官方宣稱是回來助力國內控制領域發展，私下不少人說是準備來分一杯羹。至於他本人有沒有什麼私人目的……」

唐世新皺著眉停下了話頭。

杭老太太當然知道自己兒子在擔心什麼，而事實上，剛才她聽到這個消息後失手打碎的杯子，也是出自同樣的擔憂。

沉默片刻，她敲了敲枴杖：「唐染已經接回來了？」

「在路上了。」唐世新回答完，猶豫了一陣子才開口，「媽，我們要不要乾脆把唐染的存在告訴藍景謙，也好消解當年的恩仇？」

杭老太太想都不想，斷然否決：「不行。」

「可是……」

杭老太太厲聲說：「這件事沒有什麼可是！當年我就和你說過，這個小子看似清冷自持，事實上城府極深，根本不是個好拿捏的！他這次回來，不知道唐染的存在，或許那件事也就這麼過去了，但如果真讓他知道了——你覺得他能嚥得下這口氣？」

唐世新說：「我是怕紙包不住火。」

「包不住也得包！」杭老太太臉色難看，「你是覺得我當年把他逼出國做錯了，現在要來責怪我了？」

唐世新沉著臉色，沒有說話。

杭老太太沒心思去管自己兒子的臉色，她眼睛轉了轉，最後悠悠地嘆出一口氣：「接回來也好。這個時候要是把她放在外面，反而成了定時炸彈，讓人無法安心。」

她回頭看了兒子一眼，起身。

「我就不見了，你安撫她一下，然後把人送去偏宅吧。」

唐世新說：「唐染畢竟看不見，偏宅那邊連傭人都去得少，難免有照顧不到的地方，不如讓她一起住在這裡……」

「偏宅是沒有電話嗎，有什麼事情她不能叫人？」

老太太不悅地打斷，隨即拄著枴杖停在沙發前，壓低聲音：「以前也就算了。既然藍景謙已經回國，從今天起，唐染的事情就必須避人耳目，接觸她的傭人越少越好！一定不能讓藍景謙知道唐染的存在，記住了？」

唐世新忍了忍，想起那個年紀還小就被自己送出家門的小女孩，終於有些按捺不住：「媽，唐染怎麼說也是您的親外孫女，您——」

「你給我住口！」

杭老太太突然暴怒，枴杖重重地敲在地上。

唐世新噤了聲，知道自己的話戳到了母親絕不容忍任何人提起的死穴，只得沉暗著臉色噤回話音。

杭老太太還站在原地，氣得呼哧呼哧地喘氣。

「你妹妹已經清清白白地嫁出國了，跟那個男人沒任何關係，我也沒有這個外孫女！這種醜事你再敢提，別怪我跟你翻臉！」

說完，杭老太太頭也不回地走了出去。

第十一章　主人

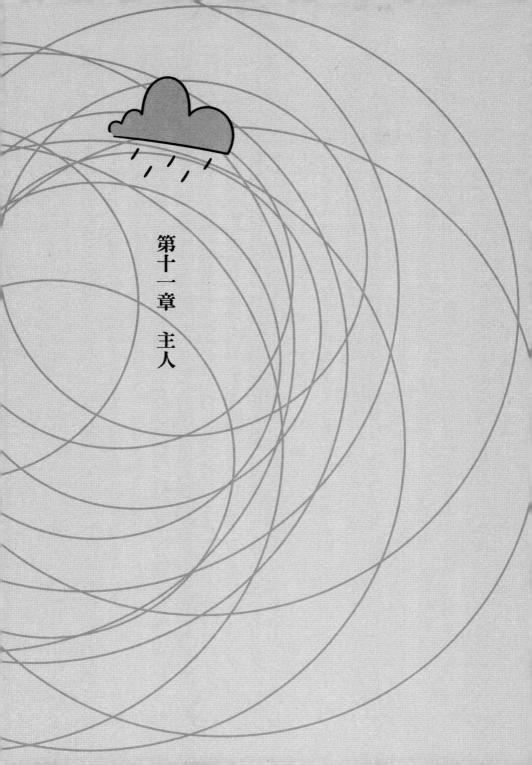

唐染到唐家時已經下午兩點多了。

車停在正門，司機剛解開安全帶準備下車，就在餘光瞥見車外從正門裡走出來的男人時愣了一下。

「唐先生。」他連忙從車上下來。

「嗯。」唐世新點點頭，目光複雜地落向車內後排，「我來接小染。」

「喔、喔，好。」司機聽了顯然有點驚訝，愣了兩秒才反應過來，轉身拉開後座的車門，「小染，妳……」

那個稱呼到嘴邊尷尬停住，司機臨時改口：「唐先生來接妳了。」

坐在車裡的唐染像是堪堪回神，她朝聲音傳來的方向仰了仰臉。

儘管最漂亮的那雙眼睛是閉著的，但這張和記憶裡小時候的妹妹有七八分相像的臉龐，還是讓唐世新愣了一愣。

多像的一張臉啊……只是唐世語小時候比她活潑驕矜，從來沒有這麼安靜過。唐世新記得自己那時候總是抱怨，羨慕別人家淑女安靜的妹妹，感慨自己的妹妹怎麼像個混世小魔女似的。

如今她的女兒倒像順著他這個舅舅的意思長出來的，生得明豔而悄然，只是坐在車裡，不必言語動作也都透出性子裡的恬然安靜。

如果看得見，那最漂亮的那雙眼睛也該是澄澈剔透的吧。

可惜……

想起當年那樁事故，唐世新心裡沉了沉。

他沒讓自己的情緒持續太久，免得被人察覺端倪。唐世新很快就調整情緒，對車裡的女孩溫聲開口：「小染，下車吧，我帶妳進去。」

唐染終於從自己愣怔的思緒裡慢慢回過神。蟬鳴的聲音和燥熱的夏風重新進入她的感知裡。

她想起來了。黑暗中那個陌生的聲音就是唐珞淺和她共同的父親，唐世新。他曾經讓她在失明不久的驚慌裡獲得唯一一點歡欣的家人，卻也在不久後，親手讓這點歡欣變成澈底的失望。

唐染低下頭，她在黑暗裡慢慢摸索到自己的導盲杖，把它撐起，然後試探著敲擊到地面上。

女孩自己走下車，聲音安靜且輕：「謝謝。有障礙物或者臺階的時候麻煩告訴我，我會自己小心。」

唐世新微愣。

旁邊的司機一聽唐染這話，立刻擔憂地看向唐世新，生怕他不悅；但沒想到，唐世新在愣了幾秒以後，非但沒有不高興，甚至還露出了點由衷的笑意。

「好，我會提醒妳。」

唐世新轉過身，刻意放緩放重步伐，等著個子小小的女孩自己敲著導盲杖跟在他身後。一邊慢慢走過唐家這修葺過一遍的老宅，他一邊想起自己那個和家裡鬧翻以後出國已經十多年沒有回來的妹妹。

雖然和她不太相同，這是一個纖弱柔軟看起來有點可憐的孩子，但骨子裡那點不容摧折也不會阿諛的驕矜模樣，終究還是隨了她啊……

真好。

唐世新親自帶著唐染在唐家熟悉了一圈，然後才把人領回主宅的客廳裡。

他的原意是和女孩坐下來談談心，只可惜兩人剛到一樓客廳的沙發前坐下來，唐珞淺不知道從誰那裡聽到風聲，從樓上下來了。

唐珞淺站在一樓的樓梯下，皺著眉看了一下沙發上那個女孩的側影，然後才撇了撇嘴，不滿地走進客廳。

唐染起初並不知道是誰的腳步聲，直到客廳裡的傭人端出紅茶托盤，見到唐珞淺便問：「珞淺，妳要喝點什麼？」

唐珞淺皺著眉：「胡蘿蔔汁，加百分之十的檸檬膏。」

「好。」

這番對話一開始，獨自坐在沙發裡的唐染就辨別出唐珞淺的大概位置，微微繃緊了身形。

唐珞淺回答完走過來，也不說話，直接坐到了唐世新身旁的長沙發上。

空氣一時凝結。

過了幾秒，唐珞淺眼睛轉了轉，側身過去摟住了唐世新的手臂：「爸，我昨天看上了卡地亞的一個新款鐲子，好像是限量版的——你送我吧？」

唐世新奇怪地看她：「妳讓人買了送來不就好了？」

唐珞淺撒著嬌：「不嘛，我就想爸爸送給我。」

「好好好，送妳……」唐世新剛答應完，就察覺出什麼。

沉默兩秒後，他嗔責地瞪了唐珞淺一眼，然後轉向唐染：「小染，明天就是妳的生日了，妳有沒有什麼想要的東西？」

唐珞淺頓時面露不悅，她轉過頭，排斥地看向獨自坐在單人沙發上的女孩。

唐染闔著眼，沒有說話。

即便看不到，她也猜得到唐珞淺此時是如何以一副驕傲自得地昂著下巴的模樣望向她。

畢竟在唐珞淺出現之前，她被唐世新領著在唐家走過一圈而生出的「自己回家了」的錯覺，是這麼輕易就被她和唐世新的幾句話攪碎了——

唐珞淺在做給她看，什麼是父親對女兒的自然而然的親近、縱容和慈愛。

也讓她醒悟了，讓她產生錯覺的那點來自唐世新的溫度，不過是別人在飽暖之餘，帶著悲天憫人足夠感動自己的「善心」，居高臨下地施捨出來的一點暖意。

人沒辦法靠虛妄的施捨活下去。

唐染仰起臉，眼角微彎，笑意清淺：「我不缺什麼，謝謝。」

感覺得到女孩的難過和疏離，唐世新在心底嘆了口氣。

他雖然心疼唐染，但唐珞淺畢竟是他的獨女。如果不是他嬌慣著女兒，那唐珞淺不會是如今這跋扈的大小姐脾氣。

所以即便此時看出來了，唐世新最後還是沒說什麼，免得再讓唐珞淺不高興。

有唐珞淺在，客廳裡的氣氛難免尷尬。正在唐世新憂慮著該怎麼調節氣氛的時候，家裡的傭人走過來。

「唐先生，門外有一位挺年輕的客人來見您。」

唐世新聞言立即起身：「那我先去看看。珞淺，妹妹很久沒回家了，妳陪她說一下話。」

「知道了。」唐珞淺敷衍地答應下來。

唐世新一走，唐珞淺看向唐染的目光更加不遮掩地透出厭煩。

她起初沒理會唐染，故意想給她點難堪，最好能看唐染露出無措的樣子。然而等了一陣子，唐珞淺自己都等得無聊了，坐在那裡的女孩連姿勢都沒變一下。

唐珞淺氣得不輕：「妳是啞巴還是木頭，沒聽見我爸讓妳和我說話嗎？」

即便好久不見，唐染依舊熟知自己這個姐姐的大小姐脾氣，對於唐珞淺說的話並不意外。

聽到以後，唐染也只是朝對方那裡微微抬了抬頭。

「妳說吧，我在聽。」

女孩的聲音輕輕柔柔的，讓人想發脾氣都無從著落。

唐珞淺氣得直咬牙。思來想去，她繃緊腰板起臉，冷冰冰地開口問：「妳和駱湛，認識嗎？」

唐染放在膝上的手指微微一顫。

幾秒後，女孩閉著眼：「我只認識『駱修』。」

唐珞淺明顯鬆了口氣，但還是不放心地追問：「那妳上次去駱家，披的那件外套是哪來的？」

見唐染不吭聲，唐珞淺不悅地抬了抬下巴：「妳說話呀，我在問妳話呢。」

唐染慢慢開口，聲音輕而安靜：「那是我的事情。」

唐珞淺一愣，沒想到唐染竟然敢這樣頂撞她，愣了好幾秒才冷下臉：「妳搞清楚，我才是唐家的大小姐——妳不要以為妳回來了，就是唐家的主人了，我和妳說話妳還敢頂撞我？」

唐染沒有說話。

唐珞淺以為她服了軟，臉上掠過得意的神色，剛準備繼續追問，就聽見女孩突然輕聲說：「妳不喜歡我、討厭我，把我看成小乞丐，我都不怪妳。」

唐珞淺愣了一下，下意識地冷笑：「妳還挺有自知之明，知道自己沒什麼資格怪我？」

唐染認真點頭：「我知道。」

唐珞淺更茫然了。

唐染又說：「如果我是妳，我也不會歡迎自己的父親突然多出來的女兒。是仇視還是無視都是個人選擇，所以我不怪妳。」

唐珞淺莫名地有點心虛，但又覺得自己不開口太丟了唐家大小姐的氣勢，她梗起脖子，冷哼一聲：「妳知道就好！」

「所以，我不要求妳，妳也不要要求我。」

「……什麼？」

「妳的事是妳的事，我的事是我的事。」女孩的聲音仍舊輕和恬然，語氣裡卻沒有一絲動搖或者怯意。她認真地說：「外套是我的，和妳沒關係。我不想告訴妳，那就可以不告訴妳。」

唐珞淺一陣子才反應過來，此時唐染已經扶著導盲杖起身，似乎要離開了。

唐珞淺頓時氣極起身：「我話還沒說完呢，妳怎麼走了！」

女孩背對著她，輕聲問：「妳是我姐姐嗎？」

唐珞淺想都沒想：「妳作夢！我才不會——」

「既然妳不是我姐姐，那我為什麼要聽妳的？」女孩安安靜靜地說完，重新敲起導盲杖，從沙發前離開了。

直到她走出兩步，傻在沙發上的唐珞淺終於回過神，她臉色難看地瞪著女孩的背影：「那妳就趕緊回妳的偏宅，以後都不要讓我看見妳！」

「尤其是今晚駱湛要來家裡，肯定是談我們訂婚的事情，妳別出來礙事！」

導盲杖的聲音驀地一停。

見唐染終於有反應了，唐珞淺解氣，露出快意地笑：「駱家妳上次也去過，以後我就是他們家的女主人了——就算妳現在能進唐家也沒用，以後妳嫁人只會嫁得又遠又破，知道為什麼嗎？」

唐染沒說話，她手裡的導盲杖慢慢捏緊，首端扶手上的硬環硌得她指尖血色盡褪，蒼白微顫。

她越不說話，唐珞淺越覺得解氣，聲音裡滿盈快意地笑：「奶奶說了，原因很簡單——私生女就是私生女，永遠上不了檯面的。婚禮上連爸媽都沒有，體面人家哪個敢娶妳？」

唐染身影僵住，手指越收越緊。

到某個極致，她握著的導盲杖驀地一抬，隔空劃過——導盲杖的尾尖毫無徵兆地甩到唐珞淺的鼻尖前。

唐珞淺的笑戛然而止。仍舊是那個纖弱蒼白的女孩，她閉著眼睛站在原地，細密烏黑的睫毛安靜地搭在眼瞼下，鼻尖挺翹，唇瓣被咬得瑩潤泛白。

那張秀麗明豔的小臉上沒多少情緒。再開口時，她很輕的聲音還帶著一點冰涼的顫意：「雖然我本來就沒多少能失去的，但我還是不想招惹妳。因為我很怕。所以，妳不要再逼我了……姐姐。」

唐珞淺僵在原地，臉色不知道什麼時候已經嚇得慘白——

面前的導盲杖離她的鼻尖不過十幾公分的餘地，而舉著導盲杖的女孩一動也不動，眼睛緊閉，睫毛微顫。

她不知道唐染到底是有把握她站在什麼地方，才敢直接揮手，還是真的只是氣急敗壞不管不顧地甩了出來。

不管是哪種，唐珞淺都覺得很恐怖。

她想尖叫。

就在空氣猶如鑄鋼的鐵水澀滯時，一陣腳步聲從客廳旁的走道走過來。

唐染慢慢放下導盲杖。

唐珞淺腿一軟，直接跌坐回沙發裡，臉色慘白，張口喘氣。

傭人走進客廳。察覺出氣氛異樣，他不解地看了看站在原地的女孩，還有沙發上的唐珞淺。

沒有明白這裡發生什麼狀況，傭人只得低下頭開口：「唐染小姐，唐先生讓妳去前院一趟。」

唐染好不容易壓下快要跳出胸口的心跳——沒有和唐珞淺說假話，她是真的很怕的。

等呼吸稍稍平復，她才輕聲問：「什麼事？」

傭人遲疑了一下，說：「駱小少爺的實驗室同學，把駱老先生送給妳的機器人箱櫃運來了。」

唐染跟著傭人走進唐家前院。

順著主宅通往正門的礫石小路出來時，她聽見了汽車引擎運作的聲音。從音量上判斷，似乎是排氣量不小的貨車。

想到應該是自己的仿生機器人被這輛貨車運來了，唐染原本低落的心情終於泛起點歡欣的波瀾。

唐染的步伐不自覺地加快了一些。

距離那引擎的聲音越來越近時，唐染聽見一個熟悉的聲音——只聽語氣也能聽出來的嬉皮笑臉，正是ｉｎｔ門市店長譚雲昶的聲音。

「唐叔叔，既然唐染是住在偏宅，那我們還是從那邊的後門進去吧。也麻煩您和那邊的保全通知一下，認好我們實驗室專雇的這輛車的車牌號碼——這機器人可貴著呢，我們以後還得經常帶回去測試維修，要是每次都勞駕您出來，那多不好意思啊。」

站在車前的唐世新聞言遲疑地問：「還要經常送修？」

譚雲昶打哈哈地說：「也不算是送修，就是基本的維護。尤其是這裡面的小型馬達之類的東西，零碎零件太多，一不小心就容易故障的。」

唐世新點頭：「好吧，我會和側門的保全人員通知清楚。」

「好的，謝謝唐叔叔！」

「不用客氣……」

唐世新說話間，餘光瞥見了走出來的唐染。他轉身往回走了兩步，猶豫之後還是沒去扶她，只出聲說：「小染，駱湛實驗室那邊的人把妳的仿生機器人送來了，妳要打開試試嗎？」

唐世新說完，唐染還沒來得及回應，他身後譚雲昶尷尬地噎了一下，連忙上前阻攔：「不好意思唐叔叔，現在還無法看，要等晚上。」

唐世新一愣，轉回頭：「怎麼還要等晚上？」

「這個機器人目前的供電裝置是太陽能轉化成電能儲存進蓄電池裡，而且只有在這個專門的機械箱裡才能進行充電。」譚雲昶照著早就準備好的腹稿胡說八道。

唐世新看了看車上那個長方體機械箱，疑惑地問：「現在還沒充好？」

「是啊。」譚雲昶說：「您也知道，太陽能轉化電能的效率比較低，這機器人小型馬達又太多，耗電厲害，續航能力比較差——所以必須充滿電才能正常使用。」

唐世新下意識問：「那要等到什麼時候？」

「差不多……」譚雲昶裝作計算的樣子，「每天晚上八點吧，能維持兩三個小時的續航。」

「這樣啊……」

唐世新對ＡＩ方面原本就不甚了解，再加上最新技術的人形仿生機器人在國內也是個罕見物品，詳細參數指標對普通人來說是完全的盲區，他就更無法分辨譚雲昶這番話的真假了。

唐世新遺憾地示意了下：「那你們把機器人直接送到偏宅吧。我這就通知下去，你們需要的時候就從側門進。」

「好的，那唐叔叔您忙，我先送過去也好回去交差了。」

「嗯。」

譚雲昶作勢要走。

唐染站在一旁，心裡像熱鍋上爬著的小螞蟻似的，早就快忍不住了。此時一聽譚雲昶要離開，她連忙出聲問：「我能一起過去嗎？」

譚雲昶不意外地停住，跟著看向唐世新。

唐世新猶豫地問：「小染，妳現在就要過去嗎？」

唐染沒有遲疑地點點頭。

唐世新說：「那我讓人送妳——」

「唐叔叔，不用那麼麻煩。正好我們順路，一起把人帶過去就是了。」譚雲昶俐落地接過話。

唐世新皺了皺眉：「你們這個貨車好像沒有多餘的空位？而且小染不適應這種小型密閉的車艙。」

譚雲昶笑：「那剛好嘛，跟機械箱一起在車斗就是了。」

唐世新不贊同地說：「這樣多危險。」

譚雲昶：「我們的貨車圍擋做得結實著呢，唐染妹妹只要不惦記著偷偷跳車，不會有任何問題。」

唐世新還想說什麼，就聽身旁那個輕和安靜的聲音響起：「我和他們一起過去就好了，不用麻煩別人送。」

唐世新回頭：「小染……」

唐染卻沒有給他阻止的機會，她已經握著導盲杖試探地輕敲著地面，走到譚雲昶面前了：「店長，你能扶我上車斗嗎？」

「當然、當然。」譚雲昶連聲應下。

譚雲昶將唐染扶到貨車的車斗裡，到機械箱旁邊才停住。譚雲昶心虛地瞥了旁邊做了特殊透氣孔處理的金屬箱子一眼，對唐染說：「妳坐在這邊，沒安全感的話就扶著箱子吧，這裡有扶手。」

唐染試探地摸上去，輕聲問：「不會拉開吧？」

「當然不會，門鎖在裡——咳，箱子鎖著呢，打不開的！」

唐染點頭：「嗯。」

譚雲昶俐落地跳下車，笑著對唐世新告了別，這才回到車前的副駕駛座。

「唐染妹妹，握好了，我們要出發了啊。」

「嗯。」

引擎的運作聲響起，貨車繞過正門，沿著唐家大院的外圍向著唐家側門的方向前行。

唐染坐在晃動的車斗裡，緊緊地握著門上手把。

唐家的正門離她越來越遠，心裡那種滿浸的痠疼脹澀好像也一點點消解了。

女孩把額頭貼在微涼的箱體上，嘴角微翹起來，輕聲說：「你好啊，機器人。」

「今天開始，就是我們兩個一起生活了。」

女孩闔著眼靠在冷冰冰的機械箱上。

她沒有聽見——

藏在引擎的運作聲裡，機械箱內在她的話聲落時發出一聲極輕的響動。

有唐世新的通知，譚雲昶從實驗室開來的貨車很順利地在唐家側門得到了放行。

只不過側門在後院，院內只有供人行走的礫石小路和綠化樹叢，貨車剛開進側門，沒多遠就只能停下車來。

譚雲昶抱怨著下了車，一邊往後走一邊跟同樣從駕駛座下車來的林千華嘀咕：「這是唐家的偏宅？確定能住人嗎？開出來這麼遠，裡面還這麼荒涼，我都以為進到什麼恐怖故事的林中小屋了。」

林千華嚇得一抖，沒好氣地瞪他：「譚學長，這時你就別嚇唬我了行不行？」

「誰嚇唬你了，我這是實話實話。」儘管這樣說，但譚雲昶還是住了口，沒再繼續抱怨了。

後院顯然沒什麼人，連過來迎接的傭人都沒有，只有負責看護側門的保全人員跟著車進來了兩位。

譚雲昶停好車後，把唐染扶下車，招呼林千華好好領著，他跟那兩名保全人員示意：「這就是那個仿生機器人，兩位把這機械箱搬下來就行。」

兩人答應，其中一個上了車斗，作勢就要把帶滾輪的機械箱往下推，譚雲昶原本在看唐染的方向，不經意回頭時驚得眼皮一跳，差點原地跳起來——

「嘿、嘿、嘿！小心點啊，祖宗！」

兩個保全人員被他唬得一愣，停住了手。

譚雲昶還在原地驚魂未定地炸毛：「這東西能直接往下推嗎？你們知不知道這裡面裝的是什麼——」

差一點脫口而出的「人」字，被譚雲昶硬生生咬著舌尖嚥了回去。

其中一個保全人員不滿地嘀咕：「不就是給這個女孩的仿生機器人嗎？不用這麼寶貝吧？」

譚雲昶冷笑一聲：「您知道這個仿生機器人一個訂單要多少錢嗎？」

保全人員瞥他：「能多少？十萬？」

「不好意思，十萬後面加個零。」譚雲昶氣哼哼地看著對方變了臉色，補充，「再把貨幣單位換成美金。」

空氣死寂十秒，兩個保全人員目瞪口呆，異口同聲：「一百萬美金？」

譚雲昶一邊想著ｉｎｔ實驗室那幫敗家子就肉痛，一邊學著駱湛冷冰冰地笑：「這還是大主顧的折扣價，普通人捧著錢也排不上訂購的訂單號碼。」

兩位保全人員不再說話。

之後一路上，他們推拉滾輪機械箱籠，表情動作甚至聲音都是小心翼翼的，像是捧著一塊易碎的琉璃疙瘩，一路護送去了偏宅。

箱子安置好後，兩名保全人員就離開了。

譚雲昶和林千華打量著偏宅的環境，表情有點不太好看。

沉默半晌，還是譚雲昶先開口：「唐染妹妹，妳家……就安排妳自己住在這邊？」

「這裡，還挺好的。」已經由唐世新領著走過一遍的唐染輕聲說：「三餐和點心水果都會有人送來，有什麼需要我也可以打電話給主宅或者分館那邊通知。」

林千華忍不住了：「但他們這也太敷衍了，連個照顧的人都沒——」

他話沒說完，被譚雲昶瞥了一眼，只得又嚥回去。

唐染清淺地笑：「唐先生要幫我安排住在這邊的人，是我自己拒絕的。」

譚雲昶一愣：「為什麼？」

唐染眼睫微顫了下，但仍彎著眼角：「家裡的人……不太喜歡我，也不情願過來。我不想他們和我兩邊為難。」

譚雲昶難得正經，眉頭皺起來。

唐染不想在這個問題上博取同情，她很快轉開話題，輕聲問道：「機器人是還在休眠狀態嗎？」

「啊，對。」譚雲昶心虛地應下，

唐染說：「他的工作時長大概有多久呢。」

林千華答：「兩到三個小時。」

唐染點點頭。

譚雲昶眼神示意林千華一下，林千華會意開口：「不過開頭這段時間情況比較特殊，我們需要及時地做一些資料採集和回饋，所以等每天晚上十點後，我們會派實驗室的車過來接他……咳，過來搬他回去。」

「好。」唐染想了想，又問：「那他耗完電後需要我幫他插上什麼充電嗎？」

「不用不用，當然不用！」譚雲昶腦袋差點搖成撥浪鼓。

林千華也連忙答腔：「他有自動導航系統，可以在電量耗盡前自動返回機械箱並上鎖，全程序語音指令可識別，其餘的妳完全不需要管他。」

譚雲昶附和：「對。」

唐染有點驚奇：「這麼厲害？」

「沒什麼。」譚雲昶心虛地抹汗，「這方面，妳就當他是個能自動歸位的掃地機器人吧。」

唐染眼角微彎：「好。」

臨走前，林千華不放心地叮囑唐染：「這款居家仿生機器人目前還是以陪伴功能為主。數十萬則語言模式讓他可以進行比普通語音助手更智能的對話交流；但其餘功能比較受限，最好不要輕易嘗試。」

唐染點頭：「嗯，我知道了。」

譚雲昶說：「唐染妹妹，這個機器人……比較貴重，萬一出了什麼狀況，妳一定要先打電話給我再決定啊。」

「好。」

千叮嚀萬囑咐後，林千華和譚雲昶憂思重重地坐車開上了回去的路。

離開唐家，車裡的林千華不安地問：「這樣真的沒問題嗎？」

譚雲昶癱在座位裡嘆氣：「我怎麼知道呢？」

「我還是覺得湛哥這個計畫太危險了。我們應該要勸他才對。」

譚雲昶說：「那位祖宗是什麼心比天高的性子，我們勸得動嗎？」

「那萬一、萬一被唐家的人發現了怎麼辦？」

譚雲昶哼了哼聲：「我看我們還是先祈禱別被駱家的人知道——尤其是那位老爺子，要是知道我們把他的小孫子包成了一份生日禮物送給人家小女孩，還不得弄死我們？」

想像了一下後果，林千華沉痛點頭。

與此同時，唐家偏宅。

兩名傭人用多層餐盒送來唐染今晚的晚餐。

為了方便省事，唐染用餐時，她們便在偏宅和客廳相連的小餐廳裡等著。唐染吃飯的時候，她們兩人站在角落，沒什麼顧忌地小聲聊著天。

「今晚駱家那位小少爺真的能過來？」

「聽老太太和駱老先生通的電話，應該是真的了。」

「這麼說的話，兩家的婚約也快要定下了吧？」

「應該是。」

「我們這位準姑爺一旦定下，不知道有多少家會紅了眼。別的都不提，單說這駱家的高枝，誰不想攀呢？」

「不過真論起家世背景樣貌，再加個適齡條件，怎麼看珞淺都是最配的了。」

「那當然，駱家那位老先生肯定也是這樣考慮的——唐家三代都沒有男丁，現在娶了珞淺，說不定以後要得多少利，至少絕對不會吃虧就是了。」

一頓晚餐，唐染吃得食不知味。

等兩名傭人收拾好餐盤離開，偏宅裡終於只剩下她一個人。

空氣冷冷清清。

唐染呆呆地在桌前坐著。

直到撐不住，她慢慢彎下身，伏到桌上去。

唐染枕著自己的手臂，在這片陌生的黑暗裡沉默。

很久以後，空氣裡一點點響起極輕的聲音，語調微微顫慄：「祝妳生日快樂……祝妳生日快樂……祝妳生日快——」

「喀噠。」

黑暗裡一聲輕響，突然截斷了唐染唱給自己的微顫的歌聲。

女孩愣了愣，慢慢坐直身。

安靜半晌，在唐染幾乎以為是自己的錯覺時，她聽見一個聲音在這片陌生的黑暗裡響起：「晚安，我的……主人。」

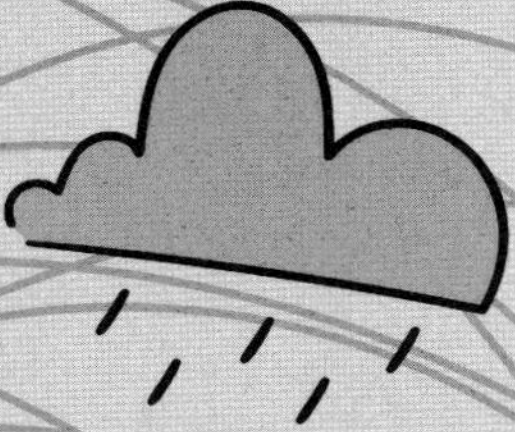

第十二章　願望

唐染呆呆地愣在黑暗裡。

如果不是那個磁性十足的聲音帶著再明顯不過的機械質感，她或許還要更久的時間才能反應過來這到底是什麼聲音。

想起被自己短暫遺忘在機械箱裡的仿生機器人，唐染慌忙而驚喜：「你已經醒了嗎？我以為第一次啟動會需要更久的時間……」

女孩抬手在身旁摸索著找自己的導盲杖。因為對偏宅的環境還不夠熟悉，她在慌忙裡有些生澀和著急。

空氣安靜幾秒，那個機械聲音開口：「需要我過去嗎？主人。」

唐染意外地停下：「你可以自己過來嗎？」

機械聲音回答：「對障礙物的判斷和躲避，是我們的基礎功能之一。」

唐染問：「那你『看』得到我在哪裡嗎？」

機械聲音繼續回答：「對熱源及聲源的追蹤和定位，是我們的基礎功能之一。」

「好厲害。」女孩的聲音終於褪去低落，帶上一點讚嘆和笑意，「那你過來吧——我不動，這樣就不會干擾你判斷了。」

站在機械箱前的駱湛望著不遠處的方桌旁孤零零坐著的女孩，他微垂眼：「是……主人。」

唐染聽著那個腳步聲帶著某種奇怪的很輕的雜音走近，但她想了想也就釋然。畢竟只是仿生機器人，聽起來和普通人走路不一樣才是應該的。

以比正常人稍稍遲緩一些的速度，那個腳步聲來到唐染身旁。

唐染發現自己竟然還緊張得有點無措了。她忍不住彎下眼角，輕聲地笑：「你好，第一次見面。以後請多指教。」

駱湛垂眸，視線緩緩掃過燈下女孩秀麗的眉眼：「妳好，主人。」

唐染等了一陣子也沒等到第二句。臉上的喜悅垮了一點，她低聲咕噥：「怎麼好像比『駱駱』還要傻一點……」

駱湛輕瞇起眼。幾秒後，唐染聽見頭頂那個機械聲音冷冰冰地開口：「主人是在說我傻嗎？」

唐染被當場抓包，臉一紅，不好意思地抬頭：「這麼小的聲音你們都能捕捉到嗎？」

機械聲音似乎還在跟進上一段的程式：「我們的晶片內擁有最頂尖的語言處理系統，載有數十萬則語言模式，足以比肩同類中的最高智能──」

耳聽那機械聲音有自述家史的前兆，唐染只好出聲「認錯」：「好吧好吧，是我錯了，你們不傻，一點都不。我說的是另一個叫『駱駱』的人工智能，嗯，我是說他比較傻。」

唐染並不知道自己一分鐘內把面前的「機器人」得罪了兩遍。帶著對新仿生機器人的興趣，她想了好一陣子才小心地問：「那你有名字嗎？」

機械聲音沉默數秒：「沒有。」

唐染問：「那我要怎麼稱呼你呢？」

「需要開啟命名系統嗎？」

唐染驚喜地仰了仰臉：「可以由我來命名你嗎？」

「可以。」

「那、那我要想想。」

女孩眉頭微蹙，表情跟著嚴肅起來，像是思考什麼人生大事一樣。

這樣思索了一陣子，她都趴到桌上去了，然後才歪了歪腦袋，小心翼翼地問：「你覺得，『大寶』怎麼樣？」

機械聲音：「……偵測到敏感字元，命名系統不予輸入。」

唐染茫然地抬起頭：「大寶這個名字裡有敏感字元嗎？」

「是。請主人重新命名。」

「那，二寶呢？」

這次那個機械聲音連遲疑都沒有了：「偵測到敏感字元，命名系統不予輸入。」

唐染覺得這個命名系統好像有點跟她過不去。

就在唐染準備繼續苦思冥想的時候，她聽見頭頂的機械聲音說：「三次命名機會僅剩最後一次，請主人謹慎思考。」

唐染一呆：「這個還有次數限制？」

女孩眼前的黑暗裡，某人嘴角勾了勾，經過變聲器的聲音卻依然平靜冰冷：「三次失敗後，將預設以編號命名。」

「啊……」女孩不安又遺憾地輕嘆了一聲，「那等我想想啊。」

駱湛垂眸站著。

放在以前他一定想不到，自己有一天會滿懷用不完的耐心，陪一個女孩玩這樣無聊的遊戲。

取名也就算了，還是大寶二寶這樣的名字。如果被譚雲昶或者ｉｎｔ團隊裡其他人知道了，大概會笑得滿地打滾。

預想到那樣一幕，駱湛輕瞇起眼。

兩秒後他在心裡決定，等唐染說出第三個名字，他也要以敏感字元的名義否決掉，然後拿一串數字來命名。

這樣至少不會繼ＡＩ語言助手「駱駱」之後，再讓實驗室內出現第二個他的黑歷史笑柄。

而此時，唐染並不知道面前的「機器人」已經對她的取名能力判了死刑。她愁得眉心都快蹙出一朵小花來，才終於想到什麼，遲疑地仰了仰臉。

「那，我可以叫你『駱駱』嗎？」

女孩的聲音輕得小心翼翼，帶著一點不安的試探和擔憂。

——在命名機會只剩下最後一次的時候，她還是遵循本心，選了她最想要選的那個名字。

否決的話在出口前停住。

駱湛垂眸，望著面前把不安情緒寫在上面秀麗臉蛋。

沉默一兩秒後，他無聲地嘆：「未偵測到敏感字元，命名系統准許輸入。」

愣過之後，唐染情不自禁地笑起來。女孩的眼睛快要彎成月牙了：「那從今天起你就叫『駱駱』了嗎？」

「是。」

唐染開心地笑：「我喜歡『駱駱』這個名字。」

「……為什麼？」

唐染沒有察覺那機械聲音裡的一點波動，她還沉浸在自己的開心裡。

「因為『駱駱』是我收到的第一件生日禮物啊。以前在育幼院的時候，院長阿姨說我們每個人都是以第一天來的日子作為生日的。她還說我們去了新的家庭以後，就會在生日時收到很多禮物……」

女孩的聲音低了下去。

「雖然我只收到過那一件，那是ｉｎｔ的店長送給我的，但『駱駱』一直陪了我很久很久。」

駱湛沉默著。

他聽見某種情緒在心裡微灼，發出嗶剝的聲響，像是被剝開了麥殼的穀粒。

然後它掉了下去，落進心底最深的角落裡。開始扎根，抽枝發芽，舒展葉片，一點點長大……

駱湛不知道，等將來這顆種子開花結果的那一天，到底會在他心頭長出怎樣一片參天的樹來。

再次響起的聲音拉回他的意識。

「現在你是我收到的第二件生日禮物了，你也叫『駱駱』，我以後會更喜歡這個名字的。」

唐染輕聲喊：「駱駱。」

機械聲音在沉默後應聲：「我在。」

女孩彎下眼角，一點點趴下去。

很久以後，她枕著自己的臂彎，對著黑暗裡輕聲地問：「駱駱，你會一直陪著我，不會像阿婆一樣離開，對不對？」

駱湛克制住抬手輕輕撫摸女孩頭頂的衝動，他垂眼望著黑暗裡慢慢縮成一團的女孩，低聲說：「當然。妳是我的主人，我會永遠屬於妳。」

唐染眼角的淚被笑擠落，順著她的臉頰滑下又跌到桌上，暈開溼痕：「你說的，不許反悔。」

機械聲音低緩：「妳的一切命令，我會無條件遵守，主人。」

許動。」

「嗯。」唐染輕吸一口氣，壓住還帶著顫音和哽咽的聲音。她坐直身，輕笑，「那你不

機械聲音沒有回答，但依言站在原地。

「我想……」

桌前的女孩慢慢起身。

她朝黑暗裡伸出手，摸到面前那具機器人，然後輕輕迎了上去。

女孩哽咽著笑，側臉貼進那懷裡——

「……我想抱抱你。」

駱湛的身影僵在原地。

無論是駱家的人還是ｉｎｔ實驗室的成員——凡是和駱湛熟識的，甚至哪怕只是稍有了解的，都知道駱湛那個少爺脾氣，對人懶散冷淡毛病極多，其中最重要的一點就是厭煩肢體接觸。

尤其是來自異性。

所以從駱湛十四歲進入Ｋ大資優班開始，即便繞著駱小少爺的女孩子隨時能原地召集起一個啦啦隊，但駱小少爺周圍三公尺內依舊很難見異性生物存在。

甚至為了避免這類狀況，在經歷了多次來自異性的人為因素導致的「意外」碰撞後，駱湛乾脆連學校餐廳這類學生密集的公眾場所都不去了。

為此駱湛在年紀還小的時候，常常被以前ｉｎｔ實驗室的前輩學長們開玩笑，說他以後會是個空有一張禍害臉，卻是被女孩子碰一下都能把人扔出五百公尺的怪胎。

如果見到了眼前這一幕，當時的幾位學長大概笑不出來了。

因為目不能視，女孩抱上來的動作並不快，甚至是在空氣裡先小心地伸出手摸索一下，確定了他的位置後，才拽著他的袖口慢慢地抱上來。

從女孩那隻手擦過他腰側，到環住後，再到呼吸貼近、溫度相合，最後再無空隙——駱湛有太多的時間去躲，甚至躲開以後他也能幫自己找個足夠冠冕堂皇的理由遮掩過去。

但他沒有。

就像不久前在駱家的那個雨天，把樹下的女孩握著手指尖牽起來，看到女孩跌跌撞撞地撲向前時，他不像從前任何一次一樣熟練向後躲開，而是下意識地朝前迎了半步——

也是同樣的柔軟和馨香，輕撲入懷。

心底那顆穀粒長出的參天大樹他還未見，但彷彿已經看到滿枝頭搖曳的明豔的花，開了一樹芳香沁人的春天。

僵了半晌，駱湛才慢慢回神。

他低了低頭，胸膛前那顆小腦袋貼得緊緊的，眼淚慢慢潤溼了他身前的衣衫。過了好久，等到情緒平定，女孩才收回一隻手，用手背擦乾眼淚，朝上仰了仰臉。

「你好高啊。」

駱湛輕瞇起眼。他是「駱湛」的時候，可沒得到這樣的評價。

儘管心底一點莫名的酸勁翻上來，但駱湛沉默幾秒後還是用變聲的機械聲音回答：「一八六。」

唐染呆了呆：「這是你的身高嗎？」

「是。」

「好厲害。」女孩臉上露出一點豔羨，她低落地皺了皺眉，「我只有一五九。」

那沮喪的小臉差點讓駱湛忍不住笑出聲。他壓住喉嚨裡的癢，側開視線轉移自己的注意力。

「沒關係，妳以後還會繼續長個子。」

唐染更沮喪了：「阿婆說女孩子十六歲以後就算再發育，身高也長得很有限。她還說我骨架小，等成年以後最多只能比現在高幾公分。」

駱湛嘴角勾起來：「沒關係。小個子……很可愛。」

唐染愣了一下後，仰起臉笑：「謝謝駱駱安慰我。」

駱湛聽見稱呼下意識回眸，正被這一笑晃了眼，心旌搖盪。

他走神的時候，女孩的注意力卻轉移到別的地方了。

幾秒後，駱湛感覺自己的手腕被人摸過，然後身前響起女孩開心的聲音：「店長說的是真的，啟動以後，摸起來的溫度和觸感果然都像真人一樣。」

被女孩細細的指尖從腕骨上摩挲下去，駱湛下意識地想躲，但所幸理智克制住了本能——他硬是繃在最後一個剎那，一動也不動。

這種肢體上的僵硬被女孩隱隱察覺，她輕嘆了口氣，小聲咕噥：「是不是因為人造皮膚下是機械骨骼，所以比起真人好像有點僵硬。」

駱湛忍住了辯解的欲望。

可惜女孩的好奇心永無止境。

她仰了仰臉，輕聲問：「店長說過，最新技術能夠利用晶片和馬達配合模擬心跳和呼吸和脈搏。駱駱，你也有嗎？」

機械聲音默然幾秒：「有。」

唐染奇怪地問：「那我剛剛怎麼沒聽到？」

駱湛無語，可能是因為他已經被氣死了吧。

他垂眸，看了幾秒女孩猶豫的表情，緩緩抬起微僵的手，扶上女孩的後頸。

「……靠近，可以聽到。」

唐染被後頸的溫度碰得一愣。

須臾後，她彎下眼角笑起來，小心地順著「機器人」的手勢向前傾身，再次貼到面前「機器人」的胸膛前。

安靜幾秒，女孩低低地驚呼一聲：「真的有。」

她高興得臉頰都紅通通的，直身時，女孩小巧挺翹的鼻尖刮過駱湛身前的襯衫釦子，然後停住。

「怎麼了。」駱湛低眼，想了想又補充，「主人？」

那顆小腦袋停在他身前，鼻翼微微翕動著嗅了嗅，然後女孩苦哈哈地皺著眉仰頭：「駱駱，你身上有一股金屬的味道。」

從女孩的表情裡看出一點嫌棄，駱湛好氣又好笑。

——如果不是知道這個小丫頭長了小狗似的靈敏鼻子，那他自然也不需要在來之前做那樣的折騰。

意料中遲早要來的問題，腹誹時也沒有耽擱駱湛用平靜的機械聲音回答：「技術問題，後續將改進。」

「嗯。」

唐染認真點點頭，信以為真。

房間裡安靜幾秒，那個恬然的輕聲又冒出來：「駱駱，我能摸摸你身上其他地方嗎？」

駱湛輕瞇起眼。

幾秒後，那個機械聲音帶上一絲不易察覺的危險情緒：「我是居家服務型機器人，交流是主要功能，目前尚未開發其餘功能，主人。」

唐染聽得茫然，下意識點點頭：「我知道啊。」

「……主人想了解什麼地方？」

唐染不假思索：「五官！」

機械聲音：「……可以，主人。」

唐染開心地笑起來：「那你的身體要低一點，我才能摸得到……不過駱駱，剛剛你為什麼要介紹自己的功能，我說的哪個詞是功能介紹的觸發詞嗎？」

機械聲音沉默幾秒：「語言系統判斷偏差，偶爾會發生錯誤輸出。」

唐染恍然點頭。

半分鐘後，「機器人駱駱」端端正正地坐在桌旁，接受站在身邊的女孩的「檢閱」。

懶洋洋又不正經的駱小少爺這輩子坐姿沒這麼端正過。更別說，還有一隻不安分的細白的小手在他眼皮子底下「肆意妄為」。

「眼睫毛好長啊。」女孩發出驚訝的低呼，「摸起來軟軟的，好像還有點翹起來。」

等女孩的手離開，駱湛睜開眼。

眼前的盲人女孩自己也長了一對小扇子似的搭在眼瞼下的眼睫，將本就漂亮的眼型勾勒得桃花瓣一樣，卻全不自知。

「鼻梁也很高。」女孩的手指尖順著挺直的鼻線滑下去，「嘴唇薄薄的。」

她好奇地自言自語：「這裡也有溫度控制嗎？」

女孩的手滑到下頜。駱湛無奈垂眼：「是，主人。」

感受到聲帶似的震動，唐染原本想離開的手停頓了一下。她的指尖順著線條分明的下頜慢慢滑過少年修長的頸，然後停在一顆微圓的凸起上。

「這是什麼？」女孩驚訝地問。

唐染不察，面前的「機器人」身影驀地僵住。

幾秒後，唐染感覺指尖下的那顆凸起貼著她指腹最嬌嫩的皮膚，輕輕地滾動了下。

駱湛從女孩秀麗的臉龐上避開視線，壓下去的眼神狼狽而危險。

「那是喉結。」

機械聲音裡帶上一絲啞然。

「……主人。」

女孩的指尖冰冰涼涼的，停在駱湛的喉結上。

那涼意卻像是點起了一團火。駱湛的喉結輕輕滾動了一下，就感覺那團火順著喉嚨吞了下去，一直落進腹中。

然後黑漆漆的海被騰地一下點燃，海面上陸離的火光頃刻間鋪展泛濫，無盡蔓延，一直滾燙著燒進四肢百骸。

燈下，駱湛那雙眸子黑沉得厲害。他皺著眉，神色狼狽而不甘。

只是被女孩摸了一下喉結而已，卻好像差點在腦海裡完成一次史前演變……難不成還真像譚雲昶那個「老」不要臉說的一樣，成年以後自我嚴苛的不近女色，讓他開始欲求不滿了？

想到這個，駱湛臉一黑。

這世上有些人天生禁不起想，好像一想就要出來找存在感——

駱湛念頭未落，他和唐染的身後，偏宅的玄關位置傳來一聲敲門聲，緊隨其後是情緒複雜的疑問：「或許，我們是不是來得……不是時候？」

駱湛想轉身，但只能忍住。

他身前的女孩茫然地仰起頭，望向聲音傳來的方向。在回憶裡辨別一下聲音後，唐染輕聲問：「店長？」

女孩的手從駱湛頸前垂下去。

駱湛得了自由，無聲回眸，眼神冷冰冰黑漆漆地望向玄關。

現在站在玄關的譚雲昶和林千華表情尷尬而微妙。

回想起方才他們站在門口看到的那一幕畫面，兩人對視一眼。譚雲昶硬著頭皮答：「嗯，是我。我們看門開著，就直接進來了，沒打擾到你們……咳，沒打擾到妳吧？」

唐染疑惑地問：「你們是來帶機器人回去的嗎？」

「對。」譚雲昶尷尬地避開眼神，「唐染妹妹，你們，咳，妳剛剛是在和機器人交流嗎？」

唐染想到什麼，不好意思地笑起來，臉頰上露出一個小小的酒窩：「我剛剛在試著摸出駱駱的五官，我想知道他長什麼模樣。」

「駱——駱駱？」

譚雲昶差點被口水嗆著，驚悚地看向駱湛，做口型：『你就這麼暴露了？』

駱湛冷冰冰懶洋洋地瞥著他，沒說話，嘴角微勾，弧度冷淡輕蔑。

唐染不察覺地點頭：「嗯，是我取的名字。之前兩個名字駱駱說有敏感字，不能輸入使用，只有這個可以。」

譚雲昶和林千華兩人對於這個坐在桌旁的「機器人」是什麼存在再清楚不過，所以也知道女孩這一番話裡，意味著多少豐富而值得深思的訊息。

對視一眼後，在各自一言難盡的表情裡，兩人顯然對他們ｉｎｔ團隊Leader的下限有了新的認知。

安靜幾秒，譚雲昶咳嗽著走進門：「原來是這樣啊。咳……那什麼，唐染妹妹，今天不是妳的生日嗎？我們買了生日蛋糕給妳，所以提早一些時間過來了。也是想陪妳一起慶祝生日，妳別嫌棄。」

譚雲昶說著，對駱湛使了使眼色。

這件事正是駱湛還沒離開機械箱前，用手機傳簡訊給譚雲昶，讓他安排的。此時他並不意外，冷淡點頭算作了解。

唐染愣了一下，回過神後驚喜極了，她扶著桌邊起身：「生日蛋糕？買給我的嗎？謝謝店長。」

「沒什麼，不用謝我們。」譚雲昶要笑不笑地看了一動也不動的某人一眼，「要謝妳就去謝駱湛好了。」

聽見譚雲昶提起的那個名字，唐染的表情黯了黯。

直到譚雲昶和林千華走到桌前，才聽見低著頭的女孩輕聲問：「駱湛跟你們一起來了嗎，他是不是……去唐家主宅了？」

譚雲昶和林千華同時一愣。

兩人下意識望了桌旁的駱湛一眼。駱湛微皺著眉，沒有說話。

譚雲昶反應最快，連忙打了個哈哈笑起來：「怎麼可能？駱湛最煩別人跟他提唐家了，哪裡會跑來唐家主宅，妳是聽誰說的？」

唐染愣愣地抬了抬頭：「唐珞淺，還有家裡其他人都說，駱湛今晚會來唐家拜訪。」

譚雲昶和林千華對視一眼——

確實來了，還是裝箱「運」來的。只不過拜訪的不是唐家的主宅，而是這個黑不溜丟的偏宅。

實話沒辦法說，譚雲昶眼睛轉了轉，隨口扯道：「那不會，我們來之前還見著他了，他今晚一直留在實驗室，不會來這邊——是吧，千華？」

收到譚雲昶的目光示意，林千華連忙附和：「是啊，湛哥說了今晚在實驗室跑程式碼，沒時間出來。」

唐染一愣：「可是主宅那邊好像收到的是駱家那邊的確切消息，不然不會這麼隆重……」

「駱家那邊的消息？」譚雲昶說著話，眼睛瞄向身旁。

坐在桌邊的駱湛不必擔心被唐染全副注意力盯著了，此時如往常懶下神色。聽見唐染說的，他眼皮都沒抬，顯然半點意外都沒有。

譚雲昶瞭然地收回視線，嬉笑道：「肯定是駱湛想放唐家的鴿子，故意惹唐家這邊惱火——省得再有人提他和唐珞淺的婚約。」

唐染愣然：「這樣嗎？」

「不會有錯了，信我吧。」譚雲昶嬉皮笑臉的，「我太清楚駱湛那少爺脾氣了。」

被點了名的駱湛沒什麼情緒地撩起眼簾，漆黑的眸子瞥了譚雲昶一眼。他冷冷淡淡地一勾嘴角，視線又垂回去。

譚雲昶非常懂適可而止的道理，尤其是已經得了某人的警告。

雖然知道當著唐染的面，駱湛絕對不會做出自己暴露的事情來，但萬一把人惹惱了，回去以後還是夠他喝一壺的。

於是譚雲昶主動跳過這個話題：「千華，你去把免洗餐盤刀叉分一分，我負責把蛋糕盒打開，順便插上蠟燭。」

「好。」林千華答應著。

分給唐染和譚雲昶後，林千華下意識地把第三個餐盤往駱湛臉前擱。

眼見快到桌上，那人抬頭，漆黑的眼涼颼颼地刮了他一下。林千華陡然回神，伸出去的手臂連忙打了個彎，繞回自己眼前。

放下這個碟子，林千華心虛地往唐染那裡看了眼。

所幸，女孩這時的注意力不在這邊，而是完全集中在譚雲昶那裡。

第一次過著有正式生日蛋糕的生日，女孩只差把期待寫在情緒裡。光下那張秀麗的小臉看起來明豔了幾分。

叫人心軟又心疼。

不過這情緒在駱湛那裡沒持續多久——發現唐染全神貫注地只朝著譚雲昶一個人後，駱湛輕瞇起眼，目光緩緩落過去。

譚雲昶正一邊數著蠟燭一邊跟女孩玩笑，突然感覺一點冷意從脊梁骨爬上來。他手裡一哆嗦，下意識抬頭。

正對上桌對面駱湛漆黑的眼。

冷淡，懶散，還滿是大爺似的不爽。

譚雲昶做口型：『要不然你來？』

在唐染面前，駱湛當然來不了。他皺了皺眉，薄唇微動，同樣是口型：『快點。』

譚雲昶被氣得冷笑一聲。

正趴在桌旁等著的唐染聽見，茫然地抬起頭：「店長，怎麼了？」

「沒什麼。」譚雲昶用力地插下最後一根蠟燭，「想起一個見色忘義的狗男人。」

唐染更茫然了。

譚雲昶和林千華一起將插好的十六支蠟燭點上，林千華剛準備起生日歌的調，就被譚雲昶攔住。

譚雲昶報復心十足且不懷好意地看向駱湛。

駱湛察覺，微皺起眉。

可惜不等他阻止，譚雲昶已經對唐染開口了：「唐染妹妹，我們昨天研究說明書，發現這款機器人還可以唱歌呢。只要歌曲有輸入進它的晶片之中，它都能唱。」

林千華茫然轉頭，看了看駱湛又看了看譚雲昶——他進ｉｎｔ實驗室也有三四年了，從來沒聽駱小少爺開一次金嗓，更別說還是生日歌這種類的童謠。

尤其隨著這兩年駱湛逐漸成為團隊Leader，敢提這種無理要求的墳頭草都快成精了。

林千華緊張地把凳子往遠離駱湛的方向挪了挪。

唐染並不知道桌上的交鋒和暗流湧動，她在回過神後，驚喜地轉向駱湛：「駱駱，你會唱生日歌嗎？」

對著女孩滿懷期待的表情，駱小少爺木著臉沉默幾秒，冷冰冰地看向譚雲昶：『你死了。』

譚雲昶奸笑著拿出手機，調到錄音攝影，鏡頭正對著駱湛。他從手機後探出頭，滿臉奸許地做口型：『別威脅我啊，錄下來就是把柄。有本事你別唱。』

林千華作為唯一一個看得見兩人「戰場」的，實打實地為譚雲昶捏了一把汗。

畢竟駱湛只要找個藉口不唱，他懷疑譚雲昶大概沒機會活著見到明天早上的太陽了。

駱湛還未回答，他身旁的女孩表情猶豫了一下，但仍彎下眼角笑著：「駱駱那裡是不是沒有收錄生日歌？那還是算了。」

「祝妳生日快樂……」

機器人的低啞嗓音突然震響了空氣。

唐染一愣，驚喜漫上眼角。然後女孩很快壓下情緒，輕握起手，安靜地閉著眼聽。

林千華震驚地望向駱湛。

拿著手機的譚雲昶同樣愣了一下。然後心情微妙而複雜地看了閉著眼睛的女孩一眼，伸手推了推林千華。

林千華堪堪回神。

兩人和著駱湛起調的生日歌節拍，跟著一起唱了下去：「祝妳生日快樂，祝妳生日快樂……祝妳生日快樂。」

生日歌唱完，譚雲昶劈里啪啦地鼓掌。然後收起手機，將生日蛋糕推到唐染面前：「唐染妹妹，可以吹蠟燭了！」

林千華連忙攔：「許願，先許願。」

「喔喔，對。」譚雲昶附和點頭，「每年都有一個生日願望，實現機率很高的，唐染妹妹快許願！」

唐染想了想，點頭，笑意清淺：「好。」

許完願，唐染在譚雲昶和林千華的幫忙下把蠟燭吹熄。譚雲昶切好蛋糕分進三人的盤子裡。

譚雲昶仗著手機裡錄好還雲端備份的影片護身，此時得意地把蛋糕盤從駱湛面前晃過去：「可惜啊，機器人不能吃……」

唐染有點遺憾地點頭：「如果駱駱也可以嚐到味道就好了。」

駱湛從方才唱生日歌開始，視線便一直停留在唐染身上。

直到此時女孩開口，駱湛微垂下眼，問：「許完願了嗎？主人。」

「主——噗咳咳咳……」

第一口蛋糕剛擱進嘴裡的譚雲昶被那一句「主人」噎得正著，頓時咳了個撕心裂肺。

林千華沒比譚雲昶好多少，呆若木雞地坐在凳子上。

唐染慌忙問：「店長怎麼了，沒事嗎？」

「沒事、沒事……」譚雲昶終於平復咳嗽，氣若遊絲，從桌子下面爬上來。

半死不活地撐在桌邊，他艱難地朝駱湛豎了個拇指，表情扭曲地做口型：『祖宗，算你狠。』

駱湛懶得理，他垂著眼望那女孩：「許了什麼願？」

無論是什麼，他都想幫她實現。

唐染安靜了一下，幾秒後，她輕笑起來：「我許的願望是，讓我再次遇到那個人。」

駱湛一頓，眼神逐漸不善。

譚雲昶好奇地問：「那個人？什麼人？難不成……是唐染妹妹的小初戀？」

說著，譚雲昶幸災樂禍地看了駱湛一眼。

唐染在腦海裡回憶，遺憾地發現男孩的面容已經模糊了。

她輕嘆一聲，趴到自己手臂上，彎下眼角笑。

「是小時候遇見的一個男孩，那以後再也沒有見過了。如果可以實現一個願望，我想再見他一次。」

「喀嚓」一聲，唐染微愣，抬頭：「什麼聲音？」

「……沒事。」

林千華望著駱湛手裡的「殘骸」，還有那張猶如冰封似的禍害臉，艱難地嚥了嚥唾沫：

「我，不小心碾斷了，剩下的所有叉子。」

唐染困惑了。

第十三章　請求

譚雲昶那句「初戀」原本只是開玩笑的，畢竟女孩不過十六歲，又乖乖巧巧一直待在家裡，怎麼看也不像是會有初戀的樣子。

但是等唐染的後續補充出來，譚雲昶也尷尬了。他縮著腦袋嘀咕一聲：「從小認識，這不但是初戀，還是青梅竹馬啊……」

譚雲昶的聲音不大，但唐染耳朵聰敏，捕捉得一字不漏。她想了兩秒才搖搖頭：「不是青梅竹馬，我們認識得很早，但相處的時間並不多。」

「是初戀嗎？」有點突兀的機械聲音突然插入聊天。

唐染愣了一下，轉回來後，彎下眼角：「駱駱連這部分的語言模式都有嗎？」

「咳咳……」譚雲昶僵笑著替駱湛圓回來，「這款機器人的對話功能確實很厲害。」

「嗯。」唐染點點頭，認真思考起「機器人」的問題。

安靜幾秒後，三人親眼見著，閉著眼睛趴在桌旁的女孩清秀的臉蛋慢慢染上一點豔麗的紅。

她的聲音輕下去：「我是很喜歡他的。」

譚雲昶和林千華已經不敢去看駱湛的神情了。

感受到從某人那裡傳來的低氣壓，譚雲昶只能硬著頭皮說：「這，唐染妹妹，妳和妳那個小竹馬認識的時候都還只是小孩呢，哪裡懂什麼喜歡不喜歡的……」

唐染輕皺了皺眉頭，有點不贊同地繃著小臉從桌邊直起身：「他是我見過的無論男孩還是女孩裡最好看的，我知道我喜歡他。」

譚雲昶膽顫心驚地看向自己對面——駱小少爺頂著一張虐遍K大少女心的禍害臉，正冷冰冰涼颼颼地勾起唇角。

那實在稱不上是一個笑。

譚雲昶擦著汗收回目光，對著毫無察覺的女孩「好言相勸」：「唐染妹妹，妳還小，可不能用容貌當作找男朋友的標準。」

女孩微鼓著臉沒說話。

難得見唐染發一次小脾氣，譚雲昶也估算出那個小男孩在女孩心目中的分量了。知道自己再否認對方也只是讓唐染心裡不舒服，只好換一個委婉一點的方式。

譚雲昶話鋒一轉：「而且就算真的按照臉來選人，有一個人絕對是沒得挑的。」

唐染忍不住好奇：「誰？」

譚雲昶說：「駱湛啊。」

唐染一愣。雖然正主就在自己對面坐著，但譚雲昶此時誇起人來毫不在意：「不是我在跟妳胡說八道，我們實驗室那位少爺的脾氣妳多多少少也體會過了——」

唐染皺眉，小聲否定：「駱駱脾氣挺好的。」

譚雲昶本能就想冷笑一聲，但反應過來這個稱呼能存在所代表的的意義，跟著再想起自己方才聽到看到的至今還發生在眼前的一幕，他鬱悶地嚥回去。

「那是在妳面前……他平常那樣的少爺脾氣，要不是靠那張禍害臉，就算家世背景能力再好，我看也早被K大的學姐學妹一條心地套上麻袋沉江了。」

唐染陷入沉思。

譚雲昶還在努力替駱湛拉分：「而且他還有個最變態的地方——別人要麼小時候醜長大了才好看，要麼小時候好看長大卻醜了，可我們這位少爺不一樣。」

說到這裡，譚雲昶入戲很深地氣憤看了駱湛一眼，才繼續道：「從他十四歲進K大資優班，一張臉跟混血洋娃娃似的好看，被那時候母愛泛濫的學姐們推上校草位子以後，連續六年直到今天都沒下來過——妳不知道，就衝著這一點，我們學校有多少男性同胞，想要溜去實驗室對他投毒的心都有了啊。」

唐染被譚雲昶的語氣逗得莞爾一笑，小酒窩淺淺地晃：「也有你嗎？」

「……咳。」譚雲昶被嗆了一下，「跟我沒關係，我差得遠了。那什麼，熊貓沒了也輪不到我當國寶啊。」

唐染想了想：「那有『駱駱』好看嗎？」

「啊？」

女孩側了側身，手指趴在桌邊指了指駱湛坐著的方向：「這個『駱駱』。我剛剛摸過，眼睫毛很長，鼻梁很挺，嘴唇薄薄的，應該很好……」

「咳咳咳——」

唐染「看」字沒說完，在一旁喝飲料的林千華已經嗆得臉紅脖子粗了。

唐染茫然地停住：「又嗆到了嗎？」

「沒事、沒事。」譚雲昶一邊拍著林千華的背，一邊心有悻悻地說：「你們這，咳，妳摸得挺仔細……」

唐染愣了一下，不好意思地問：「不能摸嗎？我問過『駱駱』，它說可以，我就試了試。」

譚雲昶和咳得臉紅脖子粗的林千華心情複雜地看向駱湛。

桌旁，駱湛懶洋洋地垂著眼直身坐著。感覺到那邊的視線，他才撩起眼簾。不過，目光沒向那兩人，而是朝唐染扔去的。

「可以。」

他懶散冷淡地勾起嘴角。空氣裡的機械聲音倒是平靜無瀾。

「因為是主人，所以做什麼都可以。」

譚雲昶和林千華心情複雜地對視一眼，在彼此那裡獲得相同的認知——

這人大概是被不知道存在，哪個次元裡的情敵刺激大了，現在在機器人的角色上入戲之深，已經是澈底放棄治療的程度了。

等這場特殊的夜談會結束，「機器人」回到機械箱，被譚雲昶和林千華推走，唐染堅持握著導盲杖把兩人送到偏宅外。

到門口時，譚雲昶手機震動一下。

他拿出來看過以後，表情微妙地望了機械箱的方向一眼。

唐染聽見聲音，側過身輕聲問：「怎麼了？」

譚雲昶回神，正色而謹慎地開口：「唐妹妹，駱湛傳簡訊過來跟我說，他認識一位非常傑出的眼科醫生，想要幫妳諮詢一下眼睛的問題。不過需要先了解一下，妳的眼睛是先天失明還是後天意外？」

唐染握著導盲杖的手指本能地收緊了點，只是很快又鬆開。

女孩笑容微澀：「不用麻煩了。就算問到，失明治療在時間和人力財力上的耗費都很大，而且未必有效果。」

譚雲昶皺起眉想說什麼，又壓回去，他做出玩笑的模樣，說：「這可是駱小少爺交給我的任務──拿不到答案，我今晚就只能從唐家走回實驗室了。」

唐染沉默兩秒，低聲說：「是一場車禍意外。」

氣氛有些凝結。

譚雲昶正在考慮該怎麼緩和時，他們面前的女孩抬起頭，笑得清淺：「不過也不完全是壞事。因為那場意外我才救了我喜歡的那個男孩，也是那之後我才找到自己的……家。」

譚雲昶愣了愣：「妳眼睛失明是因為妳喜歡的那個小男孩？」

唐染微皺起眉，不贊同地說：「不是因為他。那只是一場意外，只是剛好在那時候發生了。」

譚雲昶艱難地看了機械箱一眼。

他感覺這個鐵疙瘩已經快要被裡面的人自動冷凍，凍成冰箱了。

int實驗室的車搬走了「機器人駱駱」。

離開唐家大院的範圍不遠，貨車就連忙停到路邊。譚雲昶從前排下來，跑去車斗裡解開了機械箱的固定帶。

特殊設計的機械箱從門內解鎖，駱湛沒表情地揉著肩頸從機械箱裡出來。

被那雙黑漆漆的眸子懶洋洋地一瞥，譚雲昶突然有點後悔——他應該拖著駕駛座上的林千華一起下來的。

不然，萬一這位祖宗一衝動，趁著著月黑風高的夜晚，把他滅口了怎麼辦？

再次想起今天晚上經歷裡的豐富訊息量，譚雲昶忍住笑：「辛苦辛苦……又喊主人又唱生日歌的，湛哥今天累壞了吧？」

駱湛輕瞇起眼：「你是真覺得拍下影片以後，在我面前就能為所欲為了？」

「肯定不能。」譚雲昶奸笑，「但我覺得一定範圍內還是管用的。」

駱湛冷淡地哼笑一聲，沒再理譚雲昶。他揉著發僵的肩頸走到車斗盡頭，跳下車。

貨車的副駕駛是雙排的座位，只能並肩擠著。駱湛那少爺脾氣還沒坐過這種內部條件的車，但也皺著眉上來了——畢竟再不舒服，總比在後面車斗那機械箱裡要強一些。

車開出去一段路，林千華看了看靠在車座裡闔眼休息的駱湛，忍不住問：「湛哥，那機械箱裡不悶嗎？」

沉默幾秒，駱湛沒睜眼，懶聲回：「死不了。」

林千華一噎，無奈道：「今天去得早，你在裡面待的時間也長。來的路上我和譚學長還擔心你，要不然明天幫箱子裡裝個照明設施吧？」

駱湛仍闔著眼，語氣散漫：「不用。」

譚雲昶也勸：「別硬撐啊，祖宗。那點透氣孔可不夠多少亮光進入的，那麼黑，不要把你悶壞了啊。」

駱湛沉默下來。

等了一陣子，譚雲昶和林千華都以為他是太累所以睡過去的時候，突然聽見那個懶散冷淡的聲音低緩響起。

「是挺黑的，什麼都看不到。」

譚雲昶不解回頭：「所以才說要裝上照明……」

回過頭的這一秒，他看清駱湛的模樣，話聲愣在口中。

那人難得不見散漫神情。

一雙漆黑的眸子裡情緒壓得低低沉沉的，像是凝結了厚重的揮不散的霧。那張慣常掛著似笑非笑或者不耐煩的懶散表情的禍害臉上，此時什麼情緒都看不見。

他的注意力全然不在車裡，眸子的焦點停在空中，低低地像在嘆聲：「不知道失明以後的那幾年，她一個人是怎麼熬過來的。」

譚雲昶語塞半晌，小心翼翼地放輕了聲音：「祖宗，你別跟我說你心疼了。」

「……我有什麼好心疼的？」駱湛陡然回神，冷著聲音，「她又不是為了我。」

譚雲昶忍住笑：「那你要不要幫唐妹妹找一找那個小男孩？」

駱湛眼神更冷。半晌，他眼神冰涼，冷淡開口：「找出來幹什麼——把他弄死嗎？」

前一天晚上從唐家偏宅回來得晚，駱湛又熬了兩個小時，補上了去做「機器人」落下的團隊進度。

結束時已經是深夜，駱湛和林千華、譚雲昶三人索性沒回家，在學校旁邊旅館開了三個房間，洗浴後各自睡下了。

上午九點五十二分，駱湛房間的房門被敲得砰砰作響。

拉上遮光簾的屋子裡昏暗黑沉，半晌不見任何動靜。

門外，譚雲昶小心翼翼地捧著手機，對著電話另一頭尷尬地賠著笑：「不好意思，實在不好意思啊，駱爺爺。駱湛昨晚和我們一起忙著弄演算法，可能沒怎麼睡好，我們這就叫他起來……」

譚雲昶等對面說完，連連答應了幾句。然後摀住手機聽筒位置，笑容一垮，壓低聲音問敲門的林千華：「怎麼還沒好？」

林千華苦著臉，換了一隻手：「我手都快搥斷了，湛哥不開我有什麼辦法？」

「那你再加把勁啊！」譚雲昶朝著被自己舉得遠遠的手機使眼色，「老祖宗等著呢。」

「我要是把門搥壞了學長你賠啊。」

「用力砸，壞了駱湛賠。」

林千華頭疼地轉回來，高舉起握拳的手，掄圓了朝著旅館房門砸過去——

「喀噠。」

林千華眼前的門板替換成一張沒睡醒的禍害臉，一頭凌亂碎髮下，眼角深陷的桃花眼半瞇著，此時懶洋洋地挑起來瞥向門外。睡眠不足的緣故，這人本就偏冷白皮的膚色更多了兩分蒼白，襯著他背後昏沉沉的房間，像是從哪個古堡裡爬出來的吸血鬼親王。

駱湛懶散地打了個呵欠，一抬手，截住林千華因為慣性收不住的拳頭，冷淡地推到一旁。

他靠到門框上，介乎少年和青年之間的，還帶著沙啞睡意的聲線低低沉沉的——

「大白天的，鬧什麼鬧。」

「不早了祖宗，看看都幾點了？」譚雲昶壓低聲音，「你的手機是不是開靜音了，你家老爺子找你，電話都打來我這裡了。」

「……沒調靜音。」駱湛想起什麼，勾了勾嘴角，冷淡嘲弄，「把他拉到黑名單了而已。」

譚雲昶無奈地鬆開聽筒，把手機遞過去：「趕緊接電話吧。」

駱湛沒動，靠在門框上冷冰冰地瞥了譚雲昶遞過來的手機一眼。停了兩秒，他才輕嗤一聲，抬手接過。

駱湛接過來便按下擴音，然後轉身，打著呵欠往房間裡面走去。

『……你還知道接電話！我以為你死在外面了，都準備叫林管家去幫你收屍了！』

「又什麼事？」

「託您福，還活著。」

『少跟我耍嘴皮子。我問你，昨晚為什麼沒去唐家！』

跟在駱湛身後進來，譚雲昶和林千華兩位知情人士心虛地對視了一眼。

當事人不在乎地輕嗤一聲：「唐家跟你告狀了？」

『他們長輩一家等了你半個晚上，你還笑得出來？』

「喔。」駱湛懶洋洋地應了，坐進單人沙發裡，「那他們也知道我有多目無尊長品行頑劣了，準備什麼時候另擇良婿？」

電話對面沉默下來。

在這安靜裡，駱湛眼底懶散慢慢褪去，最後凝上一點冷冰冰地嘲弄：「唐家就這麼看好駱家這根枝，我都這樣做了，他們還一定要把唐珞淺嫁過來？」

老爺子沉聲說：『駱家和唐家密切合作這麼多年，對外也一直是結盟姿勢。這樁婚事很早以前就定下來了——不是你耍一些小孩子手段就能推拒過去的。』

駱湛輕瞇起眼：「我就不明白了。唐家想和駱家結盟我能理解，但爺爺你又是出於什麼原因，剛好在這麼多家裡選了唐家？」

『……陳年舊事，當然各有因緣，難道我還要把我的創業史講給你聽？』

駱老爺子冷聲說完，旁邊似乎有人小聲勸了兩句，他勉強放軟語氣：『而且，唐珞淺雖然性格氣量上有點瑕疵，但品性還是沒什麼問題的。論家世她清清白白，論模樣她漂漂亮亮，論其餘她能歌善舞沒有短處——綜合起來，她是和你適齡的年輕人裡最優秀的了，你有什麼看不上她的？』

駱湛冷嗤一聲：「您是上年紀了，眼睛不好，我可以諒解。」

『……臭小子，你非得要氣死我是不是！你又沒有喜歡的人，怎麼就不能和唐珞淺談談試試？』

駱湛眼神微晃。過了幾秒，他低下嗓音，冷淡憊懶地笑了一聲：「我不著急，您再看看。再說了，為什麼非要適齡的？小個四五歲我都不介意。」

對面一噎，等反應過來，老爺子氣急敗壞地咆哮出聲——

『小四五歲，那不就是十五六歲！你這個混小子是自由日子過夠了，想進去吃牢飯了是不是！』

駱湛愉悅地笑起來，這笑裡夾著一絲釋然。

老爺子被他氣得血壓往上飆，訓話自然無法繼續。掛斷電話後，駱湛靠在沙發裡，還是忍不住低著聲笑。

譚雲昶和林千華在房間裡看了全程，心情複雜。

過了一陣子，譚雲昶忍不住開口：「祖宗，你別笑了。再笑小心笑進醫院裡。」

駱湛停下來。

半晌，只聽見那個寬厚的真皮沙發後，藏在陰影裡的人低低地自嘲地笑了一聲：「進醫院？那也比進警局強。」

林千華小聲問：「湛哥，你是真的喜歡上唐染了嗎？」

「我覺得，你家老爺子不會同意的。唐染確實挺好的，可畢竟是私生女……我們不介意這個，但是老一輩最重名聲，恐怕不會同意……」

譚雲昶跟著嘆了口氣，顯然是一樣的見解。

「我不想想那麼長遠。」駱湛說。

譚雲昶猶豫了一下，嘀咕：「不長遠？那你這想法有點渣的節奏。」

默然幾秒，駱湛輕嗤：「是我不能去長遠想——她才十六歲，我難道還能對她做什麼？只能當個機器人。至少得等到她治好眼睛以後，她有想法了，我才能想。」

林千華猶豫：「那萬一拖得太久……」

駱湛懶洋洋地靠進沙發裡，闔上眼：「沒關係，我浪費得起……而且，我也樂意。」

林千華說：「不是怕你浪費不起。」

駱湛回：「那怕什麼。」

憋了一下，林千華小聲抱怨：「我是怕你忍不住偷偷摸人家小手。小心別犯法了，以後到了關鍵時候，一定考慮清楚。」

駱湛難得噎住，半晌，他氣得笑罵：「滾。」

唐染的生日過後，駱湛開始為了她的眼睛情況尋找國內最頂尖的眼科醫生。多方打聽之後，他的目標鎖定在一位叫家俊溪的年約四十歲的眼科醫生身上。

這位在國內眼科手術上被同行稱為「神刀」。

和許多頂尖醫療機構、醫療人員多數屬於外籍，國內醫患想要治療也要到國外或者專門請專家來國內的狀況不同，這位家俊溪在國際眼科手術上同樣享有盛名，許多國外有名的醫療機構都請過他去幫忙開刀——然而遺憾的是，這位家俊溪醫生身上，和他高超的眼科手術水準同樣出名的就是他那極其古怪的脾氣。

被請去開刀、甚至還是被國外有名的醫療機構邀請，這對於絕大多數外科醫生來說都是非常寶貴甚至值得炫耀的經歷，然而這位家俊溪醫生卻無數次以「不坐飛機」為由，毫不留情地全數拒絕了。

而即便在國內，他也是來去神祕，很少有人知道他的行蹤。

駱湛幾經周轉都在這人的問題上碰了壁，而他能聯絡到的眼科方面的專家提起這位也只有一句評價：技術高超的怪咖。

這更堅定了駱湛一定要找到他的想法。

費了將近兩週的心血而毫無進展後，駱湛在白日的閒暇裡，坐在實驗室時都盯著家俊溪的資料調查放冷氣。

這天早上，譚雲昶正趕上駱湛掛斷一通再次以無果告終的聯絡電話時，從實驗室外面走進來。

「怎麼了？」譚雲昶看出駱湛的情緒處於某種一點就炸的狀態邊緣，說話小心翼翼的，「還沒有找到適合的醫生？」

「嗯。」駱湛擰著眉，盯著手裡的資料。

譚雲昶：「我聽實驗室裡的人說，你不是找了兩週了？怎麼能連個做眼科手術的都找不到？」

「不是找不到。」

駱湛終於從那份資料裡抬頭。

那雙桃花眼下眼瞼位置的冷白膚色上一點淡淡烏青，顯然前一天晚上沒睡好。眼神表情看起來透著無精打采的懨懶冷淡。

譚雲昶茫然地問：「那是什麼？」

「找到了最適合的人選，但是聯絡不到人。」

譚雲昶說：「咦？以駱家的能力都聯絡不上的人？」

駱湛眼神微動：「我目前只動了自己的私人人脈，駱家那邊……我擔心會被察覺。」

「這倒也是。」譚雲昶點了點頭，跟著奇怪道：「那也不對啊，你的人脈都用上了，還找不到一個醫生？那這位得是何方神聖？」

駱湛懶得解釋，直接把手裡的資料夾拋了過去。

譚雲昶連忙接住。他打開資料夾，目光下意識地先掃過醫生的姓名：「家俊溪……姓家的？這姓氏可真古怪。不過怎麼感覺什麼時候聽過……」

譚雲昶正自言自語地碎念著，視線往旁邊一看。

在那張兩寸照片影本上停留了一秒不到，他剛準備移開，突然頓住了。

幾秒詭異的安靜，讓駱湛有所察覺。他微皺起眉，抬頭看向譚雲昶的方向，正對上對方僵著抬起的目光。

那僵硬裡還有幾分驚喜——

「這就是緣分啊，祖宗。」

駱湛輕瞇起眼：「什麼意思，你認識？」

駱湛之前託人詢問這位的行蹤時，沒有問過ｉｎｔ團隊的人——倒不是駱湛看輕他們，只是他深知這幾人的家底出身，沒一個是醫生世家或者相關醫療行當出來的。戶籍上也和那位「神刀」八竿子打不到一起，所以根本沒有浪費他們的時間。

譚雲昶此時已經從僵硬裡回過神，表情興奮地上前：「我肯定不認識，這種人物我能認識嗎？但是我知道有個人認識啊，而且關係很熟、相交莫逆！」

「誰？」駱湛少見地從憊懶冷淡的情緒裡完全脫離，眼神認真起來。

「你等等，我這就找出來。」

只見譚雲昶跑到兩人中間最近的一臺電腦前，打開瀏覽器輸入「藍景謙家俊溪」。

一秒後，頁面跳轉，譚雲昶飛快找到其中一則新聞報導文章，點了進去。

然後他笑容滿面地讓開身：「我男神認識啊！」

電腦螢幕上，那則新聞文章裡配圖的照片，赫然是比資料裡年輕兩分的家俊溪和藍景謙並肩站著。

駱湛一拉轉椅，拎過滑鼠快速查看起來。

一提到男神，譚雲昶就在旁邊興奮得滔滔不絕起來：「多虧了這個姓氏這麼奇怪，當初我關注男神看這個採訪的時候感慨過——剛剛一看名字我就覺得有點熟悉，看見照片剛好想起來！你說巧不巧，所以我說這就是緣分啊，緣分注定我……咦？你幹什麼？」

駱湛從椅子上起身，順手拿起被他扔在一旁的手機，頭也不回地走向裡間：「打電話給藍景謙。」

譚雲昶愣完反應過來，興奮地吼：「那你別忘了答應過我，要幫我們實驗室安排聽他的私人講座啊！」

「嗯。」

如譚雲昶在林千華那裡了解到的那樣，駱湛和藍景謙的私交確實不錯。

藍景謙看好駱湛少年意氣又天資聰穎遠超同齡，駱湛則欣賞藍景謙身上既沒有搞學術的古板清高脾性，又不見商人的過度投機市儈。

再加上研究領域重疊，兩人在那場ＡＩ國際交流會上聊得一見如故，之後一直保持聯絡。AUTO的創始人Matthew要回國，駱湛也是最早得到消息的那批人之一。

不過正式的電話通話，尤其在接近工作時間的清晨，這還是第一次。

對面的藍景謙接起電話就察覺這一點，兩人隨意問候兩句後，他主動切入正題：『這麼早專程來電話，你應該不是只想問我早餐吃了沒吧？』

駱湛靠在休息室的真皮沙發上，聞言坦然道：「我想請你幫個忙。」

『嗯？你說。』

「我團隊裡有成員是你的粉絲，今天告訴我，你和國內那位眼科專家家俊溪是莫逆之交？」

對面沉默兩秒，笑了起來：『這種陳年老底都能被翻到，看來你那位朋友真的很了解我——我確實認識家俊溪。』

駱湛眼神驀地一鬆。幾秒後，他疲憊地仰進沙發裡，啞著聲笑：「終於……」

藍景謙問：『怎麼，找他耗費了不少精力？』

駱湛半闔著眼，撐起額頭懶散地笑：「你這位朋友可能是神農或者李時珍在世，我費了多少工夫都沒找到他的下落。」

『家俊溪嗎？他的脾氣是古怪了點。』

「那你能聯絡到他吧？」

『嗯，我們是同學，也是朋友，聯絡一直沒斷過。等等我和他聯絡一下，再把他的私人聯絡方式給你。』

駱湛原本都到了嘴邊的話停頓了一下：「你們……是同學？」

『嗯，沒跟你提過？』藍景謙淡淡地笑，『我以前是學醫的。後來，經歷了一點事情，被逼著離開國內。這才放棄科系從頭再來的。』

駱湛愣了一下，隨即低聲笑。

藍景謙問：『你笑什麼？』

駱湛說：「我笑，當初逼你離開的人，現在是不是坐在家裡，悔得腸子都青了？」

藍景謙一愣，也搖頭笑了。

『對了。』掛斷電話前，藍景謙有心地問，『你那邊的病患大概是什麼情況，我跟家俊溪聯絡的時候先和他簡單聊聊。』

駱湛說：「十六歲，女生，失明有幾年了。」

『幾年？』

「詳細還沒問。」

『……這是你什麼人？』藍景謙罕見地玩笑了句，『我差點忘了我們駱小少爺是什麼出身背景脾性的。你不是一貫對所有異性疏遠得很，怎麼開始對女孩子這麼用心了？』

駱湛沉默兩秒，苦笑嘆聲：「很重要的人。」

藍景謙沒多問，笑了笑：『那你怎麼沒動用駱家的勢力？你們駱家這樣根底深厚的大世家，真想找個人還是不難吧。』

「怎麼，聽起來像仇富似的？」駱湛好氣又好笑，「以你如今的家業，不也很快就能躋身世家了？」

再開口時，藍景謙的聲音冷淡了些，又透著點似笑非笑的認真：『我不仇世家，只仇其中幾個。』

駱湛懶洋洋地撐著額角：「不仇駱家就行。不過仇也沒關係——我爺爺逼著我和唐家那個大小姐訂婚，我們的關係最近正僵著，所以這件事沒有讓他插手。」

這一次電話對面沉默格外地久。

久到駱湛微愣，特地拿下手機看了一眼，確定通話的訊號狀態良好。再放回耳邊時，他只來得及聽見對方一聲語氣複雜的低聲：『唐家……』

駱湛一頓：「你和唐家認識？」

『有過一點淵源。』

駱湛皺眉。和唐家有淵源，不管是好還是壞，唐染這層身分都有些敏感……

這樣想著，駱湛主動避開這個話題：「那你那位老同學的事情，就拜託你了。」

『好。既然你那裡事急，我這就和他聯絡。』

「嗯，謝謝。」

『客氣了。』藍景謙玩笑地說完最後一句，才掛斷電話，『看來那位女孩對你確實重要，竟然還能讓我從駱小少爺這裡聽見一句鄭重其事的謝謝。』

駱湛低眼笑了一聲，沒說話。

等了一刻鐘，藍景謙的電話撥回來。

『家俊溪那邊我已經幫你聯絡上了。他的地址和聯絡方式我會一起寄到你的信箱。女生的情況我也簡單和他說了說，按照他的意思，這種病多拖一天就少一點治癒希望——你最好明天就接上她，去他那裡做一下眼睛檢查。檢查之後，他會告訴你治療方式和對應的成功率、恢復程度的問題。』

駱湛始終提吊著的那口氣終於鬆了下來。

他倒進沙發裡，看著休息間昏暗的天花板，笑了起來——

「好，我明天就接人，送過去做檢查。」

『嗯。』藍景謙淡淡地笑，『祝你的女孩能痊癒康復。』

「祝她康復。」駱湛認真重複。

藍景謙說：『等你們忙完檢查，有時間出來一起吃頓飯吧，我們也很久沒聊過——我可要看看你這一年是不是荒廢功課了。』

駱湛輕嗤：「該說這話的是我，藍總忙於商事，不會無心專業，已經被甩到前沿團體的大後方了吧？」

藍景謙淡笑：『那等我們聊聊，分曉自見。』

「好。」

掛電話前，駱湛想了想，還是認真地說：「這件事對我無比重要，你想像不到我有多感謝你——之後無論有什麼問題，只要你提，我一定辦到。」

『哈哈，好啊。能讓駱小少爺做這種承諾的女孩，我越來越好奇了。』
駱湛輕瞇起眼：「女孩不行。」
藍景謙聽到這裡，疑惑了。
駱湛說：「除了她不能讓給你。其餘的，你讓我跟你義結金蘭都沒關係。」

第十四章　哥哥

晚上六點，唐染吃過晚餐，主宅的傭人將餐盤廚餘撤走後，偏宅又安安靜靜地剩下她一個人。

女孩獨自坐了一陣子，趴到餐廳的方桌上開始等天黑。

說等天黑不太貼切，因為在唐染的世界裡天一直是黑的。盲人對天象和對應時間很難達到精確的判斷，而唐染多數依賴於外物。

比如，此時她趴著的方桌上擱著的小立鐘。

這個小立鐘是楊益蘭專門買給她的東西，類似以前的舊式立鐘，到了整點會敲響對應數目的冗長鐘聲，半點則只敲比較短暫的一下。

有它在，唐染對時間的掌控就方便了很多。

白天有專門的各科家教來上盲文課程，從早上開始一直持續到晚餐前——學習同樣的內容，盲人所花費的時間要比正常人多數倍甚至數十倍。

所幸唐染好學也聰慧，更重要是心無旁鶩、格外專注。所以她在各科目上都能維持著和普通同齡人相仿甚至更超前的進度。

晚餐前最後一位家教會離開。

主宅那邊的晚餐在六點到六點半之間送來。

唐染吃飯比較慢。女孩一個人窩在桌角能安安靜靜又細嚼慢嚥地吃半個小時，安靜地鼓著臉頰，一點聲音都不出。

楊益蘭以前玩笑說過她，吃東西的時候總像小倉鼠似的，看了讓人想在臉頰上戳一戳。

然後七點後到八點之間，int實驗室裝載機器人的貨車隨時會來。

這期間唐染哪裡都不去，就趴在餐廳這張方桌上，聽著桌上小立鐘的秒針滴滴答答地響。一邊聽著那滴答聲，唐染一邊想自己今晚要跟「駱駱」聊什麼話題。

今晚的話題思考剛開了頭，唐染聽見偏宅玄關傳來敲門的聲音。

趴在桌上的女孩先愣了愣，然後突然坐起身。黑暗裡她茫然地回憶了下——確實剛過七點沒幾分鐘。

店長他們今天怎麼來得這麼早？

儘管不解，唐染還是摸索著找到方桌下的遙控按鈕裝置——

這是店長上週過來時幫她裝上的，說是駱湛在實驗室裡閒著無聊的新發明，在門栓上裝一個小裝置後就可以遙控門閂了。

不過唐染也不懂為什麼，明明這話是譚雲昶自己說的，但那天臨走之前，他又悄悄溜到自己身旁，說那個遙控門閂其實是駱湛連續幾天熬到深夜才研製成功的，只是駱小少爺不肯讓他說實話。

唐染按下按鈕，偏宅玄關方向喀噠一聲輕響，門便開了。

譚雲昶打著招呼，和林千華一起把機械箱推了進來。

唐染摸著桌角慢慢起身，好奇地問：「店長，你們今天來得很早，是有什麼事嗎？」

譚雲昶笑呵呵地說：「對，來跟妳彙報一個好消息！」

唐染問：「好消息？」

譚雲昶說：「駱湛那邊已經聯絡到目前國內眼科手術上最負盛名的一位醫生了——明天正好週六，妳也不用上家教課，早上我們來接妳，帶妳去那邊做檢查。」

唐染愣愣地站在原地。

譚雲昶沒察覺，還在興奮地說著：「如果檢查順利，用不了多久妳就可以接受治療準備手術了！」

空氣安靜半晌。

譚雲昶原本以為女孩是驚喜得愣住了，但是等了一下，只聽唐染輕聲問：「是駱湛聯絡的？」

「對啊。」

「他今天來了嗎？」

「……沒有。」譚雲昶心虛地瞥了安靜的機械箱一眼，「駱湛他最近忙著呢。而且妳知道的，他對他家老爺子安排的婚約那麼不滿，怎麼可能會踏唐家的門檻？」

沉默幾秒，女孩慢慢點頭：「謝謝店長。但是要麻煩你替我轉達，眼科手術和術後恢復治療的費用花費上，有幾十萬甚至會到上百萬，而且像我這樣的情況，就算做了手術恢復機率也很低……」

一點黯淡浮上女孩眉眼。很快她就重新抬頭，清淺地笑：「仿生機器人的事情上我已經很感激了。眼睛的問題我早就放棄了，還是不勞煩他了。」

譚雲昶沒有預料到這樣的答案，一時無措。就在他糾結著不知道該怎麼勸說時，口袋裡的手機震動了下。

譚雲昶拿出來看見訊息署名，下意識看了看機械箱，然後才低頭把訊息讀了一遍。

讀完以後，譚雲昶鬆了口氣，抬頭對唐染說：「唐妹妹，這件事我是沒有決定權的，妳要是不想做手術也沒關係，明天等我們接妳去實驗室，妳跟駱湛說就行了。」

唐染遲疑：「他……」

譚雲昶眼睛轉了轉，補充道：「而且駱湛為了能夠聯絡到這位眼科醫生，花了很多時間精力；妳要是連檢查都不去做，他可就真的白費工夫了。」

聽譚雲昶說到這裡，唐染再拒絕未免顯得太不近人情了。她猶豫了一下後，慢慢點頭：「檢查我會去的，麻煩店長幫我謝謝駱湛……你們是明天早上過來嗎？」

「對對對。」見唐染答應，譚雲昶鬆了口氣，「明天上午八點左右。因為距離醫生那邊比較遠，路上會耽擱不少時間，所以我們得早點出發。」

「好。」

「那我們先走了。」譚雲昶說：「讓妳的『機器人』陪妳吧。」

提起「駱駱」，女孩臉上露出柔軟的笑。

她輕聲答：「好。」

譚雲昶和林千華離開後，偏宅恢復安靜。

唐染獨自在黑暗裡站了一下子，猶豫地估算時間，輕聲自言自語起來：「駱駱應該還要一陣子才能出來吧。明天要早起的話，今晚早點睡才行……」

一個人咕噥著什麼，女孩轉身，在已經逐漸熟悉起來的偏宅裡，慢慢走向自己的房間。

過了十分鐘，機械箱的箱門打開，穿著白襯衫和牛仔長褲，踩著白色運動板鞋的男生走出來。

視線在房間裡掃過一圈，一無所獲。

駱湛意外地挑了挑眉。

按照往常，每次他從機械箱裡出來，都能看見唐染乖乖巧巧地趴在那張方桌上，有幾次還睏得睡過去了。

這是第一次，從機械箱裡出來的「機器人」撲了空。

駱湛向房子深處走去。

一直走到半敞著門的臥室前，駱湛終於聽見點動靜。他停住身，想仔細辨認，然而這時聲音又消失不見了。

駱湛在原地站了幾秒，試探著開口。

機器人的聲音在走道裡低低響起：「……主人？」

一片安靜，無人回應。

駱湛驀地皺眉。他不再遲疑，推開眼前半敞的房門，大步走進房間裡——然後僵停。

幾秒後，駱湛艱難回眸。在他身側幾步外，浴室裡亮著暖洋洋的浴燈。

偏宅的浴室是半磨砂玻璃門，只有中間一段是磨砂材質，上下兩截都是透明的。此時，那凝結成滴的水珠掛在半磨砂玻璃門裡面的透明處，在光下閃得晃眼。

門內隱隱可見水霧在光下升騰。

駱湛僵在原地，一動也不動。

現在他知道女孩去做什麼了——她說過明天要早起，所以唐染把一直放在int實驗室接走「機器人」之後的沐浴行程提到了前面。

好巧不巧，現在應該是她剛洗完、準備要出來的時間點。

駱小少爺那聰敏得異於常人的頭腦此時完全格式化了似的一片空白，僵在原地不知道站了多久，他才終於回神，攥起指節轉身往門外走。

只是第一步剛跨出去，他的餘光裡，半磨砂玻璃門下面的透明部分，一截藕白的小腿踩著輕淺的水聲露在門裡面。

下一秒，磨砂玻璃門被人從裡面輕輕推開，圍著一條浴巾的女孩閉著眼睛走了出來。

先邁入駱湛餘光視野的是浴巾下那兩截白皙細膩的小腿，出浴後的皮膚喝足了水分，在光下越發顯得嬌嫩，吹彈可破。

往上，淺藍色天鵝絨的浴巾圍住女孩的身體，隱約可見那柔軟的浴巾下，從微微隆起的小胸脯到細腰凹凸的曲線。

最上面，女孩眼睛闔著，睫毛隨動作輕顫。被水氣平添了兩分豔麗的臉蛋不復平日蒼白，更多了點白裡透粉的嬌俏紅暈。

她耳旁溼漉漉的長髮一直披到纖弱的頸前。水珠順著烏黑的髮尾滴下，在鎖骨窩裡匯成淺淺的一灘。

亮晶晶的一灘。

駱湛看了幾秒才回神，艱難而慌亂地移開眼。

僵站在原地，「機器人」的喉結輕滾了一下。

駱湛覺得自己突然有點……

口渴得厲害。

偏宅裡的浴室坐落在唐染的臥室門正對的走道旁邊。從浴室的半磨砂玻璃門內出來，還要沿著走道向房間裡走一段才能到大床和衣櫃旁。

唐染只圍著浴巾就出來了，顯然是要去臥室裡面換衣服的。

一隻溼答答毫無防備的女孩就在面前，不必走近都能聞見隨著浴室門打開，空氣裡瀰漫出來的馨香。

在這種場景下，駱湛非常不確定自己是不是還能沒有紕漏地扮演好「機器人」的角色。

所以他決定裝成空氣——等女孩從他身旁進到臥室裡面，他再伺機離開。

這計畫是沒什麼問題的，但駱湛忘記了身旁這女孩小狗似的靈敏鼻子。

於是在駱湛目不斜視地屏息時，從他身旁走過去的女孩突然沒什麼徵兆地停下腳步。

女孩的鼻尖輕輕翕動了下，在空氣裡嗅了嗅，然後她慢慢歪過頭，不確定地問：「……駱駱？」

安靜幾秒，「機器人」認命地垂下眼。

機械聲音在浸滿出浴水氣的潮溼空氣裡微微震響，帶著某種低啞磁性的質感——

「我在，主人。」

確定自己猜測的唐染愣了幾秒才回過神：「你怎麼進來了？」

藏在半闔的細密眼睫下，漆黑眸子裡的情緒深深淺淺地起伏著。有點艱難地克制住那些不聽理智安排的心念，機械聲音竭力維繫住沒有波動的平緩：「主人不在，感應熱源。」

唐染恍然點頭，她彎下眼笑起來，毫不吝嗇地誇讚：「駱駱真厲害。」

生平懶散不正經的駱小少爺，第一次發現自己的臉皮這麼薄，被女孩一句話誇得無地自容。

所幸唐染沒就這個話題糾纏，而是像安慰一個真的活生生的人一樣對他說：「那你等我一下，我去換衣服，很快出來。」

「是。」駱湛想到什麼，眼神裡的情緒沉澱下去，他垂眼應，「主人。」

駱湛回到偏宅的客廳裡，站在方桌旁等了幾分鐘的時間，駱湛聽見臥室的走道方向傳來一點窸窣的聲音。

他抬眸望過去，十秒後，換上白色睡裙的女孩從走道露出身影。

駱湛猜，這件白色睡裙大概又是那個被唐染親暱地叫成阿婆的女人買給她的，和那件Hello Kitty的粉色圍裙是差不多的審美——

純白的睡裙扎起一點泡泡袖，寬領、袖口還有裙子的尾擺上，紋了一圈玫瑰花的淺色蕾絲邊。

腰間沒什麼收攏設計，女孩纖瘦的腰身被完全藏在空蕩蕩的睡裙裡。向上倒是能看出一點小胸脯微微隆起的弧度。

不過最讓人移不開眼的，還是女孩在浴後白裡透紅的豔麗臉龐，和露在蕾絲寬領前的弧線勾人的鎖骨。

駱湛以前聽ｉｎｔ團隊裡的男生們閒暇玩笑，總說什麼「鎖骨很性感」「漂亮大長腿」，他還屢屢嗤之以鼻，不以為意。

今天親眼見了兩次，才知道這種鈍刀子一下一下地磨在心尖上，到底是怎樣一種折磨著人還捨不得忘的滋味。

駱湛壓回險些出聲的低咳，移開目光。

這片刻，唐染已經停到他面前。

「駱駱，沒有讓你等太久吧？」女孩不安地問。

機械聲音沉默兩秒：「我的時間屬於主人，主人不需要有任何愧疚。」

唐染輕彎下眼，笑：「但一個人等著的時候最難過了……我不喜歡那種感覺。所以希望駱駱也不會被那樣對待。」

被女孩話裡的某種情緒戳到，駱湛愣在原地。

等他回神，這些天對他這個「機器人」逐漸熟悉起來的女孩已經繞過他，走到方桌前坐下來。

駱湛轉過身，張了張口，決定保持一個「機器人」該有的懵懂：「主人剛剛在做什麼。」

「洗澡啊。」女孩毫無懷疑地輕聲答。

駱湛的視線掃過女孩溼漉漉地披在身後的長髮：「……頭髮擦乾了嗎？」

「沒有。」唐染有點遺憾地說：「因為我看不到東西，阿婆擔心我用吹風機太危險，所以不准我用。」

「我幫妳吧。」

唐染擦頭髮的手停住，過了一兩秒有些驚訝地仰了仰頭：「駱駱還有這個功能嗎？」

「嗯。」駱小少爺臉不紅心不跳地答。

「那……好吧。」女孩的聲音裡帶著歡愉的笑，「謝謝駱駱。」

「為主人服務是我的榮幸。」

駱湛走過去，停在唐染身後。這樣近的距離下，女孩身上那種類似睡蓮混著某種果木香的沐浴後的味道更加明顯。

香氣像是有了實體，繞著他的周圍，還撩撥得他神思恍惚。

駱湛微垂眼，遲疑地抬起手——

女孩把長毛巾搭在頭頂，讓它毛茸茸的兩側垂下來，襯在烏黑的長髮間，像兩隻垂下來的長耳朵。

駱湛將修長的手指覆上毛巾，生澀而稚拙地慢慢揉擦起來。

感覺到那隻手的僵硬和不習慣，被揉亂了頭髮的唐染忍不住笑，眼睛彎得月牙一樣，聲音活潑了許多。

「駱駱，你擦頭髮這項功能的開發者一定沒有幫人擦過頭髮，你這分明是在摸頭吧？」

確實是生平第一次幫人擦頭髮的駱小少爺慘遭質疑，有點不自在地垂下眼。

他手下的動作放得更輕了點。

「以後……我會改進的，主人。」

穿著睡裙的女孩被駱湛出於私心，提前勸回臥室早些休息。

所以譚雲昶和林千華來到提前留門的偏宅時，意外地看見駱湛是站在外面的。

譚雲昶愣了一下，進來以後先四下看看。

駱湛聽見動靜，壓低聲說：「她已經睡了。」

譚雲昶愣了愣：「這麼早就睡了啊。」

駱湛冷瞥過去：「不是你說的，明早要她早起？」

感受到話裡一點涼意，譚雲昶心裡冒出裡外不是人的委屈，他哀怨地看向駱湛：「要提早準備不是你說的嗎？現在怎麼還怪我了。」

「是我們提前，不是她。」

譚雲昶做出一副委屈的模樣：「你家主人是人，我和千華不是人了嗎？湛哥你也太重色輕——」

話沒說完，被走上前的駱湛一把摀住嘴。

「噓。」近在咫尺的少年眉眼涼薄懶散，眼神深處藏一點微光，「別吵到她。」

譚雲昶無語了。

好吧，跟女孩比起來他們不是人，這下子確定了。

駱湛在唐家大院以外的地方回到貨車裡。上車前，藉著車內燈光，譚雲昶奇怪地打量了駱湛好幾眼。

駱湛進車以後便習慣性倚進車裡，直到察覺譚雲昶的視線，他挑了挑眼簾：「有事？」

譚雲昶說：「剛剛在唐家偏宅我就想問了，你今天晚上怎麼看起來很……」

「很什麼。」駱湛沒興趣地垂回眼。

譚雲昶斟酌一下用詞：「很，躁動？」

收到某人冷冰冰懶洋洋的一瞥，譚雲昶無辜辯解：「不信你問千華。」

開車的林千華無故被點名，猶豫一下後誠實地點了點頭，「湛哥，你今晚眼角有點發紅。」

譚雲昶接話：「哪只眼角？我感覺都紅到脖子了，就跟、就跟——」

譚雲昶卡殼，幾秒後他一拍大腿，奸笑：「就跟第一次看完『小電影』似的，後勁很大！」

駱湛冷淡地輕嗤一聲，闔眼倚回去。

譚雲昶：「喂，祖宗，你不會是心虛了吧？難道你真是在偏宅裡等得太無聊，自己拿手機看小電影了？那有沒有什麼好資源分享一下？」

駱湛忍了忍，沒說話。

「不分享就算了。」譚雲昶一副過來人的口吻，「不過第一次看完晚上容易做春夢，你少看一點，我們明天還要跑遠路呢。」

駱湛忍無可忍地睜開眼，漆黑的眸子裡情緒冷淡。

他冷冰冰地一扯嘴角，語氣嘲弄。

「從小到大，我什麼樣的美人沒見過？做春夢，你以為我是你嗎？」

想起這個人的被追求程度，感受到層次不同碾壓的譚雲昶氣憤又無力地扭開了頭。

第二天早上，唐染果然很早就醒來了。

清晨的偏宅更加安靜，外面一絲聲音也聽不到。安靜得有點清冷裡，女孩仍是一個人趴在方桌前，等著約好的譚雲昶和林千華上門來接。

不知道多久後，唐染聽到偏宅的外面傳來兩個人交談的聲音。其中一個人的聲音似乎就是譚雲昶的。

趴在桌前的女孩嗖地一下坐直身，像一隻機警又按捺不住要「出洞」的興奮模樣的幼獸。

她按下門閂遙控的按鍵。

原本只是模糊的交談聲隨著房門打開而清晰起來。

其中一個聲音略帶抱怨：「不是晚上才來嗎？怎麼這大清早的也過來了。」

譚雲昶的聲音說：「保全大哥不好意思，我們今天確實有點情況，必須請這位小姐一起去實驗室一趟。」

保全人員說：「行吧，我在這裡等著，你們進去吧。」
譚雲昶說：「好的好的，麻煩您了。」
保全人員說：「喂，等等——」
譚雲昶問：「怎麼了？」
保全人員說：「你旁邊這位戴棒球帽的是誰，好像不是之前來的那個？」
「喔！」譚雲昶笑著說：「我們實驗室人多著呢。晚上來的那個不敢讓他早起，萬一疲勞駕駛，不是很容易出事的嗎？」
「好吧，你們趕緊接人趕緊走，別耽誤太久。」
「沒問題。」
幾秒後，唐染聽見偏宅的房門被推開。她停在玄關前，感覺到有人走近。
唐染露出清淺的笑：「早安，店長。」
「……早安。」
走近的人停住幾秒，抬手，揉了揉她的長髮。
淡淡的雪松木香混著清晨的露，冰涼的雪水氣息，一絲一絲繾綣地纏繞進她的長髮裡。
近在咫尺的聲音透著熟悉的低啞，還有懶散又冷淡的笑意——
「妹妹。」
唐染站在玄關前，呆了好幾秒才反應過來。她驚訝地仰了仰臉，輕聲問：「駱湛？」

「……是我。」

聽慣了「駱駱」的稱呼，偶爾被女孩直呼本名，駱湛發現自己竟然還有點不習慣了。

唐染意外地說：「你怎麼過來了？」

駱湛挑了挑眉，問：「不歡迎我來？」

「沒有。」女孩小聲否認，「只是店長說你不喜歡唐家，一定不會登門的。」

駱湛不假思索：「他騙妳呢，別信他的。」

譚雲昶站在駱湛身後努力保持微笑，他可以不是人，但駱湛是真的狗。

唐染猶豫了一下，點點頭：「那我們現在就出發嗎？」

「嗯，我拿導盲杖給妳。」駱湛走向玄關的收納櫃。

「導盲杖在——」

櫃門打開的聲音壓著女孩的話尾響起。

駱湛的身影和唐染的聲音同時停住。

空氣沉寂，譚雲昶茫然地看著兩人不知道發生什麼的時候，聽見唐染不解地問：「你怎麼知道，我的導盲杖在那裡？」

駱湛顯然也是想到這一點才停住的。他瞥向譚雲昶。

譚雲昶呆了幾秒，猛地反應過來，大聲笑著掩飾自己的心虛：「哎呀，我之前看見妳放在這裡了，進門前特地囑咐駱湛，以為妳沒醒想讓他先幫妳取出來呢。」

唐染想了想，輕點頭：「喔。」

譚雲昶長鬆了一口氣，露出一副劫後餘生的表情，然後邀功似的看向駱湛。

結果轉過頭去一看，他卻發現這位當事人看起來比自己冷靜多了。

駱湛從玄關的收納櫃裡取出導盲杖，便走回女孩身旁。

他右手握杖，左手托起女孩的手搭在自己手腕上：「走吧，我帶妳出去。」

「嗯。」女孩點頭，安靜地跟著駱湛往外走。

譚雲昶看著那道修長俐落的身影從面前走過去，表情驚奇。

認識駱小少爺這些年，他還真是第一次發現，原來這人骨子裡也是有憐香惜玉的紳士基因的。

可惜前二十年埋沒至今——只見著他拒絕各路告白時毫不留情地辣手摧花，這樣衣冠禽獸的一面堪稱前所未有。

「執念那麼多年的美人眼，為此碎了多少顆少女心。」譚雲昶自言自語，「到頭來卻栽在一個盲人女孩……臉疼不疼啊，駱小少爺。」

小聲嘀咕完，譚雲昶跟在兩人身後，關上房門離開了偏宅。

駱湛開來接唐染的仍是那輛紅色的敞篷超跑，遠遠地停在唐家大院外不遠處的主道路旁。離了唐家視線，唐染和駱湛從貨車的車斗裡下來，改為乘坐跑車。

譚雲昶哀怨地跟在後面，到兩人上車還扒著駕駛座一側的車門沒走。脫離唐家範圍，駱湛摘下了棒球帽。

譚雲昶低頭看見了，忍不住嘀咕：「我就說你昨天看小電影了你還不承認。瞧你這黑眼圈……」

駱湛手臂往車門上一搭，懶洋洋地望著譚雲昶，他沒說話，只給了對方一個不善的眼神示意。

譚雲昶嘆氣：「長得帥真好，黑眼圈都能有一副頹廢美，去趟醫院不知道要騙多少護理師姐姐。」

「……你還不走？」

譚雲昶說：「祖宗，真的不帶我們一起去啊？」

修長指節勾住墨鏡扣上，駱湛懶洋洋地瞥他：「只有兩個座位，怎麼帶？」

「我和千華可以開車跟著嘛。」

駱湛說：「今天不會跟 Matthew 碰面，你去了也見不到你男神。」

「你們不碰面？為什麼？」

有唐染在身旁，駱湛勉強耐著性子陪譚雲昶磨，聞言冷淡地回了：「這又不是相親，還要介紹人陪著？」

譚雲昶一噎，無語了。

「而且，之後再安排實驗室和他見面，你也不要提唐染的名字。」

「啊？」譚雲昶下意識看了副駕駛座的女孩一眼，「為什麼啊？」

唐染聽見自己的名字，也好奇地轉過來。

駱湛皺起眉：「Matthew 說過，他和唐家有點淵源——不管是好的還是壞的，唐染都儘量少和他接觸為宜。」

想起女孩的特殊身世，店長恍然，點了點頭：「明白。我不會提的。」

「他剛回國內開拓市場，最近空餘時間並不多。等他閒散些以後，最晚下個月底，我會替你們搭線認識的。」

「好的！」

等譚雲昶得了保證興高采烈地離開了，只剩駱湛和唐染兩人的超跑裡安靜幾秒。

唐染輕聲問道：「Matthew 是誰？」

駱湛俯身過來，動作已經算得上嫻熟地幫女孩繫好安全帶：「我的一位海歸朋友，是 AUTO 科技的創始人，今年回國開拓國內市場。這次也是他為我搭線，聯絡到這位眼科專家的。」

「啊！」唐染恍然地點點頭，「不是外國人啊。」

「嗯，他二十歲通過國際學校交流出國，只是到今年才回來。Matthew 也有中文名字，叫藍景謙。」駱湛一頓，抬眼，「妳聽說過他嗎？」

唐染想了想，搖頭：「沒有。」

駱湛扣好安全帶，直回身，安撫地說：「可能是他和唐家老一輩有些淵源，與妳無關，妳不用擔心。」

「我不擔心。」女孩輕笑，「他的中文名字聽起來很好聽。」

車裡突然安靜。

唐染茫然了一下，以為自己說錯什麼話了。正猶豫著如何開口，就聽見駕駛座那側響起熟悉的、隱隱帶一點不爽的懶散聲調：「比我的還好聽嗎？」

唐染微愣，隨即彎下眼角：「駱駱最好聽。」

少年側顏繃得清雋冷淡。

他沒說什麼，發動車。只是在開出去前，那薄薄的唇角還是沒能壓住，悄然勾起一點愉悅的弧度。

透過藍景謙的介紹，駱湛才知道家俊溪如今開了一家私人眼科醫院，且並非法人而是幕後老闆，再加上訊息藏得極深，所以國內很少有人知道他的蹤跡。

這次安排的檢查，就是在家俊溪的私人醫院裡進行的。

雖然是眼科醫院，但類似眼內手術或者角膜移植手術這類的術前檢查，涵蓋全身各系統器官和指標，所以醫院內配備設施精良齊全。

既然要請這位權威做手術，術前檢查自然也是在他的醫院進行。

唯一的麻煩就是，這家私人醫院坐落的城市距離駱湛唐染所在的K市要有大半個城市的距離。高速公路上，即便駱湛壓著限速上限開的，在路上也耗費了三四個小時，到中午才抵達目的地。

全身檢查自然包含血液常規檢查，所以女孩第一天晚上便被囑咐過早上不能吃飯不能喝水。

等路上花費這麼長時間到了醫院後，唐染早就餓得小臉都快皺在一起了。

駱湛看得心疼又好笑。

所幸私人醫院花費高昂使得患者極少，安排各項檢查也非常快速高效——以肝、腎功能檢查為主，避免排斥反應的全身檢查結束後，唐染被帶進醫院的重點眼科檢查室內。

眼睛檢查細微精密，部分更要求無菌。駱湛作為陪同家屬不能入內，只能在外面等著。

比起之前慣常的全身檢查，眼睛檢查的過程似乎格外地長。隨著時間滴滴答答地過去，在走廊上等待的駱湛早就起身，有些煩躁地擰著眉靠在長廊的牆壁前。

一張俊臉沉得厲害。

又等了將近二十分鐘，站在外面的駱湛仍舊沒收到半點動靜。

一想到女孩什麼都看不到，還只能跟幾名陌生的醫生護理師待在冷冰冰的檢查室裡，不知道被那些冰涼的儀器檢查的時候該有多害怕……

駱湛頓時更加焦躁起來。

前面不遠的地方是護理站，幾次路過的一位年紀偏大的護理長注意到駱湛，這次忍不住停下來，慈善地笑了笑。

「年輕人，你有什麼急事嗎？」

駱湛聞言抬眸，眼底壓著點躁意：「……眼睛檢查需要這麼久的時間？」

「畢竟是眼睛的檢查，像眼底檢查、驗光儀檢查、角膜地圖儀檢查、角膜趨光力以及淚液量測試……項目多且零碎，時間長點很正常。」

護理長說完，見駱湛仍是皺眉未解，不由笑了起來。

「裡面的是你什麼人啊？看你等得急成這樣，知道的明白你是在等朋友眼睛檢查，不知道的還以為你在產房外等老婆臨產呢。」

駱湛微僵一下。恰在此時，眼睛檢查的外門推開，唐染在一位年輕護理師的陪同下慢慢走了出來。

「護理長。」年輕護理師連忙朝駱湛身旁的中年女護理師打招呼。

護理長點點頭，打量一遍走出來的唐染，驚訝地說：「小妹妹看起來年紀不大啊。門外這名年輕人急成這樣，我以為是他的女朋友呢。」

年輕護理師此時注意到長廊上走來的駱湛的模樣，愣了好幾秒才回過神，臉上都紅了：「護理長，這怎麼可能，小妹妹今年才十六歲呢。」

駱湛邁在前的長腿一頓。

然後他懶洋洋地掀了掀眼簾，冷著俊臉眼神不善地瞥了那個小護理師一眼。

可惜小護理師紅著臉不敢看他，也沒察覺。

「這麼小的年紀啊。」護理長驚訝地問：「那病人和病人家屬是什麼關係？」

空氣安靜幾秒。駱湛此時已經走到唐染身旁，接過女孩手裡的導盲杖，動作嫻熟地收了起來，然後將女孩的手搭到自己的手腕上。

做完這些以後，那張從焦急躁動的情緒裡脫離出來的禍害臉上恢復了平日憊懶冷淡的情緒，看起來顯然對這個問題沒什麼回答的欲望。

在沉默裡，護理長和小護理師對視了眼，表情逐漸古怪起來。

氣氛變得微妙，唐染不安地搭著駱湛的手臂，隔著薄薄的襯衫，下面傳來逐漸讓她熟悉和依賴起來的體溫。

默然幾秒，女孩輕聲說：「他是我哥哥。」

第十五章　好朋友

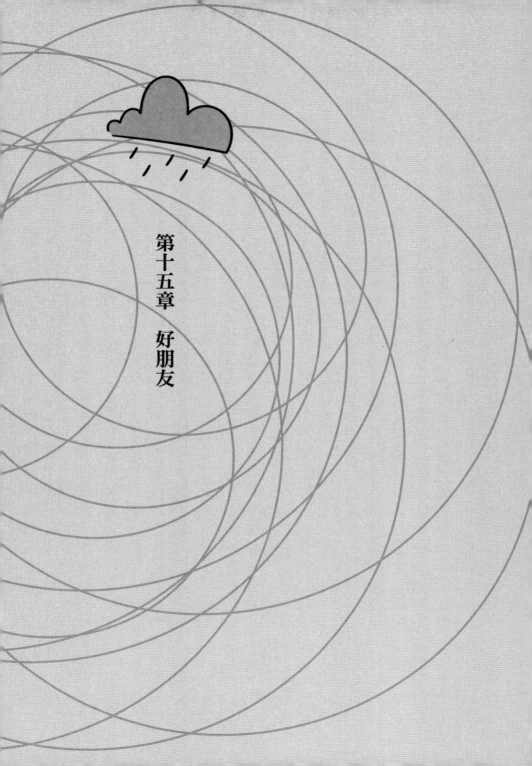

唐染這次做的檢查項目種類繁多，其中有幾項檢驗報告等待的時間格外的長，最久的一項更是要等到第二天才能出來。

駱湛和唐染不可能一直留在醫院裡等檢驗結果。於是駱湛和家俊溪辦公室通過電話，約好明天上午來醫院領取所有的檢查報告，再去辦公室找他後，駱湛就領著唐染離開這間私人醫院。

去停車場的路上，一路都很安靜。

快要到那輛刺眼的豔紅色超跑前的時候，搭著駱湛手腕慢慢走的女孩突然開了口，聲音很輕：「駱湛，你是不是不高興了？」

駱湛視線落回，女孩微低下頭：「從我在走廊上說你是我哥哥以後，你好像一直沒怎麼說話了……對不起，我不知道你不喜歡我這樣說，以後不會了。」

女孩軟著聲道歉的模樣看起來溫吞又無害，還帶著點讓人心疼的不安和小心。

「妳是習慣認錯嗎？」駱湛抬手，揉了揉女孩頭頂，「我不介意。妳不需要為任何人的態度道歉。」

「嗯？」

唐染猶豫了一下，誠實回答：「不是任何人。」

女孩仰了仰臉，認真地說：「駱湛……不一樣。」

駱湛微愣，懶聲笑問：「哪裡不一樣？」

唐染歪過頭，吃力地糾結了一下子，才找到合適的定義：「是朋友。還是除了阿婆以外，對我最好的人。」

駱湛微瞇起眼。過了幾秒，他低下頭，愉悅又有點不爽地輕嘖一聲：「以後一定要讓妳把『除了以外』去掉。」

這句話壓得低且模糊，唐染沒聽清，茫然地轉回來：「啊？」

「沒什麼，上車吧。」

駱湛遙控超跑解鎖，為唐染打開車門，躬身扶著女孩坐進副駕駛座。半蹲身幫唐染繫好安全帶後，駱湛繞過車前，也坐進車裡。

拿著車鑰匙發動之前，駱湛突然想到什麼。他停住手，轉頭看向身旁：「雖然不介意，但是有點好奇。」

唐染回頭。

駱湛問：「剛剛在醫院裡，她們問的時候，妳為什麼要那樣說？」

唐染遲疑地頓住。過了十幾秒，駱湛才聽見女孩輕聲說：「我不想她們奇奇怪怪地看著你。」

駱湛眼底情緒一晃。須臾後，垂眼無聲地勾起嘴角，單手扶著方向盤側靠上去：「妳知道她們怎麼看我的？」

唐染安靜兩秒，說：「第一次見面，在公車站那裡，你說我們看起來像父女。」

駱湛無語了，這還真的是搬起石頭砸自己的腳。

駱湛好氣又好笑：「所以在妳的印象裡，我是個老頭子的形象？」

唐染搖了搖頭，彎下眼角，露出難得帶點俏皮的笑：「我知道你不是。店長說過你長得很好看，K大很多女生都在追你。」

駱湛問：「既然知道，為什麼還要那樣說？」

唐染笑意淡下去，微蹙起眉。猶豫一下後，女孩輕聲又誠實地說：「我怕她們誤會我是你的女朋友。」

「叭——」

駱湛身影一僵，不慎按住了喇叭。

刺耳的聲響後，駱小少爺眼裡飄過一點罕見的慌忙。他倚回車座裡，不自在地輕咳一聲：「誤會那個，又怎麼了……她們和我們也不認識。」

唐染搖頭，認真地答：「店長說過你比我大四歲，而且你一定很高，那樣她們說不定會把你當成誘拐未成年少女的壞人了。」

駱湛失笑：「妳還知道誘拐未成年？」

唐染誠實得很：「盲文老師幫我上的第一堂課，就是和自身安全保護意識有關的法律課。」

「嗯，我懂了。」

駱湛向後微仰，望著前上方湛藍的天空，懶洋洋地笑：「因為我比妳大四歲，陪著妳出來或者像妳男朋友就是變態了？」

唐染一愣。「變態」這個詞在她的認知裡是非常嚴重惡性的貶義詞，她幾乎沒有接觸網絡，自然也不知道這個詞已經常被年輕人用來自嘲或者互相調侃了。

過去好幾秒後，她有點慌亂地搖了搖頭：「不是，我不是這個意思。你怎麼會是變……」

「我不是變態嗎？」

「當然不是！」

駱湛壓下聲音，聲線微啞地笑：「那妳就犯大錯了，妳的盲文老師白教了妳那麼多。」

唐染困惑了。

「事實上我可變態了。」

那人以一副散漫不正經的玩笑語調說。擰上鑰匙，發動車，開了出去。

餘音猶帶懶散笑意——

「所以等眼睛好了以後，再見著我要趕緊跑走，小妹妹。」

車身駛過嘈雜，而車裡安靜半晌。

低著頭若有所思的女孩小聲咕噥一聲：「才不是呢。」

從醫院停車場出來，已經是下午兩點以後了。

為了準備檢查，唐染沒有吃早餐。駱湛選了附近推薦的一家餐廳設成導航目的地，駕車開向那裡。

餐廳單獨坐落，占地面積不小。駱湛的車開上門廊後停了下來。副駕駛座那側的車門被迎賓的侍者打開，對方剛看到裡面閉眼坐著的女孩，就見從駕駛座下來的年輕人已經走到他旁邊。

「我來。」

「是，先生。」侍者退開一步，將位置讓給駱湛。

駱湛俯身，把車裡的女孩牽了出來。

旁邊站著的侍者確認自己方才的發現——副駕駛里安靜漂亮的女孩竟然是一名盲人。他略帶驚訝地和車對面的同事對視了眼，然後按捺地壓回視線：「先生、小姐，請隨我來。」

地處完全陌生的城市，這間餐廳注重打造客人就餐的私密環境而層層繞繞。一路走進餐廳，駱湛都能察覺得到，在自己手臂上扒著的女孩的手攥得慢慢緊了，帶著明顯的不安。

趁著一個轉角，侍者轉入視野盲區，駱湛側俯身：「怕什麼，我會拐賣妳嗎？」

唐染不好意思地低了低頭：「感覺這裡好像很大，很安靜，又沒什麼客人，有點陰森森的……」

駱湛一愣。

他眼前的餐廳布置得奢華大氣，顯然是出自名設計師的手筆。普通人進來以後大概會被沿路那些擺件吸引走注意力；採光極優的情況下，更是有一種走在博物館的感覺。

但他沒想到，在看不到的女孩的世界裡，能感受到的只有空曠、冰冷和安靜，以及由此帶來的陰森。

駱湛垂眼，默然幾秒，他開口：「我們剛轉進一個長廊，這一段應該是十七世紀的巴洛克風格。兩邊有處理過的彩色玻璃花窗，繁複誇飾，基調以金色為主……」

唐染聽了個開頭，茫然地轉向駱湛。

駱湛說完一段才回眸：「以後妳看不見的時候我就當妳的眼睛，把我看到的一切告訴妳，這樣就不會害怕了。」

唐染愣愣地仰了一下的臉。等她回過神，一點沒來得及掩飾的紅暈擦過女孩白皙的臉頰。

唐染慢慢點頭：「好。謝謝……」

在稱呼上，女孩停住。

叫駱湛似乎有點生疏，但叫哥哥他好像也不太喜歡……

想了想之後，唐染輕聲問：「我能繼續叫你駱駱嗎？」

駱湛無奈：「隨妳。」

唐染眼角一彎：「謝謝駱駱。」

話間，侍者將兩人領到餐桌旁。

駱湛扶著女孩落座，點餐之後侍者躬身離開。

駱湛視線一掃，再次開口：「我們現在在的這段空間是十一世紀前的地中海風格，色調上以柔和的白色為主，開放式空間。門窗是馬蹄狀，所有擺件擦漆做舊處理，很有復古感……」

等說完視線可及之處的光景，駱湛收回目光，看向修邊圓潤的木桌對面。女孩雙手攏著，安靜地仰著頭聽他的話，顯然聽得入神。

到此安靜下來又幾秒，她才輕動一下，有點意猶未盡地輕笑起來：「駱駱好厲害。」

駱湛垂眼：「等妳眼睛治好以後，這些東西妳都能夠看見。」

抬起眼睛，唐染一默。她低下頭，猶豫之後還是沒開口。

駱湛問：「治好眼睛以後，妳最想看的是什麼，我幫妳安排。」

唐染低聲：「我眼睛治癒的希望不會很大的，駱駱……而且在時間和經濟、精力上的花費，唐家不一定會同意。」

「要他們同意做什麼？」駱湛聲音一冷。

在這幾秒，駱小少爺在女孩面前掩藏極好的桀驁不馴的脾性冒了個尖，又被按了下去。

駱湛低咳一聲：「之前在醫院我還是妳的朋友。現在剛離開沒多久，我就成唐家的朋友了？」

「不是……」

「那就不要和我劃清界限。」駱湛皺眉，「幫妳治好眼睛是我出於朋友立場的願望，妳排斥拒絕，不怕這會傷了朋友的心嗎？」

駱小少爺的話說得義正辭嚴，聽得女孩有點無地自容了。

駱湛也沒想迫著女孩為難表態，沉默幾秒後就主動轉回話題：「而且只是問妳的願望，妳現在最想見到的是……」

駱湛話未說完，突然想到什麼。

他目光一停，隨即不善地輕瞇起眼：「難道，妳最想見的是，妳小時候的那個小竹馬？」

唐染一呆，抬眸：「你怎麼知道？」

駱湛氣得差點風度不保，深呼吸了一次之後才勉強壓下情緒。再開口時，少年聲音壓得低啞，還帶點莫名的咬牙切齒：「妳真的是很沒良心。」

唐染沒聽清駱湛的話，還在疑惑：「我不記得我和你提過，你怎麼知道我有……小竹馬？」

駱湛一頓，抬眸：「妳剛剛問我怎麼知道，是問我怎麼知道他的存在？」

唐染說：「對啊。」

心底那缸快速發酵的醋海平息了點，駱小少爺不爽地偏過視線：「我聽譚雲昶提起過。」

唐染默然兩秒，小聲：「店長怎麼什麼都告訴你。」

「都是妳的生日願望了，我還不能知道？」
唐染沒分辨出話裡的醋勁，只聽得出駱湛似乎不太高興。
她猶豫一下，才輕聲說：「你剛剛問我眼睛治好以後最想看見什麼？」
「嗯。」駱湛倚進木椅，垂下眼皮，懶洋洋地答應一聲。
他垂著眼，沒表情——
料想答案也是那個不知道哪裡冒出來的小初戀……
卻聽女孩輕笑起來：「雖然也很想見到他，但現在，我更想看看駱駱長什麼模樣。」
駱湛一愣，兩三秒後，他慢慢抬眼：「真的？」
唐染說：「嗯。」
駱湛問：「不想看妳的小初戀了？」
女孩猶豫了一下，小心翼翼地問：「能兩個都見嗎？」
駱湛冷冰冰的不留情面：「不能。只能一個。」
「……喔。」女孩點了點頭，「那還是駱駱吧。」
駱湛沒說話。
他偏過臉，嘴角不自覺地勾起來，壓都壓不下去。
點好的菜一道一道送上來。
侍者再次離開後，唐染握著冷冰冰的，不知道什麼材質的筷子，猶豫了一下才開口：

「駱駱，你不要擔心。」

駱湛抬眸，女孩的語氣認真：「就算以後再見到那個男孩，我最好的朋友還是你。」

駱湛失笑：「不是他？」

唐染微垂下眼，睫毛輕顫了下：「我們已經好多年沒見了，他早就把我忘了……所以不會再是朋友。」

她一頓，聲音低下去：「只是我也沒有其他的朋友，阿婆說我是一個人長大的，所以我在夢裡才會一直夢見他。時間久了，就忍不住想知道，他現在過得好不好。」

從馬蹄狀窗戶裡投下的陽光把女孩一半擁抱著，一半留在陰影裡。那張清秀裡初見豔麗的臉龐安靜、恬然，還有一絲低落的黯然。

像最漂亮的珍寶蒙上一層薄昧。

讓人看著便忍不住想伸手拭去。

駱湛望了幾秒，聽見心底有人「繳械投降」地嘆了一聲。

「我幫妳找。」

唐染聽見聲音，過了兩三秒才回過神，茫然地仰起臉朝向駱湛的方向。

黑暗裡，那個已經熟悉得讓她依賴的少年聲音懶散低啞：「我一定會幫妳找到他。」

唐染回神，想到什麼，有點慌亂地搖頭：「我不是這個意思……」

「我知道妳不是。」駱湛撐起手臂，托著下頜望著女孩。看了幾秒，無奈地笑起來，

「是我想。」

因為不想看見妳有一點難過，所以想。

唐染不安地捏著筷子：「這件事不是你的事情，我已經麻煩你那麼多了。如果眼睛能治好，我會自己……」

駱湛說：「不麻煩。妳已經付過定金了。」

唐染一愣。

駱湛又說：「第一次見面妳給我的硬幣，忘了嗎？」

唐染回：「那是……」

「以後我就是妳一個人的許願池。」

駱湛垂眼，懶洋洋地笑著，眼神認真地說。

「只要妳給我一枚硬幣……所有願望都幫妳實現。」

駱湛的話聲落後，修邊圓潤的木桌旁安靜了很長一段時間。

坐在他對面的女孩認真想了好久，終於仰起臉，苦惱地開口：「零錢罐被我忘在公寓裡了。」

女孩遺憾地輕嘆聲：「硬幣都在零錢罐裡，偏宅沒有。」

沉默好幾秒，駱湛失笑，挫敗又無奈地搖了搖頭：「我都這樣說了，妳就只想到這個？」

唐染猶豫一下，遲疑地問：「我還應該想什麼嗎？」

駱湛沒說話，輕瞇起眼。

須臾後，他眼簾一垂，懶洋洋地笑起來：「算了，當我沒問。」

「……喔。」

駱湛午餐吃到一半就沒什麼心思了。他將筷子放到圓潤木質的筷枕上，無聲抬眼，望著對面的唐染。

還是和第一次一起吃午餐時一樣，女孩嚼食物的表情看起來很認真。她本來就是瓜子臉的臉型，吃飯時臉頰被食物撐得微鼓，偏偏還一點聲音都沒有，認真嚴肅地嚼著的表情讓人忍不住想上手捏一捏。

駱湛低咳一聲，偏開視線，壓下心底某種蠢蠢欲動。

唐染被他的咳嗽聲帶走注意力。發現對面好久沒有動筷的聲音，她嚥下食物，輕聲問：「你吃完了嗎？」

「嗯。」

「我吃東西有點慢，」女孩不好意思地說：「我會快一點的。」

駱湛想都沒想：「我不急，越慢越好。」

唐染困惑了。

一不小心就把心底話說出來的駱小少爺心虛了零點零一秒，就恢復那副憊懶笑態：「陽光很好，我想多坐一下，也陪妳聊一聊。」

唐染茫然地問：「聊什麼？」

駱湛沉默。幾秒後，他輕扣起十指，語氣壓得淡然：「聊聊妳那個小竹馬吧。」

「啊？」

「多掌握一點他的訊息……」駱湛涼颼颼地勾起嘴角，「方便我回去以後安排人幫妳打聽。」

唐染遺憾地說：「但是我也不太了解他，我們認識的時間很短，只有幾天。」

聽了這句，駱湛情緒稍寬，扣緊的十指也鬆了些：「那就說說你們認識的那幾天。時間、地點這些，妳還記得起嗎？」

「當然記得。」說完，女孩認真地點了點頭，以表示對自己的話的篤定。

駱小少爺剛鬆了一點的心情，頓時又緊起來了。

簡直是自虐。

駱湛在心底嫌棄自己。

餐桌對面的女孩已經彎下眼角，笑意柔軟安靜：「因為認識他是我在育幼院裡過的唯一一段很開心的日子，所以就算過去很久很久，我也不會忘掉的。」

皺著眉的駱湛愣了愣。須臾後，他眉心鬆開：「那也好。」

唐染茫然抬頭：「啊？」

駱湛回神，輕敲桌面：「妳繼續吃飯，回憶起來再一點一點說，我在聽。」

「嗯。」

唐染安靜地吃完一口食物，想了想說：「我記事比較早，大概是兩歲前開始的。從我記事起我就在那家育幼院了，會被年紀大的小孩欺負，也會被育幼院裡的阿姨訓……而且我不太會交朋友，被欺負或者被罵了也沒人可以說。」

說到這個，女孩有點不好意思地笑了笑：「那個男孩是我第一個朋友。」

駱湛目光微沉。這一次不是因為醋意，只是隨著女孩很輕描淡寫地說出小時候那些事情，他有種無力的憤怒。

不知道該向誰傾瀉、也不知道該如何補救。

駱湛微握緊拳，壓下眼簾。

唐染沉浸在回憶裡，並未察覺：「他是突然出現的，在育幼院的禁閉室裡。那是不聽話或者犯了錯的孩子會被帶去反省的地方。」

似乎是想起什麼，女孩眼角微彎：「我經常去。」

駱湛抬眸：「妳經常犯錯嗎？」

「嗯。」女孩點頭，笑裡偷藏點無害的俏皮，「是故意的。因為在那裡是一個孩子一個房間，這樣就不會被欺負了。」

駱湛再次擰眉。

唐染的聲音輕下來：「然後有一天我突然發現，有個男孩總是在禁閉室裡。我不認識他，以前也沒見過他。」

女孩臉上的笑意淡去，低下頭：「後來我才知道他是被綁架的。綁架他的人是育幼院裡的一個臨時工。那個人騙院長說他是自己的兒子，有精神疾病，還偽造了證明。所以不管他剛去的時候怎麼掙扎呼救，也沒人理他。而且那個綁架犯……」

唐染手裡的筷子慢慢攥緊，過了幾秒她才說：「那個人會打他，他身上全是瘀青。」

駱湛神思恍惚了一下。

他不知道是不是女孩的聲音和情緒讓他太有代入性，這一瞬間，他彷彿感受到那個無助的孩子被拳腳加身時深入骨髓的痛和絕望。

駱湛忍下這種強烈的不適感，抬頭看向對面的女孩——女孩的情緒狀態看起來沒有比他好上多少。

駱湛說：「既然是很難過的事情，那就不要講了。妳說的這些訊息足夠了，我會找人去查妳在的育幼院和後面鬧出來的綁架事件。」

唐染壓下不平的呼吸，慢慢點頭：「嗯。」

駱湛思索一下，還是問道：「時間是什麼時候？」

「九年前，我七歲。」唐染說。

駱湛微愣。

很久沒聽到回聲，唐染擔心地問：「怎麼了？」

「看來九年前對我們來說都不是什麼好時間。」駱湛垂眼，淡笑一聲。

唐染茫然：「你那年也出事了嗎？」

「嗯。」駱湛漫不經心地應了，「我十一歲那年初學騎馬，從馬背上摔下來，全身多處骨折——躺了將近半年才好。」

唐染嚇得呆了好幾秒：「那一定很疼吧？」

「不記得了。」駱湛撐著顴骨，懶散地笑，「大概是差點摔傻了，那些都是我爺爺告訴我的。」

唐染皺眉糾正：「才不會，你那麼聰明。店長說你十四歲就考進K大資優班了，這樣看起來，還是你剛養好傷的兩年多後呢。」

駱湛嘴角輕勾。後面的事情駱湛沒有再問，想來也不免是讓他不愉快或者讓唐染難過的記憶。等女孩吃完飯，駱湛領著她慢步往外走。

「那個男孩的下落，我會讓駱修幫妳查查看。」

「駱修？」女孩不解地抬頭。

駱湛說：「嗯，他是做傳媒相關的。在消息渠道和來源上比較靈通。」

「那會不會太麻煩他了……」唐染遲疑，「而且你們的關係好像不太好。」

「麻煩？」駱湛冷淡地笑了一聲，「我看他巴不得有這麻煩。」

唐染更茫然了：「為什麼？」

駱湛自然不會向女孩解釋自己為她受限和被拿住把柄的事情。他眼神微動，隨即語氣散漫地說：「外面的都是謠言，我們關係挺好的。」

「兄友弟恭。」駱湛毫不心虛。

女孩沒說話，慢吞吞皺起眉。

等兩人到了餐廳外，駱湛扶著唐染坐上被侍者開到門廊下的紅色超跑，又半蹲下身幫她繫上安全帶時，只聽女孩輕咕噥了句：「你又騙人了，駱駱。當初明明是你說，駱修從小被駱湛欺負到大的。」

駱湛無語了。

自作孽不可活。

古人誠不我欺。

唐染的檢查報告第二天上午就能全部出來，而K市到這邊的往返時間消耗也要花八個小時。

所以和唐染簡單商議後，駱湛決定留宿當地，唐家那邊則讓譚雲昶找藉口敷衍過去。

領著一個身分證都拿不出來的盲人女孩，住旅館類的居處自然是不可能的。

所幸駱家和駱湛都不缺少人脈資源。駱湛在通訊錄裡找了一下，便找到一位當地的公子哥兒，讓對方安排一晚空餘的別墅。

依駱家勢力和產業分布，並非沒有這裡的房產。

只是駱湛有心瞞著家裡，不想讓駱老爺子知道，免得徒生事端。

然而他沒想到的是，那位公子哥剛好在家，順口報備告知家裡長輩。長輩好功，又巴結駱家心切，轉頭就一通問候電話打到了駱家。

於是駱老爺子正悠哉地下著棋，就見家裡負責接線的人敲門後快步進了房間。

「老先生，不好了——」

「我好得很。」老爺子不高興地瞪過去一眼，「慌慌張張的，急什麼？慢慢說。」

說完他端起茶來，送到嘴邊。

老爺子眼底帶笑，目光沒離棋局——他這邊局勢正好，眼看這盤是穩勝的棋面，所以被人喊不好了都沒太惱火。

進來的人只好停住，換了口氣才小心翼翼地開口：「M市錢家來了通電話，說……」

「說什麼了。」老先生喝了口燙茶，依舊沒抬頭。

「說小少爺他、他不知道從哪裡帶了個未成年的女孩，今晚、今晚要住進他們別墅了！」

「噗——」

棋局對面。

林管家被噴了一臉茶水，笑容凝固。

——《別哭》未完待續——

高寶書版集團
gobooks.com.tw

YH 134
別哭（上）
作　　者　曲小蛐
特約編輯　小玫
責任編輯　吳培禎
封面設計　陳采瑩
內頁排版　賴姵均、彭立瑋
企　　劃　何嘉雯

發 行 人　朱凱蕾
出　　版　英屬維京群島商高寶國際有限公司台灣分公司
　　　　　Global Group Holdings, Ltd.
地　　址　台北市內湖區洲子街88號3樓
網　　址　gobooks.com.tw
電　　話　(02) 27992788
電　　郵　readers@gobooks.com.tw（讀者服務部）
傳　　真　出版部(02) 27990909　行銷部 (02) 27993088
郵政劃撥　19394552
戶　　名　英屬維京群島商高寶國際有限公司台灣分公司
發　　行　英屬維京群島商高寶國際有限公司台灣分公司
初　　版　2023年5月

本著作物《別哭》，作者：曲小蛐，由北京晉江原創網絡科技有限公司授權出版。

國家圖書館出版品預行編目(CIP)資料

別哭/曲小蛐著. -- 初版. -- 臺北市：英屬維京群島商高寶國際有限公司臺灣分公司, 2023.05
冊；　公分. --

ISBN 978-986-506-742-7(上冊：平裝). --
ISBN 978-986-506-743-4(中冊：平裝). --
ISBN 978-986-506-744-1(下冊：平裝). --
ISBN 978-986-506-745-8(全套：平裝)

857.7　　112007907